*Fiamme*

I edizione Luglio 2021

Progetto grafico, copertina e logo design: Maurizio Ceccato | IFIX

Finito di stampare con Artigrafiche La Moderna S.r.l., Guidonia (RM)

ISBN 978-88-6004-583-6

www.giulioperroneditore.com

Daniele Morgese

# I negativi

GIULIO
PERRONE
EDITORE

*A Mimmo e Mariella*

*Parlami per ore*
*Dimmi cose che non so*
*Ti saprò ascoltare*
*Farò finta di capire*

*E quando toccherà a me*
*Ti dirò quello che penso*
*Mi sentirò importante*
*Anche se per te son morto*
Fast Animals and Slow Kids, *Coperta*

# Milano, 20 luglio 2011

Non avrei mai pensato di arrivare a questo punto. Certo, a volte mi sono sentito vicino a farlo, e una volta ero talmente preparato da aver predisposto tutto il necessario. Ma all'ultimo mi sono sempre tirato indietro. Adesso non c'è più possibilità di ritornare sui miei passi. Devo farlo, una sola volta, che valga per sempre.

Ho pensato al come. Dirlo a voce? Mi sarebbe mancato il coraggio. Mi sarei fermato a metà discorso, colto dai rimorsi e dalla viltà che da sempre mi fa da disdicevole compagna. Avrei sentito su di me gli sguardi di tutti e la vergogna sarebbe stata troppo pesante da sopportare. Scriverlo? Questa mi è sembrata la scelta più adatta, abbastanza da convincermi, una volta tanto. Ma poi sono sorti ulteriori dilemmi. Su un foglio di carta bianco? No, magari uno ingiallito dalle sigarette fumate qui, in attesa degli ennesimi risultati provenienti dalla camera oscura in cui ho affogato abbozzi di arte e realtà. No, troppo banale. Allora una pagina di quaderno, per dare l'idea di averlo fatto in preda a un raptus di follia, ultimo gesto di un'esistenza sempre sopra le righe, baluginio finale, guizzo e colpo di reni. Ma chi voglio prendere in giro, non sono stato neanche tutto questo. Trovato. Il retro di un libro lasciato in bella mostra, al centro della scena. Un segnalibro sgargiante per richiamare subito l'attenzione. Un classico. Impolverato, sgualcito ma dal titolo altisonante. O uno di quei libri che non legge mai nessuno, ma che ti fa fare bella figura conoscere. L'esordio, scritto sotto pseudonimo, di un nomade andino alla ricerca del proprio io tra le sterpaglie ingiallite e la fredda solitudine, accompagnato da un coltellaccio, una borraccia con del bourbon e il libro di uno sciamano indiano. No, non va bene, neanche questo è nel mio personaggio. Va da sé che tocca esser sinceri, almeno a questo punto. Almeno adesso. E allora affido la mia confessione a questa penna e a questo foglio di carta intestata – ché almeno il mio nome stampato qui sopra mi ricordi chi sono:

E dunque confesso di essere un impostore! Di aver truffato tutti. Confesso di avervi mentito, tradito, illuso per anni. Confesso di aver cavalcato la menzogna, averla alimentata accuratamente, fino a rimanerne intossicato. Confesso. Ma non è stata solo colpa mia.

La colpa è anche vostra che non avete capito, che avete scambiato per scintillante diamante un coccio di vetro grezzo. Di aver visto oro al posto di scadente bigiotteria. Di non aver ascoltato. Siete stati così poco oggettivi. Volevate sentirvi speciali proprio come lo volevo io: no, non siete stati spettatori della storia che si crea e dell'arte che si palesa, ma solo dell'incredibile e casuale incrocio di circostanze. Io, in fondo, e credete a queste parole, almeno a queste, non volevo. Non avevo alcuna intenzione, almeno all'inizio. Poi, be', poi mi sono fatto prendere. Chi non l'avrebbe fatto al mio posto? Io ho solo scattato una foto. Sì, è vero, avvertivamo tutti che stava accadendo *qualcosa*, che c'era un odore diverso nell'aria, il sapore di certezze che si frantumano e di sudore. Ma non avrei mai immaginato di trovarmi tra le mani una gallina dalle uova d'oro. Io avevo fatto solo una foto a Martina.

Confesso di aver sbagliato tanto, troppo. Di aver lasciato scivolare senza trattenere. Ho perso tutto mentre tutto acquistavo. Confesso di esser stato un uomo terribile, un compagno indifferente e un padre assente. Che stupido, anche in questo momento, ora che ho deciso, ora che sono prossimo alla fine, mi ostino a definirmi padre. Non chiedo neanche il tuo perdono, Andrès. Ti auguro soltanto di non assomigliare mai all'uomo che ha partecipato al tuo concepimento. Come non lo chiedo a Martina, per quanto non abbiate idea di quanto mi manchiate. Non so neanche se leggerete mai questa lettera. Lo capirei se ve ne sbarazzaste all'istante, insieme a tutto quanto è presente nel mio rifugio antiantropico.

Ho bisogno di una pausa.

Mi guardo attorno nel timore di perdere il senso di tutto. Mi sollevo leggermente per tirarmi fuori dall'abbraccio di una poltrona sulla quale ho sbracato il mio corpo più pesante di quanto registrato dalla bilancia. Osservo gli oggetti di ogni forma e dimensione, collezionati nei miei viaggi oscenamente fruttuosi, accumulati per soffocare il senso di horror vacui. Aquile intarsiate da artigiani albanesi, anelli d'argento, pietre levigate da donne samoane, cimeli improponibili più vicini alla paccottiglia che all'arte. Tutti raccolti nel mio vagabondaggio durato anni. Neanche una delle mie foto alle pareti. Non qui. Non potevo sopportare di sentirmi, nel rifugio della mia intimità, ciò che sono: un truffatore. Alla fine i miei occhi si posano su ciò che ha scatenato tutto questo. Un semplice manifesto.

Sia chiaro, lo sapevo già da tempo che l'avrebbero fatto. Mi hanno chiamato, invitato a riunioni noiose come non ricordo di averne mai fatte, piene di gente ansiosa di stringermi la mano, toccarmi, chiedermi di Berlino, di Bari, ma soprattutto di Genova. La studentessa tirocinante, la creativa dalla vitrea sensualità che qualche anno prima avrei sicuramente portato in bagno per una scopata anticapitalista. Poi un paio di ragazzotti, qualcuno penso di averlo addirittura ritenuto simpatico. Un professore d'arte panciuto in doppiopetto e tristissimi signori della cui presenza non ho capito ruolo e motivazione. Tutti che mi ripetevano le stesse cose, mi descrivevano la grandiosità delle immagini, delle scelte di composizione, della vitalità dei volti dei miei ritratti iperrealisti. Dell'uso caravaggesco della luce; della cruda e allo stesso tempo ipnotica sofferenza dei miei soggetti. Definizioni altisonanti e pompose per schematizzare, catalogare e classificare ciò che in realtà si basava sulla mia pressoché totale ignoranza artistica. Prospettavano e renderizzavano giochi di fari che si intrecciano, luci azzurre e grigie che avrebbero risaltato ogni più insignificante dettaglio. Addirittura avrebbero chiamato il genio che aveva creato non so cosa a non so che gruppo pop britannico che aveva sconvolto non so chi. Insomma, ne ero ovviamente a conoscenza. Li ho lasciati fare per accidia, per pigrizia e per la convinzione che non se ne sarebbe mai fatto nulla. Ho lasciato i loro sorrisi a discutere per ore e ore su questo e quello, sulle tempistiche, la carta, la burocrazia mentre fantasticavo su come avrei potuto farli svanire soltanto chiudendo gli occhi. Quando tra le mani ho avuto una prova, quando ho stretto quella locandina mi sono sentito già smascherato: non avrei saputo recitare oltre. Non potevo più rimanere in silenzio e lasciare gli altri a recitare, dovevo salire io sul palco. Dovevo fare ciò che non ho mai avuto il coraggio di fare.

Una mostra dedicata al sottoscritto mi è sembrata francamente troppo.

Così ho deciso. Ho scelto di farla finita.

Ci ho provato in altri modi, gettando le mie macchine fotografiche, sparendo dalla circolazione, ma c'era sempre qualcuno pronto a scovarmi per chiedermi, per sapere, per scoperchiare il vaso di Pandora che ho faticato a tenere sigillato per non morirvi dentro. Se pensiamo che sia difficile apparire, non sappiamo quanto lo è scomparire.

Sono stato qualche mese in Francia, ma ero un bersaglio ancora perfettamente in vista. Ho provato a perdermi nelle campagne più solitarie, ma senza successo. Allora ho cominciato a girovagare. Ma ovunque andassi c'era sempre qualcuno pronto a riconoscermi.

Ecco allora perché sono giunto alla conclusione di farla finita. E la sto già tirando per le lunghe.

Riprendo il foglio tra le mani e rileggo le poche righe scritte.

Sarò stato un po' troppo vago? Forse è meglio dirla tutta.

Dunque confesso, ora, prima di morire, di aver sì fatto quella foto, ma di non averlo fatto consapevolmente. Quel 9 novembre che mai dimenticherò, io volevo solo immortalare il sorriso iridescente di Martina. Tutto quanto è successo da quel giorno in poi, io, Jean-Luc Auteuil, al secolo Gianluca Auterri, dichiaro che è dipeso da quell'infausto equivoco, clamoroso fraintendimento, e da una straordinaria serie di eventi tanto incredibili quanto casuali e degni di una fortuna sfacciata ma mai voluta, mai desiderata. Una fortuna che mi ha rovinato la vita: nessuno mi ha conosciuto per chi sono davvero. E qui, per l'ultima volta, confesso di non esser ciò che credete. E proprio per questo vi dico addio.

## Parigi, 21 luglio 2011

Quando al telegiornale hanno dato la notizia, non ho battuto ciglio. Un po' come accade con i grandi del cinema e i miti della musica. Ascolti la notizia con una punta di rammarico che ti lascia stranito. Ti viene a mancare una presenza che non vedi solitamente, ma che in un modo sotterraneo fa parte della tua esperienza quotidiana. Ti intristisci per qualche istante, non di più. Il tempo di vedere le immagini sullo schermo e ascoltare la giornalista di turno elencarne le alterne vicende pubbliche e private, gli onori e i tonfi, commentare ad alta voce, che peccato, era ancora giovane, che perdita…

«Ma', è morto Jean-Luc. Si è suicidato».

L'ho detto proprio così, in questo modo distante, quasi mi stessi riferendo a un'azione consuetudinaria, del tipo hanno suonato alla porta o ho dimenticato di prendere il latte. Ho sempre pensato che la morte di un padre sia il momento più basso che un ragazzo possa vivere; il giro di boa al quale occorre farsi trovar pronti per non essere travolti inesorabilmente dalla marea. Osservare il corpo in decomposizione costante della roccia che ti ha generato, della persona sotto la cui ombra sei cresciuto, lo immagino il trauma più profondo dell'esistenza. O perlomeno è quello che avrei immaginato nel caso in cui la mia vita fosse stata come quella di tutti gli altri.

Invece ho detto: Ma', è morto Jean-Luc. Si è suicidato. È che, per quanto mi riguarda, sono sempre stato diverso. Io, quando pensavo alla morte di un genitore, pensavo a quella di mia madre. Perché io, mio padre, l'avevo visto sempre e solo così: in TV.

Per mia madre non è lo stesso, lei piange. Non so se per la morte dell'unico uomo che dice di aver mai amato o per la mia reazione.

L'ho sentita parlare da sola e ripetere ossessivamente «Lo sapevo». Poi mi ha detto: «Preparati. Dobbiamo andare da lui».

«Non ci penso neanche!» ho chiosato, ritornando in cucina.

Me l'aspettavo quell'imposizione, ma volevo lo stesso protestare. Non sinceramente o con chissà quale forza, ma un po' per inerzia e un po' perché comincio a figurarmi ciò che mi toccherà fare: incontrare chissà quante persone con le quali parlare di un perfetto estraneo, di ricordi inesistenti, e più ci penso, più la mia voglia di una simile sconfortante parata di ipocrisia si avvicina allo zero assoluto.

«Non ne ho voglia. Odio i funerali, figuriamoci se vado a quello di uno sconosciuto».

«Era tuo padre» le parole sono uscite a fior di labbra, tirando l'ultimo di una infinita serie di sospiri che da sempre accompagnano affermazioni simili.

«Non ricominciare con questa storia».

Non ha detto altro. Si è chiusa in camera e ha cominciato a fare le valigie.

Gianluca era andato via poco dopo la mia nascita. Sparito, volatilizzato. Di lui mi sono rimasti solo pochi racconti che nella mia memoria si sono spesso confusi con storie e foto apparse in TV, interviste rilasciate e resoconti di persone che l'hanno conosciuto. Se solo avessero saputo la verità. Lui, il grande Jean-Luc Auteuil, il poeta della fotografia che ha immortalato nei suoi scatti alcuni dei momenti più importanti dell'ultimo ventennio, per me è soltanto quel grandissimo figlio di puttana che ha mollato la compagna dopo aver dato alla luce suo figlio, per colpa di un ego smisurato rimasto per troppo tempo sottotraccia. Un pezzo di merda fasullo quanto il suo nome.

Non ringrazierò mai abbastanza mia madre per avermi concesso l'onore di condividere il suo cognome, evitandomi l'imbarazzo di spiegare a tutti che sì, quella specie di santone di cui tutti parlavano è, era, sarebbe dovuto essere *mio padre*. Lei lo ha sempre difeso. Ogni volta che in preda alla rabbia l'ho maledetto, mi stringeva stretto al seno, chiedendomi scusa. Lei chiedeva scusa a me per lui. Un ingrato anche in assenza. Bastardo.

«Io mi occupo dei biglietti» ha aggiunto, asciugandosi le umide guance rossicce.

Fingendo di esser furibondo, ho lasciato il caffè sul tavolo e sono andato in camera. In fondo, un viaggio a Milano che male può farmi? Forse non sono poi così tante le persone da incontrare o gli ossequi da riservare. Ma la porta ho preferito sbatterla comunque, tanto per acquistare un certo vantaggio. Mi potrebbe sempre servire in un secondo momento.

A esser sincero non so in quanti potrebbero riconoscermi, non avendoci mai visti insieme. L'assenza di un'evidente somiglianza fisica potrebbe giocare a mio favore evitandomi almeno quelle frasi banali, condoglianze artefatte e abbracci sgradevoli di sconosciuti accorsi in massa a salutare qualcuno che forse neanche loro hanno realmente conosciuto.

Entrato in stanza ho scelto pochi capi sobri, insomma adatti all'occasione, anche se la tentazione di entrare nella camera ardente con i colori più sgargianti che il mio armadio offre ha un certo fascino. Qualche libro, perché non so cosa aspettarmi, magari per ingannare la noia durante la predica sulle ipotetiche qualità del defunto. E se chiamassero proprio me sul pulpito? In fondo, resto comunque la cosa più vicina a un'idea di famiglia che quel disgraziato ha lasciato sulla faccia della terra. Ma no, in Italia questa cosa non si usa. Devo smetterla di infarcirmi di serie televisive.

Durante il pomeriggio si è susseguita una quantità infinita di reportage, filmati, testimonianze toccanti, che mi lasciano sempre più allibito. Non solo non credevo fosse così famoso, ma non avrei immaginato che la sua scomparsa potesse suscitare una così clamorosa commozione generale. In fondo sono quasi dieci anni che non si ha alcuna notizia su di lui. Ma poi, cosa ha fatto di così eccezionale? Per quelle quattro foto? Neanche stessimo parlando di Picasso.

E invece io penso che è riuscito a farmela di nuovo. Mi ha tolto anche il dolore. Non soltanto mi ha privato di un'infanzia normale (e di tutto quello che un genitore dovrebbe fornire a un ragazzo), adesso è riuscito a farmi diventare così insensibile, così freddo, da non avere un moto di commozione al momento della sua scomparsa. Andandosene così, non mi ha concesso il senso della perdita, del lutto inconsolabile. Non potrò mai dire a qualcuno che ha perso il papà: "Ti capisco", perché non sarebbe mai sincero. A dir la verità, non potrò mai capire neanche cosa voglia dire voler bene a un padre.

«Torno presto» ho urlato a mia madre mentre ero quasi per metà fuori alla porta, in modo che non potesse fermarmi.

Un vento neanche troppo leggero sferza l'aria nonostante luglio abbia cominciato a scoprire le persone, inondare la Senna di turisti e cittadini alla ricerca di relax. Ho alzato il bavero della giacca maledicendomi per non essermi portato un foulard. Ho strofinato con forza le mani sulle fresche estremità del volto e un miliardo di stelle hanno cominciato a danzarmi davanti.

Nel corso degli anni sono riuscito almeno in una cosa: escludere completamente quell'uomo, Jean-Luc, dalla mia esistenza. Nella mia fantasia e di conseguenza nella realtà, io sono semplicemente il frutto ideale della modernità. Non occorrono più due genitori quando ne basta soltanto uno. In fondo cosa può fare un padre, ho pensato, che non può fare una madre? Un padre non può partorire, allattare, avvertire il pianto del figlio nel sonno. È soltanto un accessorio, una protuberanza che cerca di non commettere troppi errori che possano un giorno diventare traumi. Io in realtà sono stato fortunato. Ho avuto la metà dei rimproveri e il doppio dei regali; la metà degli sguardi torvi e il triplo degli abbracci. Sono persino diventato da subito l'uomo di casa, particolare di non poco rilievo, se consideriamo la crescita a singhiozzo che affrontano solitamente gli adolescenti maschi, giocando a scacchi tra senso di generale inadeguatezza, imbarazzo, molti tonfi e pochissimi trionfi. Quindi, in fin dei conti, sono stato un privilegiato. Se solo non consideriamo questo strano senso di assenza che ogni tanto fa capolino nel mio stomaco, retaggio infantile che tende a palesarsi saltuariamente e che oggi rivedo dopo tanti anni. Non ricordo esattamente da quanto, ma credo all'incirca da quattro anni e tre mesi, giorno più, giorno meno.

Quando l'orologio ha segnato le nove e flotte di turisti si sono riversate lungo i viali alberati sulle rive del fiume per incanalarsi in file interminabili e spesso immobili; quando gli ambulanti hanno aperto gli sportelli verdognoli e ingottati contenenti centinaia di libri, foto, stampe e giornali antichi a buon mercato; quando il sole è sbucato tra le piatte increspature dell'acqua e due ragazzi mi hanno aggirato per non farmi schiantare il grugno contro le loro spalle. Quando tutto questo, contemporaneamente, fa di Parigi quel luogo incantevole in cui tutti sognano di vivere, anche solo una volta, anche solo un giorno, esattamente nello stesso momento sono diventato temporaneamente cieco, grondante succo di rabbia livida.

## Milano, 23 luglio 2011

Lo scalpiccio dei tacchi rompe lo specchio di silenzio sparpagliandone i frammenti acuminati sulla pietra bianca. Un concerto sommesso dettato dal ticchettio prima sparuto poi, con l'avvicinarsi dell'ora di inizio, sempre più concitato. Un nugolo di abiti neri, anonimi e sobri quelli maschili, velati di pizzi e merletti quelli delle donne, comincia a spandersi sul sagrato come pece su foglio candido.

Di fronte alla chiesa ho cercato di non farmi notare da nessuno. Credevo potessero aiutare gli occhiali da sole scuri e la sigaretta in bocca. A mia madre ho chiarito durante il viaggio che non avrebbe potuto chiedermi nulla di diverso da quello che spontaneamente mi sarei sentito di fare: per farlo dovrei provare dispiacere per la morte di mio padre, ma questo mi è davvero impossibile. Così, davanti al portale di marmo bianco che spicca come un guizzo di luce nella facciata a capanna in cotto, ho lasciato la mano di mia madre e ho preso a fumare. Chissà in quanti, nelle rughe d'espressione che solcano i lineamenti teutonici di mia madre, riconosceranno la musa ispiratrice di Jean-Luc nel suo periodo giovanile.

Ora lo so: mi sto comportando come un vigliacco, ma questo non deve sorprendermi. Sono pur sempre figlio di Jean-Luc.

Alcune bambine che fino a qualche minuto prima, correndo spensierate, saltavano per evitare fenditure e rigonfiamenti sulla superficie dei loro giochi, d'un tratto hanno preso a rallentare i movimenti, decrescere la potenza delle loro voci, fino a raggiungere pacatamente le mani delle proprie mamme in attesa di condurle via prima dell'invasione oscura.

Un'altra delle tue colpe Jean-Luc, ho pensato sogghignando, cercando di aggiungere ulteriori pendenze sul conto oramai chiuso di mio padre: a causa tua, queste stupende fanciulle devono abbandonare anzitempo i loro splendidi sorrisi per oggi e rintanarsi nelle proprie camere. Hai tolto loro una giornata di sole. Sei incorreggibile.

«Come riesci a essere così cinico?» mi ha chiesto mia madre, poco prima di lasciare Parigi, confidando poco in una risposta conciliante e remissiva. «Stiamo parlando pur sempre di tuo padre».

«No, stiamo parlando di chi ti ha messa incinta, non di mio padre, e lo sai perfettamente».

«Che modo sciatto di esprimersi!».

«Va bene, rettifico. Stiamo parlando dell'uomo che in una notte di passione ha permesso che tu dessi alla luce un bambino del quale non si è mai interessato».

Il suo volto mi è apparso appena turbato. Qualsiasi cosa dica per colpire Jean-Luc, lei, o la vita in generale, suscita al massimo un istintivo incupirsi del suo bel volto. Ma so che è solo il dorso visibile di un dolore più profondo: è il suo modo per non peggiorare il mio sentimento di odio verso il mondo e quell'uomo, quasi a volermi difendere da tutto il rancore che avrei potuto coltivare.

Non ha aggiunto altro e per tutto il viaggio ha finto che la conversazione non fosse mai avvenuta. Mi ha chiesto pareri su un taglio di capelli, aggiornato sulle condizioni delle sue amiche, ovviamente senza che le chiedessi nulla. L'ho lasciata fare perché so già che se avessi cassato ogni tentativo di conversazione, lei mi avrebbe domandato: "Ma se non parlo con te, con chi devo parlare?". Quindi ho ascoltato, con la testa più impegnata a osservare l'impressionista scorrere dei paesaggi oltre il finestrino che ad assecondare il suo flusso di coscienza.

L'unica parte interessante nelle sue parole era stata l'ipotesi di visitare alcune città vicine a Milano. L'elegante Torino, la contraddittoria Genova, la fascinosa Verona. In gioventù c'è stata un sacco di volte, anche con Jean-Luc. Io, pur parlando perfettamente l'italiano, a parte Milano, non ho visto granché. Ho visitato qualche borgo rurale dell'Appennino Tosco-Emiliano, ma quando ero poco più che bambino, e i ricordi si sono fatti così sfocati e indefiniti da non poter esser più considerati tali. Succede quando si vive una vita in cui realtà e finzione si mescolano per tappare le falle del mondo circostante. E un bambino dalla fervida fantasia, quale sono stato, pur di non soccombere ed essere oggetto di scherno da parte dei compagni per colpe che non ha ma delle quali si sente causa, è costretto a fare di necessità virtù, e così io ho fatto. D'un tratto avevo passato meravigliose vacanze su laghi italiani dai nomi esotici per i miei compagni francesi. Avevo visto animali dalle zampe tornite e rugose, dagli occhi di colori scintillanti e dal pelo così morbido da accompagnare il mio sonno pomeridiano. Da un momento all'altro ero diventato esperto di tutto ciò che avesse a che fare con il mio Paese d'origine. Conoscevo a menadito i nomi di piatti tipici, le festività locali e le chiese. Modificavo il mio accento per conferire quel tono di veridicità necessario all'intero discorso, laddove non fosse bastato l'appariscente e ostentato movimento delle braccia nel tentativo di gesticolare come gli italiani. Dopo aver convissuto con questa doppia realtà, ho l'opportunità di vivere e osservare per davvero quanto ho soltanto detto di aver vissuto o osservato. Eppure, a voler essere sinceri – ogni tanto piace anche a me –, a volte ho creduto di non aver inventato nulla, ma di aver vissuto realmente quanto raccontato. Sono i pericoli costanti di una mente che soffre.

Nel momento in cui le nostre mani si sono separate sul sagrato della chiesa, non ha avuto alcuna reazione. Forse ha compreso, forse no. Certo non le ho lasciato molto scampo, costringendola a prender posto da sola, affrontando il corridoio che si era formato di fronte a lei nel momento in cui i primi davano segno di riconoscerla: Martina.

L'ho osservata, nascosto dalle lenti dei miei occhiali da sole mentre si muoveva leggiadra, in contrasto stridente con gli spostamenti fintamente sereni ma sconnessi e goffi dei presenti. Fanno a gara per portarle per primi le condoglianze. Anziani canuti in abiti di due o tre misure più larghi, persi in giacche che per poco non sfioravano terra, si avvicinano cercando con le loro ossute appendici violacee di stringerle mano, accompagnati da venticinquenni svampite convinte di essere riprese da una telecamera nascosta o da donne *âgée* altrettanto convinte di dover competere in bellezza e tonicità con le nuove generazioni, strette in abiti fascianti e truccate come pronte a festeggiare l'arrivo del nuovo anno. In questo spettacolo fatiscente l'immagine di mia madre mi è apparsa così fuori contesto da meritare di esser tratta in salvo. Ma l'accidia e l'ira sono fluidi capaci di contaminare interamente il corpo inerte e tenerlo bloccato nonostante i piccoli impulsi circostanti.

Nel corteo proteso verso mia madre, solo un paio d'occhi hanno guardato verso di me. Una donna sulla cinquantina si è avvicinata, con un sorriso appena accennato. I capelli castani, leggermente ondulati, le scivolano sulle spalle tornite ma aggraziate, circondando il viso.

«Tu devi essere Andrès» mi ha chiesto con voce limpida e una S vagamente sibilante.

«Come fa a sapere il mio nome?» ho risposto, schierando il volto sicuro delle grandi occasioni.

«So molte cose di te. Stai tranquillo, sono anche l'unica ad avere una vaga idea della tua presenza e delle tue fattezze. Tuo pad...».

«Non era mio padre!» l'ho interrotta. «Lo chiami semplicemente col suo nome. Jean-Luc!».

Ha fatto una piccola pausa, guardandosi attorno, probabilmente sorpresa dalla violenza delle mie parole, ma si è ricomposta immediatamente, riprendendo il discorso come se nulla fosse accaduto.

«Allora dovremmo chiamarlo col suo nome reale, ossia Gianluca» mi ha preso in contropiede. Doveva essere in rapporti molto intimi con lui, ma non era certo il momento per definirli. «Dicevo solo che lui mi ha parlato molto di te in questi anni».

«E posso sapere chi è lei, visto che, al contrario, io non so affatto con chi sto parlando?».

«Il mio nome è Luisa Mura, e sono stata negli ultimi anni amica, confidente e legale di tuo padr…, pardon, di Gianluca».

Prima di partire per l'Italia mi sono abbandonato a una di quelle fantasie nelle quali immagini una scena e ne vivi in anticipo le sensazioni, gli atteggiamenti, i dialoghi. Ho ipotizzato potesse accadermi una di quelle situazioni tipiche dei film americani anni Ottanta nei quali, a ogni funerale, c'è un anziano avvocato che appare dal nulla per sconvolgere la vita del protagonista. Un'ingente eredità con una strana postilla dalla quale dipende l'ottenimento di una somma spropositata, o la scoperta di un parente mai conosciuto. Io lo farei interpretare a Geoffrey Rush, con quel cipiglio così ambiguo, misterioso, quasi abbia sempre un segreto da nascondere. Oppure a Michael Caine, ma apparirebbe fin troppo buono, troppo onesto per aver avuto a che fare con Jean-Luc. Di certo non mi sarei aspettato di veder arrivare una donna così… una da film neorealista.

«Ci andava a letto?» le ho chiesto immediatamente, tanto per mettere subito le cose in chiaro. Sta parlando con uno stronzo che non ha alcuna voglia di apparire simpatico.

«A volte» ha risposto sorridendo, «ma erano molti anni che non accadeva più».

Deve aver colto la mia sorpresa, altrimenti non avrebbe aggiunto altro.

«Credevi di cogliermi impreparata? Be', ti sbagliavi. Tuo padre, e questa volta non provare a rimbrottarmi perché non saresti credibile, mi aveva anticipato questa tua reazione. Mi aveva detto qualcosa del tipo: ti attaccherà, ma non lo farà per cattiveria. Forse sapeva che gli saresti assomigliato. E comunque sì, siamo stati a letto qualche volta, giusto per unire le nostre solitudini quando il vino era finito e non avevamo alcuna voglia di scendere in strada a prenderne dell'altro. Ma non eravamo amanti. Solo grandi amici».

«Quindi ti scopava quando non trovava di meglio» ho provato ancora a dirle, infastidito dal fatto che mio padre le avesse consegnato una chiave per leggere le mie reazioni in modo così immediato da risultare assurdo. Come può conoscermi così bene un uomo che non ho mai visto?

«Non ci provare. Non mi lascio trascinare in questo tipo di discorsi. Mi fa solo tenerezza realizzare quanto bene lui sapesse come avresti risposto. Adesso smettiamola. Tu non l'hai mai visto, vero? Cosa sai di lui?» mi ha chiesto, sfiorando la mia mano. Non mi sono preoccupato di toglierla da sotto la sua. Ho solo teso lo sguardo verso il basso e risposto: «Sta per iniziare il funerale. Non mi sembra il caso di parlarne qui e ora».

«Allora entriamo, e va' vicino a tua madre. Una volta finita la messa, torneremo a parlare. Abbiamo molte cose di cui discutere e tutto il tempo per farlo con calma dopo».

La chiesa era sovraffollata. Ho imboccato il corridoio centrale senza fiatare, in un silenzio vibrante. L'odore dell'incenso unito all'umidità mi ha punto la gola non meno degli sguardi dei presenti che non comprendevano l'incedere di un estraneo lungo la navata centrale. Giunto di fronte alla bara ho incrociato lo sguardo di mia madre, il cui volto riluceva di striature brillanti. Scintillanti cristalli pendevano lungo il bordo della sua guancia, resi ancora più splendenti dai tenui raggi che penetravano dalle vetrate lungo l'intero perimetro del santuario. Ho preso posto al suo fianco tenendole la mano. Lei si è limitata a sorridermi e forse per la prima volta ho visto veramente mia madre. Ho provato allora a chiedermi quale amore abbia sentito per quell'uomo. Mi domando quanto abbia sofferto per la separazione; quanto abbia patteggiato con i propri sentimenti per andare avanti senza di lui, senza farlo interferire con la mia crescita, solo per assicurare il mio bene. Glielo devo. Devo esserle vicino, farle vedere che ha fatto un buon lavoro. Che sono con lei, dalla sua parte. L'ho stretta a me e le ho baciato il capo.

È il primo gesto umano che faccio da qualche ora e mi sento tremendamente stanco, stremato.

La messa non si è dilungata troppo. Il prete si è limitato a seguire le solite formule senza prestare eccessiva enfasi a quanto stava accadendo, un po' come un operaio che si occupa della stessa mansione svolta negli ultimi anni. Certo meticoloso, efficiente, ma senza movimento emotivo. Lui è lì per fare il proprio mestiere. Vagando da un pensiero all'altro, nella noia della celebrazione, mi sono però reso conto che non c'era alcun parente stretto di Jean-Luc. Non i genitori, ovviamente, che so essere mancati qualche anno prima. Ma neanche un cugino, un parente alla lontana. Nessuno. La conferma l'ho ricevuta da un lieve cenno affermativo del capo di mia madre. Siamo dunque noi gli unici ad avere avuto una relazione stretta con il defunto? Che vita deve essere stata senza il calore di un nucleo, di un rifugio? Possibile che si sia scavato attorno un fossato emotivo tale da renderlo impermeabile all'esterno, capace di bastare a se stesso?

Sei ombre tutt'altro che longilinee si sono caricate il feretro sulle spalle per accompagnarlo nella vettura delle pompe funebri diretta al cimitero. L'espressione austera di quegli uomini lasciava intendere che non fossero suoi amici, ma dipendenti. Un altro punto a sfavore di Jean-Luc.

Arrivati al cimitero ho cercato di far smettere di piangere mia madre. Un ultimo sforzo e presto torneremo alla nostra normalità. Cosa cambierà davvero con questo funerale? In fondo, abbiamo fatto a meno di lui da quando sono nato.

Poco dopo che la bara è stata calata nella fossa, un ticchettio familare di passi mi ha avvertito di una presenza alle mie spalle. Il volto di Luisa era diverso da quello solido e sicuro di poche ore prima. Due livide occhiaie incorniciavano gli occhi arrossati. Il sorriso era sparito, lasciando il posto a una rosea bocca dalle labbra carnose di cui non mi ero accorto in precedenza, circondata da impalpabili rughe d'espressione. Meno aggressivo, il suo fascino si è fatto più sommesso, presente ma non ingombrante.

«Vi stavo cercando. Ciao Martina».

«Ciao Luisa».

Ho visto mia madre tendere le mani verso i fianchi di Luisa e accostare le proprie guance alle sue. Un'intimità dinamica e rodata che faceva supporre si conoscessero da una vita, una vita della quale io non solo sono escluso, ma della quale non sono a conoscenza.

«Mamma, tu la conosci?» le ho chiesto, esterrefatto e contrariato.

«Certo Andrès. Sono stata io a presentarla a tuo padre».

Stanco di correggerla e di polemizzare costantemente per l'uso inappropriato della parola padre, ho lasciato correre, promettendomi che sarebbe stato uno strappo alla regola, giustificato dall'unicità del momento. Forse anche per non rimproverarla di fronte a una sconosciuta.

«Io e Luisa ci conosciamo da quando eravamo poco più che ventenni. Abbiamo fatto amicizia quando eravamo entrambe studentesse. È stata molto vicina a Gianluca quando tra noi è finita. Era la sua più intima confidente».

«Questo me l'ha già detto lei» ho risposto stizzito, voltando lo sguardo dalla parte opposta e mostrando il mio generazionale disinteresse. Sentendole bisbigliare in modo fitto, temevo che finissero col rivangare i loro vecchi tempi, quelli spensierati della gioventù universitaria, tra feste, relazioni instabili, esami rimandati e magari uomini condivisi. L'orrore potenziale ha cominciato a ribaltare la gravità della mia pelle, tirata verso l'alto dal disgusto.

«In realtà sono qui non solo per salutarti, ma anche per parlarti in privato di questioni più noiose».

«Ti prego, Luisa, credo di non riuscire a reggerlo stasera» le ha risposto con il solito garbo mia madre, sfiorando frequenze quasi impercettibili per l'orecchio umano. «Possiamo rimandare a domani?».

«Neanche io sono in vena di dettagli. Volevo solo avvisarti, casomai avessi deciso di partire subito dopo il funerale».

«Certo, hai fatto bene. In realtà conto di restare in Italia per qualche giorno, forse un paio di settimane. Possiamo vederci con calma per una colazione in centro e parlarne con la giusta tranquillità».

Mia madre le ha preso le mani per un momento per poi congedarla con un sorriso abbozzato. Anche se ero ancora al loro fianco, la mia figura è d'un tratto sbiadita, scontornata. Nonostante le gentilezze, la presenza di due personalità tanto forti ha creato aure di luce dalla consistenza quasi tangibile.

Un refolo di vento si è sollevato mentre lasciavamo il Cimitero Monumentale. I rami dei cipressi sventagliavano stancamente, accompagnando con una strana concordanza di ritmo i passi svelti di chi abbandona quel luogo di remissione e di sofferenza.

«Vuoi chiedermi qualcosa?».

Mia madre ha pronunciato queste parole pur non cercando il mio sguardo.

«Per adesso le tengo per me. Non so se sono domande che ho voglia di farti, ma soprattutto non credo di voler conoscere in questo momento le risposte».

«Allora facciamo che ti anticipo. Sì, so che tuo padre e Luisa sono stati insieme qualche volta, ma è stato molto tempo dopo che io e lui abbiamo interrotto la nostra relazione. Lei gli voleva bene. Un bene affettuoso, magari a volte anche travolgente, ma soprattutto tenero. Una benevola consigliera con la speranza di salvare la vita a quel disgraziato di tuo padre, e della quale lui ha avuto costante bisogno. In particolare negli ultimi anni».

«E tu come fai a sapere queste cose? Credevo non lo sentissi da anni» le ho risposto, ingenuamente e profondamente convinto del fatto che quella che una madre dice al figlio sia sempre la verità, tutta la verità. Più che preso in giro mi sono sentito uno sciocco: mi sono vergognato di quella domanda nello stesso momento in cui le parole sono uscite dalle mie labbra che si sono strette dalla rabbia.

«Io e tuo padre, in questi anni, non è che non ci siamo rivolti parola. Ci siamo sentiti qualche volta e in un paio di occasioni ci siamo visti. Non sapevo se e come dirtelo. Te l'avrei accennato prima o poi. Sicuramente non mi aspettavo di farlo il giorno del suo funerale. Sono stati incontri rapidi, in cui per lo più parlavamo di te, di come andavano le cose. Scuola, amici. Ci teneva a sapere quanto più possibile. Non parlavamo quasi mai di altro. Eri il centro dei nostri pensieri e l'unico motivo per il quale abbiamo continuato ad avere rapporti».

Un sentimento fluido, indefinibile, è affiorato in superficie sotto forma di dita che battono colpi via via più nervosi sulle gambe, sincopati colpi su muscoli tesi.

«Non sapevi se e come dirmelo. Ti capisco, hai solo avuto vent'anni di tempo. Sai come vanno le cose, il tempo passa e senza che te ne accorgi sono passati due decenni. Non credi che forse avrei avuto il desiderio di parlarci?». Ho cercato di essere il più razionale possibile, ma la sfida non mi è apparsa semplice.

«Hai sempre detto di non aver mai avuto voglia di conoscere quello che non hai mai neanche definito tuo padre. Non credevo fosse così importante».

«Mi stai dicendo veramente che ti son bastate parole dette chissà quando e chissà per quale motivo per decidere che io non dovessi conoscerlo?» ho alzato la voce, ma poi mi sono subito zittito, faticando fisicamente.

«Non urlare, per favore» è riuscita a dirmi, prima di scoppiare nuovamente in lacrime. Senza alcuna inibizione, lasciandosi andare totalmente, frantumando argini che per tutta la giornata hanno ricevuto colpi e scudisciate, ai quali hanno risposto stoicamente. Fino a ora.

«Scusami» l'ho implorata. Un bagliore di lucidità mi ha colto fortunatamente prima che potessi dire o fare qualsiasi cosa della quale mi sarei certamente pentito.

Chi sono io per condannare mia madre? So che qualsiasi scelta, qualsiasi decisione, è stata presa da lei all'unico scopo di tutelarmi, di difendermi. Lo fa da sempre, da quando ero in fasce e aveva scelto di dedicarsi esclusivamente a me e rifuggire dall'incostanza e dalla volubilità di quel fotografo che si era dato alla macchia. Si è reinventata una vita, un'esistenza, un lavoro e una quotidianità. È ripartita dalle ceneri come un'araba fenice. Non mi ha fatto mancare nulla. In fondo cosa ha fatto di male se non evitarmi l'atroce delusione di conoscere un codardo, uno smidollato? Eppure qualcosa ha cominciato a mordermi dentro, a farsi strada come una macchia oleosa, densa, appiccicaticcia e inarrestabile. Un senso di esclusione definitiva.

«Perdonami» le ho detto ancora. «Non so cosa diavolo mi sta succedendo. Oggi è stata una giornata strana e quella donna, Luisa, mi ha un po' mandato in confusione. Ha detto che mio padre sapeva benissimo quale sarebbe stata la mia reazione nel caso in cui lei mi si fosse avvicinata».

Le sue dita affusolate hanno cercato l'ennesimo fazzoletto di carta col quale tergersi il viso, prima di riprendere a parlare.

«Mi è capitato di raccontargli di te, di qualche episodio, e lui, tuo padre, mi disse che gli ricordavi lui stesso quando aveva più o meno la tua età. Sarà per questo che aveva previsto questa tua reazione».

«Sono così prevedibile? Gli somiglio così tanto?».

«Oh, figlio mio, certo che no. Qualcosa ce l'avrai anche

di lui. È genetica. Ma ti posso assicurare che sei ben diverso da come era lui alla tua età. Sei forse quello che avrebbe voluto essere, piuttosto».

Sino all'arrivo nella camera d'albergo non ho detto più nulla. Reputo ingiusto, al limite dell'illegale, che quell'uomo abbia anche solo per una disposizione chimica un legame con me. Provo un fastidio atroce nei confronti della tracotanza con la quale si è arrogato il diritto di entrare senza alcun preavviso nella mia esistenza. Scoprirlo ora che non avrei modo di chiedergli il conto, mi risulta come l'ennesima prova della sua incapacità di assumersi responsabilità. Ho realizzato di non essere più unico, inimitabile, ma una triste imitazione, una volgare replica di un modello tutt'altro che invidiabile.

«Bel tempismo Luisa, però. Non poteva attendere stasera, visto che siete così amiche?». Mia madre era nell'altra stanza. Mi ha raggiunto avvolta da una sottile vestaglia che non rendeva giustizia alla silhouette longilinea ma ancora graziosa. Forse non era la vestaglia, ma solo la stanchezza del giorno.

«Credo voglia parlarmi di qualcos'altro ma, sinceramente, non ho voglia di pensarci. Tuo padre non lavorava più da anni, quindi dubito diventeremo milionari da un giorno all'altro. Credo ci toccherà dare un'occhiata al suo studio, togliere tutte le sue cose».

«Per me possiamo mandarle direttamente al macero, o regalarle a qualcuno di quei feticisti che riempiva le panche della chiesa. O magari agli organizzatori della mostra. Che illusi. Sprecare il proprio tempo con Jean-

Luc e credere addirittura di poter fare soldi mostrando quelle quattro foto che ha scattato secoli fa. Conosco ragazzi che pubblicano le proprie foto in rete che valgono mille volte di più».

«Possibile che non ti interessi vedere dove viveva? Ti sei alterato all'idea che io non vi avessi fatti incontrare e adesso non ti importa più neanche scoprire dove si era rintanato per dieci anni attendendo che la sua memoria marcisse?» ha finalmente risposto, mostrando una certa dose di fastidio per quel tono distaccato e anaffettivo col quale ho continuato a rivolgermi a lui.

«Sono due discorsi diversi. Ormai è andata così» ho aggiunto per chiudere la discussione, ma non riuscendo a risultare abbastanza credibile. Cosa può importarmi di quel posto? Mi immagino un bugigattolo tetro, con i vetri appannati e le mura ingiallite, dall'olezzo stantio, di vecchio immusonito e avvinazzato. Cataste di orribili edizioni di libri, posaceneri saturi, ritagli di giornale e ammassi di indumenti aggrovigliati.

Da quello che ho appreso in questi giorni, nei quali in televisione non si parla d'altro, Jean-Luc ha smesso di fotografare dieci anni fa, è per questo che adesso gli dedicano una mostra. All'epoca non aveva dato alcuna spiegazione. Semplicemente, da un momento all'altro, senza preavviso, aveva deciso di smettere. Lo aveva fatto con la naturalezza con la quale si stacca una spina. Lui però aveva agguantato il cavo e l'aveva tranciato di netto, portando con sé l'intera presa. Erano circolate diverse storie. Qualcuno aveva collegato la decisione alla rottura della sua macchina fotografica, quella alla quale era legato sin dai suoi esordi. Una sorta di rapporto simbiotico e morboso che si era spezzato. Una versione fallace: Jean-Luc, stando alle ricostruzioni dei conoscenti, non era certo un fatalista, uno di quei mitomani che credono alla cabala e che ripongono nell'oggetto l'origine delle proprie fortune. Qualcun altro disse che aveva assistito a qualcosa di orribile, di così crudele da fargli passare la voglia di ritrarre il mondo esterno. Sarebbe stata una ragione ben più plausibile, ma mai confermata da nessuna delle persone più vicine a lui in questi anni. Aveva rifiutato interviste, cacciato malamente giornalisti invadenti. Si era trincerato nel suo mutismo e non aveva avuto alcun tipo di rapporto con il mondo esterno. Aveva provato persino a far perdere le sue tracce. Era riemerso solo dopo qualche anno, provando non più a fotografare, ma a partecipare ad alcune conferenze. Erano bastate due apparizioni nelle quali, a quanto si racconta, non aveva avuto il coraggio di parlare, spiegare, senza avvertire su di sé quegli occhi in attesa di risposte che non aveva alcuna intenzione di dare. Poi, era svanito nuovamente nel nulla.

Come so tutte queste cose? Hanno detto tutto questo in televisione?

Va bene, va bene. Ok, devo ammetterlo. Diciamo che fino a ora non ho detto proprio tutta la verità. Non è che non ho mai voluto sapere nulla di lui. Ma, a mia discolpa, vi consiglio di provare a mettervi nei miei panni. Capireste che non esiste una sola, unica, visione delle cose, che si può amare e odiare contemporaneamente qualcuno, soprattutto quando questo qualcuno è tuo padre. Ho convissuto con questo doppio sentimento, una costante battaglia tra il desiderio di conoscere e la rabbia per l'assenza, non tanto fisica, quanto intenzionale. Non ho mai digerito la sua totale mancanza di interesse verso di me, manco gli avessi fatto chissà che cosa. Un intralcio alla sua carriera non lo sono mai stato. In pochi sono a conoscenza della mia esistenza. Pensare che non avesse neanche un briciolo di interesse verso di me mi fa bruciare le palpebre.

Alla fine il senso di colpa ha prevalso e mi sono accostato a mia madre, cercando un leggero contatto. Ho avvicinato il capo al suo sul cuscino.

Mi sono svegliato a ora di cena e lo stomaco ha cominciato a languire, avendo pranzato con un tramezzino anemico e una bevanda gassata che non ha fatto altro che corrodere la stopposa combinazione di pane bianco, tonno, maionese e pomodori che di naturale non aveva neanche il colore.

Mia madre ha lasciato un biglietto per dirmi che passerà a prendermi per le nove di sera. Ho avuto il tempo di infilarmi sotto il caldo getto della doccia che scendeva dai fori incrostati di calcare. Mi sono lasciato viziare da quella pioggia artificiale proveniente dal plumbeo cielo rettangolare. Le braccia spalancate, facendo forza contro le pareti, di vetro l'una e di ardesia l'altra. Ho spinto verso l'esterno, sgranchendo la schiena anchilosata. Un movimento che si è risolto nello scrocchio ruvido delle ossa che mi ha concesso un sollievo peccaminoso, denso di lievi scosse di dolore alternate a un piacere ingiustificato. La tensione è aumentata, spargendosi allora verso tutte le estremità, collo e punte dei piedi compresi, ma senza ottenere altrettanto successo.

Una volta terminato quello che dall'esterno potrebbe apparire un rito di purificazione pagano mi sono ricomposto, scegliendo un jeans comodo, una camicia, un cardigan di fine cotone e una sciarpetta lunga e sottile. Un parigino farlocco a Milano.

Ho quasi sbattuto il muso su mia madre che si è infilata nel bagno, urlando che si sarebbe sbrigata e che ha tardato per colpa di Luisa. Dopo quindici giri di orologio mi si è presentata splendida, come al solito, con quel soffio di trucco e un abito che le sta a meraviglia. Mi ha sorriso. Nel corso degli anni non abbiamo mai avvertito il bisogno di chiederci scusa o riconoscerci in tono accusatorio i nostri errori o le frasi più appuntite. Ci occorre solo qualche istante di distanza e tacitamente andiamo oltre, evitando di ritornare sull'argomento: è il nostro modo per non affrontare ciò che potrebbe allontanarci. Se scavassimo in profondità, rischieremmo di scalfire la nostra unione, suggellata negli anni dalla reciproca indispensabilità che abbiamo raggiunto, e, per quanto possa raggiungere momenti di insopportabile convivenza, temiamo che l'alternativa risulti spaesante e pericolosa. Due corpi in simbiosi, senza alcuna voglia di chiedersi chi sia il parassita e chi l'ospite, questo siamo.

Dopo essere stati sputati dalla metropolitana, siamo

entrati in una taverna elegante, dove mi sono dovuto ricredere sui miei ricordi – falsati – relativi al cibo italiano: è tutto molto più creativo, molto più buono, di quanto avessi raccontato, e io stesso creduto, nelle mie storie.

«Il locale, quello dove tuo padre ha vissuto negli ultimi anni, è mio. O meglio, è dei miei genitori. Jean-Luc lo elesse a proprio nascondiglio e laboratorio subito dopo aver scattato quella foto» ha sottolineato la parola "quella" con un lieve innalzamento di tono, a voler indicare non solo l'origine della fortuna che aveva elevato mio padre come – gradito ma non invitato – ospite nell'Olimpo degli artisti, ma anche per conferirle un'accezione negativa, come fosse stato il peggiore tra tutti i mali, artefice della catastrofe primordiale della sua vita.

«E tu gli hai sempre concesso di star lì?».

«Non avrebbe saputo dove andare, soprattutto dopo che ha smesso di lavorare. Tuo padre non era un misantropo, ma aveva frequentato troppe persone che si erano rivelate essere più interessate ai suoi guadagni che a lui. Era un modo come un altro per esser tranquilla del fatto che non finisse sotto un ponte».

«E ti interessava così tanto saperlo al sicuro?».

«Diciamo che è una delle mie manie, cercare di tenere costantemente sotto controllo, e quindi al sicuro, le persone che amo».

«Un po' come quando mi chiedi di chiamarti ogni ora per sapere dove mi sono cacciato!».

«Esatto» mi ha risposto sorridendo un po' forzatamente e sorseggiando il vino da un calice cristallino dalla gola eccessivamente profonda che stonava con la forma aggraziata del suo viso.

«Continuo a non capire una cosa».

«Cosa?».

«Il tuo rapporto con quell'uomo che ti ostini ancora a chiamare mio padre. Non ti ho corretta perché ormai c'è ben poco da discutere e perché, almeno per oggi, ho deciso che non continuerò ad addebitargli tutto ciò che gira storto, dal maltempo al mio ultimo quattro in matematica. Ma non riesco ancora a comprendere cosa ti abbia tenuta legata a lui, senza mai farne parola con me. E non uscirtene con una delle tue frasi storiche del tipo Non puoi capire o Quando sarai grande potrai comprendere. Ormai ho vent'anni».

«Eccolo, il mio uomo maturo. *Quasi* vent'anni. Quattro peli di barba in croce e già le prime ambizioni, anzi rivendicazioni».

Fa sempre così, si divincola dal discorso come un'anguilla che sguscia dalle mani del pescatore. Ovviamente con me non le occorre chissà quale sforzo. Le viene particolarmente semplice essendo le mie puberi e inesperte tenaglie.

«Per una volta, puoi prendermi sul serio?». La mia voce è ferma. Parlo e tento di bloccare il tintinnio dei suoi tacchi contro il pavimento utilizzando le mie leve, ben più lunghe e forti. Provo una strana sensazione di disagio a comportarmi come un uomo pur non essendolo, facendo ciò che fanno gli adulti ma avvertendomi soltanto come blando surrogato, impreparato e disarmato. Il suo sorriso d'un tratto si è serrato, mentre il busto si è avvicinato al tavolo. Mi ha fissato con tenera intensità prima di dirmi: «È proprio perché ti prendo sul serio che ti dico che non puoi comprendere. Se volessi, potrei darti un miliardo di motivi plausibili, nascondendoti la verità. Ma non voglio e per questo ti dico che solo col tempo potrai imparare a penetrare il significato delle cose e comprendere quanto alcuni rapporti possano entrarti sottopelle, senza possibilità di strapparli o sradicarli. Si dice che sia proprio il passare del tempo a sanare le ferite, ma non sempre questo avviene. A volte il suo scorrere non fa che saldare anche i più traballanti rapporti, rendendoli invulnerabili ai dolori e agli errori, immuni alle reciproche offese, alle costanti ingiurie. E finisci per non poter recidere quel nastro invisibile. Questo era il legame tra me e tuo padre».

Le sue parole mi hanno avvolto nel loro sconfinato candore. Mi sono promesso di non lasciarmi circuire da questi suoi modi ammalianti che conosco bene e che mille e mille volte ho visto in azione quando vuole confondere e stregare qualcuno dei suoi tanti ammiratori o chiunque abbia ciò che le serve. Eppure è arduo non cader vittima della sua malìa, sono ben conscio che con lei tutto è possibile. Che sia sincera o che mi stia semplicemente lisciando il pelo per anestetizzare il mio istinto? Non sono sufficientemente distaccato per comprenderlo. È pur sempre la donna che mi ha cresciuto, la mia roccia, il mio porto sicuro, il mondo sino ad allora conosciuto.

Cenando, abbiamo parlato di poco altro, dei gusti nell'arredamento del locale, incrocio ben congegnato tra rustico ed elegante; dello stile di alcuni avventori e di qualcosa che non ricordo bene ma che credo abbia a che fare con la nostra vita a Parigi, poi siamo rientrati in albergo.

## Milano, 24 luglio 2011

Un languido raggio di sole sbucato tra le fessure delle persiane ha svolto la funzione di sveglia non richiesta e meno che mai apprezzata. Ho agguantato la base del mio collo come si fa con una palla da baseball al volo, convinto di poter afferrare allo stesso modo lo strano torcicollo che mi sta trafiggendo come una scarica di spilli, regalo della seconda notte in un letto al quale non sono abituato. Il materasso è durissimo, troppo per i miei gusti. Neanche in prigione, steso su una tavolaccia di legno appesa a due catene, avrei dormito peggio. Sì, devo ammetterlo, la mia fantasia spesso tende a drammatizzare le immagini della mia mente generando mirabolanti iperboli, dipingendo scenari apocalittici o distopici, trasportandomi in infernali carceri, purulente periferie, piuttosto che vivisezionare la realtà, troppo triste e straziante, della mia modesta condizione umana. È un modo come un altro per creare una certa distanza. Si trasfigura la realtà, la si immagina più complessa, per stigmatizzarla e renderla un pianeta alieno. Il vantaggio di questa strategia è di poter rimandare i conti in sospeso con la verità. Si inizia dalle banalità e si arriva alla patologica megalomania. Io sono ancora al primo stadio, ma sto chiedendo cittadinanza al secondo.

Sono sceso nella hall dell'albergo in attesa che mia madre liberasse il bagno. Di prima mattina ci mette un'eternità. L'esito è stupefacente a volte. Il materiale di partenza raffinato ed elegante lascia vedere nitidamente il trascorrere degli anni. A volerci far attenzione, si possono scorgere perfino gli eventi che hanno dato origine a una ruga o a una fossetta. È ancora una donna attraente per un qualsiasi osservatore esterno, un amante del genere, ma ammirarla appena sveglia e subito dopo l'opera di ristrutturazione è come assistere, mi perdonerà, al restauro di un'opera ingiallita dal tempo. Se devo aspettare i lavori di restauro, tanto vale farlo mangiando.

Ho preso posto al tavolo, ordinando un cappuccino e un croissant. Il primo morso ha disatteso la speranza che fosse imbevuto di burro. Non il migliore degli inizi possibili. Nel frattempo ho preso la mia copia sgualcita de *Il giovane Holden* di Salinger, per ingannare il tempo fino all'arrivo di mia madre. Sono l'unico seduto, fatta eccezione per una famiglia di turisti. Ho alternato rapidi sorsi a letture fugaci, mentre di mia madre non c'era ancora l'ombra. Ho avuto tutto il tempo di continuare nella mia lettura, arrabbiarmi ancora un po' con quel dannato Caulfield, consumare la mia colazione e di lei nessuna traccia. Che non mi abbia visto? Ho cominciato col guardarmi attorno, spostandomi sulla sedia e sporgendomi al massimo verso destra e sinistra, ma nulla. Abbiamo un appuntamento con Luisa, a quanto pare, ma c'è tutto il tempo. Dobbiamo incontrarla di fronte all'atelier di Jean-Luc per le undici, quindi da qui a due ore, e non siamo poi così distanti. Ho già consultato la mappa della metropolitana che ci hanno consegnato alla reception fidandomi pochissimo della padronanza della città da parte di mia madre. Quattro fermate separano l'albergo dal nascondiglio segreto del grande fotografo.

Ho avvertito una sensazione di dolore, quasi una fitta, tra le costole, mentre rileggo per l'ennesima volta di Holden e Sally davanti alla pista di pattinaggio. Ho socchiuso il libro per schiarirmi i pensieri: la mia incapacità di sorprendere Luisa – e peggio l'essermi sentito ingabbiato in una definizione da un uomo che non conoscevo –, gli incontri clandestini tra mia madre e Jean-Luc, tra lei e Luisa. Mi sento il protagonista assente di vicende delle quali sono all'oscuro.

Ah, ma oggi certamente mi rifarò. Sarò sorprendentemente un agnellino, e poi, al momento giusto, mi prendo la meritata rivincita.

Stavo per ricominciare la stessa pagina per l'ennesima volta quando la mano di mia madre si è posata sulla mia spalla prima che lei avvicinasse le labbra rubino sulla mia guancia, lasciandomi un alone appiccicaticcio sulla barbetta incolta di tre giorni, quasi abbia strofinato delle lumache bavose sul mio viso. La odio quando fa così.

Ha con sé un bicchiere di spremuta e un croissant identico a quello che ho appena sbranato senza neanche assaporare il fragrante scoppiettio nel palato della pasta sfoglia.

«Perdonami per il ritardo ma sai, noi donne abbiamo l'obbligo morale di farci aspettare».

«Tutto mi sarei aspettato tranne sentire una frase del genere da una che si definiva rivoluzionaria, femminista, e un tantino comunista. I compagni non saranno affatto contenti di come sei diventata e te lo faranno notare alla prossima riunione di sezione. E poi tu sei mia madre, non una donna».

«Per quanto ti possa apparire assurdo, essere madre non vuol dire dimenticarsi di essere donna».

«Sei così bella per andare a visitare un bugigattolo dove il tuo ex compagno si è rinchiuso negli ultimi mesi della sua esistenza? Non c'era bisogno di tutti questi preparativi. Sarà una topaia dall'aria densa di tabacco, alcol e vecchiaia. Ne saranno contenti i nonni. Già me lo vedo, il rifugio dell'illuminato ritrattista dei tempi moderni: fatiscente, arredato con oggetti orribili ma costosi e trattati malissimo. Poca, pochissima luce, quasi da soffocare. Alle pareti le sue foto per alimentare il suo egocentrismo. Insomma, un cliché».

«Il solito esagerato. E comunque, una donna non può desiderare di farsi bella per il proprio ometto e per andare in giro per la città?» ha aggiunto, con uno strano fare ammiccante ma scherzoso, scivolando via dal mio discorso. Ha un sorriso accecante e con un accenno di pudore, mi rendo conto di averne subito il fascino, nuovamente, anche solo per una frazione di secondo. Ennesima prova di come riesca a far sì che gran parte delle persone della sua vita assecondino i suoi desideri. Ora sto imparando a capirlo.

«Smettila mamma, con me non attacca!» devo avere

l'espressione di quando qualcuno spalanca le persiane e la luce ti piomba sul volto senza lasciarti il tempo di proteggerti.

Fa un caldo torrido, che stringe il petto e fa annaspare, ma sembro l'unico a soffrirne. Il nonno, una volta, mi ha detto che «a Milano ci sono solo due stagioni: l'autunno che dura dieci mesi, e l'estate. E in entrambi i casi si spende gran parte del tempo a tirar giù bestemmie».

La prima idea che mi sono fatto dei milanesi è questa: sudano più dei parigini. Nella metro, mi sembrano tutti sul punto di sciogliersi da un momento all'altro. Persino l'elegante compostezza di mia madre è messa a dura prova da braccia umidicce e tatuate che ci urtano facendomi temere che un po' di quel colore possa stamparsi sui nostri vestiti. Riemergendo da quella giungla, l'apparizione del Duomo mi ha tolto il fiato già compromesso.

Ne sono rimasto drammaticamente affascinato. È la prima cosa maestosamente bella che vedo da quando sono arrivato in Italia. Non che abbia visto molto, a parte la chiesa nella quale si è svolto il funerale, una terrificante pizzeria napolegiziana, il ristorante di ieri sera e la camera dell'hotel. È immenso, incredibile. Una visione senza tempo che mi ha estasiato, lasciandomi letteralmente a bocca aperta. Mia madre se n'è accorta, l'ho visto, ma non ha detto nulla. Ho scorto sul suo volto un'espressione soddisfatta. Era strano ritrovarsi a scoprire una bellezza così regale in una città così dinamica e irascibile come Milano. La trovo inaspettatamente lirica. Un diamante iridescente immerso in una coltre di fumo e frustrazione. Una raffinatezza che mi sarei atteso di vedere a Torino, la capitale reale, non certo in questa città che sino a ora mi è calata addosso con il suo manto di malinconia.

Camminando, mia madre mi ha raccontato di queste strade. Proprio lì vicino ci sono stati gli scontri nel Sessantotto, di fronte al Teatro alla Scala. Qui si è formata la borghesia illuminista ma anche la terribile aristocrazia capitalista della finanza, nonostante Piazza Affari sia distante. Lo ha fatto col suo solito stile didascalico, con la sua sostanziale parzialità, ma anche in quel modo così convincente che finisce col farmi sentire costantemente d'accordo con lei. È il suo dono. Mi ha raccontato della straordinaria proprietà dei portici del palazzo in via Mercanti, dove i commercianti dell'epoca potevano parlare da un angolo della struttura e farsi sentire all'altro capo della stessa, senza essere ascoltati dai presenti. Un vero miracolo dell'acustica che ha promesso di mostrarmi prima di andare ad ammirare il Castello Sforzesco.

Ero ancora stordito dalla mole di immagini, notizie e suggestioni, quando ci siamo fermati di fronte a uno sfarzoso portone.

«Certo che Jean-Luc non se la passava poi così male» le ho detto non solo con sarcasmo ma anche con un po' di invidia. Avremmo potuto viverci noi, io e mia madre, in quell'appartamento che lui aveva abusivamente occupato. Avremmo potuto usarlo per le nostre vacanze in Italia, farlo diventare il centro delle nostre vacanze primaverili, punto di partenza per interminabili giri, tra trattorie ed enoteche dall'arredamento antico e rustico.

Quell'appartamento appartiene alla famiglia Dörner da chissà quanto e lui non si è neanche posto il problema di aver occupato indebitamente uno spazio che avrebbe potuto avere tutt'altra destinazione d'uso. Continua a sorprendermi la generosità di mia madre con l'uomo che l'ha ferita.

«È un appartamento come tanti. Non sapeva dove andare dopo che ha lasciato l'attico in affitto quando ha smesso di fotografare».

«L'avremmo potuto usare noi!».

«Quando? Ma se non sei mai voluto venire in Italia quando ci sono venuta io».

«Non ci volevo venire perché tu saresti stata sempre impegnata in convegni e cene, a parlare con gente che mi avrebbe infastidito con pizzicotti. Sai come sono fatti gli italiani. E tu non mi avresti mai lasciato girovagare da solo per la città».

«Touché!».

«Avremmo potuto venirci in vacanza, magari usandolo come partenza per girare Verona, Genova, Venezia».

«Dovresti ripassare la geografia dell'Italia».

«Perché?».

«Lascia perdere. E comunque, avremmo, ma non abbiamo. Ed è stato meglio così».

Ero quasi certo di sapere cosa avrei trovato all'interno dell'appartamento, ma confidavo nell'imprevisto. A parte quella breve visione improvvisata a colazione, non è che avessi fantasticato così tanto su cosa avremmo potuto trovarci di fronte, una volta giunti nel suo atelier: una specie di topaia lercia, con cartoni di pizza su finissimi tavolini di vetro; bottiglie vuote sparpagliate; colanti umori acidi e appiccicosi; giornali ritagliati, riassemblati e accatastati; un terribile olezzo di chiuso e di vecchio. Ma vi ho detto, io tendo a creare immagini teatrali di qualsiasi cosa. Avevo immaginato una serie di camere oscure con foto sparse ovunque, i segni di una progressiva follia che l'aveva infine condotto a teorie complottiste e al suicidio. Io ve l'ho detto, non riesco a farne a meno. Ma quello che mi si è presentato davanti è stato devastante: la banalità. Niente pile di giornali, niente mozziconi di sigarette spente sulla moquette. Era tutto perfettamente in ordine, compresa una paccottiglia proveniente da chissà quali angoli di mondo. Un'accozzaglia di oggetti che strideva con la linearità dell'arredamento. Ciò che ho trovato è stato un soggiorno sobrio e strettamente funzionale, con un divano, fiancheggiato da una poltrona, un tavolino e un poggiapiedi con vista su una parete dove, nel bel mezzo di una libreria stracolma, trovava posto un televisore e una raccolta di DVD. La cucina era impeccabile, con mobili moderni e una penisola di marmo. Un gusto che mi ha ricordato quello minimale dell'Ikea. Era tutto, come dire, normale. Perfettamente normale. Banalmente normale.

«Perché hai quello sguardo? Cosa ti aspettavi di trovare?» mi ha chiesto mia madre con un pizzico di sorpresa che traspariva da un sorriso appena accennato.

«Ma che ne so. Pensavo di entrare nel nascondiglio segreto di un artista strampalato, un'anima in pena tormentata dai fantasmi di un passato che ne minavano la salute mentale. E mi trovo nell'appartamento di un dipendente del catasto con più soldi di quanti ne avesse bisogno. È tutto così ordinario. Dov'è la sofferenza? Dov'è l'ardore? Dov'è l'imperitura ricerca di un animo geniale?».

Mia madre è scoppiata in una fragorosa risata, un suono argentino ma squisitamente reale e sincero. Un'esplosione di luce.

«Andrès, tu mi fai veramente impazzire». Si è avvicinata per darmi un bacio che ho accolto fingendo una certa stizza. «Guarda che tutto quello che hai letto su di lui non è altro che un'immagine posticcia, creata ad arte dai suoi agenti che vivevano a bordo delle sue tasche, in prossimità del portafoglio. Curatori di immagine, manager, galleristi. Ne hanno fatto una star borderline, neanche fosse Jim Morrison o Marilyn Monroe. Ma lui era un ragazzo per bene, cresciuto in una famiglia magari chiassosa, ma semplice. Era un uomo onesto, vero, addirittura, quando voleva, brillante e sincero, prima di...» ha fatto una pausa, quasi per abortire parole di cui non avrebbe sopportato il suono. «E questa casa è uno specchio di della sua essenza. Pulita, ordinata, normale. Ne sei deluso?». Il viso mi è sembrato imbronciato, quasi si fosse pentita della naturalezza con la quale ha appena parlato di lui, tradendo un affetto ancora visibile.

«Non si può essere delusi quando non ci si attende nulla». Ho mentito spudoratamente. E in fondo so di non essere stato neanche credibile.

Mancava una manciata di minuti alle undici e quindi

all'appuntamento con Luisa e per ingannare l'attesa avevo cominciato a frugare nella sua libreria.

«Andrès, ti va qualcosa da bere? Controllo cosa c'è in frigo».

«No, sono a posto così. E poi non voglio bere le cose lasciate da un morto».

Sulle mensole maniacalmente pulite, dove un filo di polvere lievissimo appare come il frutto di pochi giorni di incuria, ho visto titoli di libri dei quali ho sfogliato le pagine come si fa in una qualsiasi libreria quando non si ha idea di cosa acquistare. Erano tutti ben disposti e divisi per collane, per generi e in ordine alfabetico. Più mi addentro nella sua vita e più mi sembra così assurda l'immagine che Jean-Luc ha lasciato che si creasse di lui sulle riviste, quella del fotografo star.

Nella sua biblioteca c'è un po' di tutto, dai thriller commerciali ai classici, passando per autori più o meno sconosciuti. Solo allora mi sono reso conto di qualcosa di strano: una sensazione dissonante in quella scena di perfezione apparente, della cui natura non subito mi sono capacitato. Come quando sei dietro i fornelli, assaggi quello che stai cucinando e avverti l'assenza di un ingrediente. Sai che per raggiungere il gusto corposo che ti aspetti, che desideri, c'è una nota mancante, ma non sai esattamente quale. Non sai se è una spezia, un po' di sale, o magari un ulteriore ingrediente. Avverti solo quella inafferrabile sensazione d'assenza. Ero quasi pronto all'idea di arrendermi quando ho avuto l'illuminazione: non ci sono libri di fotografia o di arte in genere.

Com'è possibile? Che li tenga in un'altra libreria? La curiosità si è fatta invadente fino a guidarmi lungo i corridoi dell'appartamento. Non solo mancano testi e cataloghi, ma non ci sono neanche foto appese, incorniciate o anche solo sparpagliate lungo le stanze. I muri sono decorati da stampe di quadri astratti e impressionisti, bozzetti sotto vetro e qualche poster sgualcito.

Ho iniziato a girovagare per le stanze, approfittando della momentanea distrazione di mia madre, alle prese col telefono. Dal soggiorno in cui eravamo e dal quale si accede in cucina parte un corridoio stretto da ulteriori librerie stracolme dei più disparati esemplari di letteratura italiana e straniera e da porte socchiuse che danno l'accesso al bagno e a due camere per gli ospiti arredate e tenute in discreto ordine. Al termine del corridoio ci sono due porte. Una sulla sinistra, chiusa a chiave, e una sulla destra. Ho posato il palmo della mia mano sinistra sulla maniglia, sentendo scattare la serratura. Quando mia madre se n'è accorta, ormai, era troppo tardi.

Non c'era luce. Nessun bagliore proveniente dalle finestre, la camera appariva come un ingresso a una dimensione di buio e tenebra. Tastavo le pareti alla ricerca di un interruttore. Sembrava un muro nero capace di rigettare ogni forma di luminescenza. Quando ho trovato una rotella dentellata, una luce ambrata ha gradualmente inondato la stanza che ha preso forma mentre le mie pupille facevano fatica a riabituarsi.

Una cascata di spilli lungo tutto il corso della colonna

vertebrale, dalla base del collo, giù sino alle spalle, alla schiena.

Sulle pareti sono apparse centinaia di foto dalle dimensioni più disparate, disposte in modo disconnesso ma intimamente armoniche. Piccoli mosaici collocati in più punti della camera. In ognuna il soggetto è sempre lo stesso. Cambia la forma, l'espressione, la definizione e la distanza. Muta l'esposizione o l'angolazione, la spaziatura e lo sfondo. Evolve in età e stile, in espressioni e connotati. Ma è inequivocabile che si tratta esclusivamente di un unico e solo protagonista principale. Un inconsapevole ispiratore di innumerevoli scatti. E io lo conosco. Sì, lo conosco perfettamente.

In qualsiasi momento, di fronte allo specchio, me lo ritrovo di fronte.

«Andrès?».

«Quando cazzo avevi intenzione di dirmelo?».

«Io… non volevo lo scoprissi così… Non mi ero accorta del…».

«Come ha fatto a scattarmi tutte queste foto? Dov'era? Tu l'hai sempre saputo?».

«Andrès, è complicato…».

«Complicato un cazzo, mamma!» mi sono divincolato dalla sua mano che mi aveva afferrato il braccio.

«Andrès, non parlarmi così, cosa puoi saperne tu?».

«Lasciami stare, smettila!».

Non ero ancora arrivato nel corridoio quando mi sono imbattuto in Luisa.

«Ehi, giovanotto, dove corri?».

«Vaffanculo pure tu!».

Senza voltarmi sono filato via in strada e mi sono acceso una sigaretta. Dopo due boccate ho sentito la gola ardere incandescente. Nella furia le mie mani hanno stretto così tanto il filtro da averlo praticamente reso inutile. Ho gettato il mozzicone senza averne fumata neanche metà.

Lui, era stato così vicino, così maledettamente vicino da poter scattare tutte quelle foto. E io non ero riuscito neanche a riconoscerlo tra i presenti. Cosa gli sarebbe costato avvicinarsi, venire verso di me, dirmi semplicemente Ciao Andrès? Questa non gliela farò passare liscia. Questa no. Questa gliela faccio pagare.

Non so neanche con chi prendermela, a dire il vero. Quei due si sono permessi di prendere decisioni sul sottoscritto senza neanche provare a chiedermi un fottuto parere. Cosa gli sarebbe costato mettermi al corrente della possibilità di lasciarmi decidere, nel bene e nel male?

Volevo andar via, ma dove? Fossi stato in Francia avrei certamente saputo dove rifugiarmi. Ma qui?

Subdolo e strisciante, ha cominciato a farsi strada un unico pensiero. Sapere. Saperne di più. Di quelle foto, di quei momenti rubati. Di lui, e di me.

Ho violentato il mio corpo per riacquistare lucidità. Ho un piano.

Sono tornato su vestendo la parte del ragazzotto incazzato col mondo, immusonito e imbruttito. Mi riesce particolarmente bene da qualche anno a questa parte, nonostante odi la condiscendenza del mondo circostante che mi fa sentire perennemente "il ragazzo problematico abbandonato dal padre". Che sciocchi, anche solo a pensare una cosa del genere. Se non hai mai visto il mare, come può mancarti?

Per tutto il giorno ho evitato qualsiasi discorso con mia madre, facendole capire che non è questo il momento giusto per affrontare la questione, e anzi che non mi interessa più. Non mi importa nulla del fatto che lui mi abbia scattato tutte quelle foto. Non me n'è mai importato un granché. L'unica cosa alla quale ho fatto attenzione è stata la strada percorsa dal palazzo al nostro albergo. Ho misurato accuratamente i passi, memorizzato i nomi delle vie e delle fermate della metropolitana, anche se so che non potrò usarla di notte; ho fatto caso a ogni minimo particolare. Mi sento una spia con un solo obiettivo e una sola notte a disposizione per realizzarlo.

Poche volte ho incrociato il suo sguardo. Sta soffrendo. Lo so. Ma ho tutto il diritto di farle male. Ho alternato strafottenza nelle risposte e arroganza nei silenzi. Gancio, montante, gancio e poi un diretto, ma senza sferrare l'attacco definitivo che porrebbe fine alla sua agonia. Nessun colpo risolutivo. Mi basterebbe una vittoria ai punti, per non destare alcun sospetto. Io ho un piano.

Dopo cena siamo rientrati in albergo, e lei ha provato di tutto per farsi perdonare.

«Andrès» la sua voce odorava di sangue e sabbia.

«Dimmi» le ho risposto freddamente, senza neanche degnarla di uno sguardo.

«Non puoi trattarmi così. Mi fai male» ora le sue parole hanno il sapore della ruggine.

«Come?».

«Così, con indifferenza. Tu non sai, tu non puoi neanche lontanamente sapere...».

«E infatti non voglio saperlo» ho aggiunto in tono sprezzante, anche se poco convincente, pur di troncare la conversazione.

«È tutto così difficile. È stato tutto incredibilmente difficile».

«Avresti potuto renderlo più semplice, ad esempio parlandone con me. Non l'hai mai fatto, e per me il discorso si chiude qui, per ora».

«Ma io ho bisogno di te».

Mi sono avvicinato a lei, a quel punto tenendo costantemente lo sguardo puntato su quegli occhi capaci di profondità sconfinate. «Ho solo bisogno di tempo, poi parleremo. Non pretenderai che faccia sempre tutto secondo i tuoi tempi».

Così falso non lo sono mai stato. Per la prima volta nella mia esistenza, nella quale lei è stata la mia stella polare, l'unica guida e salvezza, sto prendendo in seria considerazione l'idea di abbandonarla in quest'albergo a rimuginare per un tempo indefinito.

Si è seduta sul letto e sembrava credermi. O si è convinta di credermi, forse anche solo per avere il coraggio di chiudere gli occhi. L'ho lasciata fare, accennando sorrisi vigliacchi. Avevo bisogno che si addormentasse.

Abbiamo guardato per un po' la TV finché non si è

accasciata lentamente. Sapevo di avere esattamente cinque, forse sei ore prima del suo risveglio.

Ho un piano, e tutta l'intenzione di realizzarlo.

## Milano, 24 luglio, notte

Mi sono segnato tutti i dettagli, le distanze e i tempi. Con un po' di fortuna e confidando nello scarso traffico notturno, dovrei raggiungere casa di Jean-Luc col taxi in meno di venti minuti. Mi sento scioccamente intrepido e allo stesso tempo incredibilmente determinato. Ho studiato il percorso su una mappa in modo da non farmi fregare dal tassista. I soldi non dovrebbero essere un problema. Non ho speso alcun centesimo e mia madre mi ha riempito di contanti con la giustificazione tipica: in caso di qualsiasi necessità. Ok, mamma, ma con questi ci potrei persino comprare un passaporto falso e un'altra identità. Tu non vuoi che io arrivi a questo, vero? Ho fatto attenzione a vedere dove aveva riposto le chiavi di casa, per non fare eccessivo rumore nella ricerca.

In un attimo sono scivolato fuori dall'hotel, immerso in una notte afosa e immobile. Attraversare questa città semisconosciuta, poco tempo prima, mi avrebbe terrorizzato, impietrito. Figuriamoci farlo in taxi, da solo. Eppure in questo momento mi sento inspiegabilmente al sicuro. Scoprire che la strada può non essere infestata di tossici e puttane, trovare un tassista gentile e dal volto ben curato, anche se appesantito da occhiaie divenute endemiche. Mi sono sentito più adulto di quanto in realtà non sia.

In poco più di quindici minuti sono arrivato di fronte a quel portone. Mi sono voltato, istintivamente, come fanno gli attori quando si assicurano di non essere seguiti. Uno sguardo a destra, uno a sinistra e, non avendo un bavero da tirare su, mi sono limitato ad alzare le spalle e a infilare le chiavi nella toppa. Uno scatto ed ero dentro.

Cosa sto cercando? Non lo so. Ho finito col concentrare tutti i miei pensieri sul mio piano di fuga e non su cosa avrei potuto trovare in quell'appartamento. Una volta deciso, in un lampo, che ci sarei dovuto andare, che avrei voluto capirci di più e senza lo sguardo ingombrante di mia madre, non ho più riflettuto su ciò che avrei potuto scoprire. Fatta eccezione per quelle foto, che di per sé sono già un bel mistero, nessuno mi ha assicurato rivelazioni inattese e ritrovamenti insperati. Forse qualche informazione, o un qualsiasi dettaglio che mi possa essere d'aiuto? L'importante sarebbe trovarci qualcosa, qualsiasi cosa.

Non ho esitato all'ingresso del suo appartamento. Un movimento dinamico e fluido, come quello che si compie abitualmente quando si fa ritorno in un luogo consolidato, come la propria esistenza. Il soggiorno l'ho trovato avvolto in un buio leggermente affievolito da una patina luminosa proveniente dall'esterno. Per non destare sospetti, per quanto sarebbe stato improbabile che qualcuno sorvegliasse l'abitazione di Jean-Luc, ho chiuso immediatamente le imposte, tenendo accese solo le luci meno intense, come l'abat-jour sul tavolino accanto al sofà. Mi sono comportato come il protagonista di una di quelle serie poliziesche che intasano il televisore all'ora di cena, prendendo precauzioni eccessive e molto più accurate di quanto non richieda la situazione. Non avevo alcun criminale da scovare o serial killer da incastrare. Solo un uomo da scoprire e un appartamento da analizzare, senza gli strumenti adatti e probabilmente senza l'intuito dei protagonisti di un romanzo di Izzo.

Io avevo un piano, e l'ho realizzato. E il tutto si è dimostrato estremamente semplice. Una missione ben al di sotto delle mie possibilità. E ora?

Ho ripetuto esattamente lo stesso percorso fatto in mattinata. La libreria, ordinata in modo maniacale e con quel velo di polvere talmente misero da suscitare l'invidia di tante padrone di casa. Adesso immagino Jean-Luc, il fotografo capace di far innamorare le donne e impazzire di gelosia gli uomini, con un pessimo grembiule e un acchiappapolvere. Raccapricciante. Altro che maestro della *nouvelle art photographique*, era una colf con l'hobby degli autoscatti. Sto deridendo un uomo morto pochi giorni fa, nel suo appartamento. E non me ne frega nulla.

A passi lunghi e lenti, quasi a dilatare il tempo, mi sono ritrovato di fronte a quella porta. Ormai la conosco e in un attimo quelle mura inondate di foto sono riemerse e si sono ricomposte sotto i miei occhi. Avrei potuto guardarle senza avvertire il peso dello sguardo di mia madre, che certamente non vuole che io sappia. Almeno così ha detto.

Le foto non mi sono sembrate disposte secondo un ordine cronologico, ma cromatico. C'è una certa armonia che ho avvertito anche stamattina, una sintonia tonale, una simmetria di bagliori e ombre. Sovrapposizioni e inclinazioni rendono la cosa non inquietante ma certamente sconvolgente. Ho visto dei piccoli Andrès osservare straniti i loro corrispettivi di qualche anno più grandi e altezzosi, che a loro volta subiscono la tenerezza dei propri gemelli poco più che in fasce. Ho ammirato le città della mia infanzia, i paeselli minuscoli nei quali mi conduceva mia madre in estate, per respirare l'aria frizzante e pulita del Sud della Francia, o la grigia tristezza di un parco asfittico nel quale giocavo a creare mondi alternativi con la terra. Mai, in nessun momento, mi era anche solo balenata l'idea che lui, il grande assente, fosse onnipresente, che potesse essere lì, a osservarmi, a ritrarmi, a imprimermi su pellicola come il figlio qualsiasi di un passante. In contesti e dimensioni sempre differenti. Quante volte era stato lì, a pochi metri da me. Non so quanto tempo ho trascorso in quella stanza. Può essere passato un minuto come un'ora. Ho volteggiato sulla linea del tempo ogni volta che mi sono avvicinato a quelle immagini. Ho sentito l'impulso di contarle, di contare i diversi spazi e momenti. Sarebbe un'abile carta da giocare al tavolo con mia madre, un tavolo che presto allestirò per una mano crudele ma egoisticamente necessaria. Poi mi sono trattenuto. Mi siederò comunque da vincitore in partenza e con una mano capace di stravincere e umiliare il mio avversario.

E poi conoscerne il numero appesentirebbe solamente di qualche tonnellata un macigno che già ho faticato a bilanciare sulle spalle.

Comunque, devo ammetterlo, le foto non sono affatto male. Forse ha imparato negli anni: mia madre ha sempre sostenuto la sua incapacità totale nell'arte fotografica, attribuendo la sua fama a una incredibile concatenazione di eventi eccezionali. Tutta gelosia, ho sempre pensato. In fondo si sono conosciuti anche perché condividevano la professione di reporter, pur avendo ruoli diversi, e mia madre non ha certo fatto carriera. È passata da essere la figlia ricca e problematica alla reporter aggressiva e problematica, per poi diventare madre sola e problematica.

Ne ho prese alcune. In fondo, chi altro potrebbe reclamarle? Non sono io l'unico erede? Oddio, magari da qui a pochi giorni potrebbe spuntare qualche sorpresa.

Il riflesso di luce sul quadrante del mio orologio mi ha costretto a fare i conti con la posizione perfettamente simmetrica delle lancette e a rendermi conto del fatto che è passata a malapena un'ora e mezza da quando ho lasciato l'albergo. Ho ancora molto tempo a disposizione. Tornato nel soggiorno, mi sono messo a sedere sul divano. Cosa ho ottenuto? In realtà quel gran piano del quale sono stato tanto orgoglioso per l'intero giorno si è rivelato nient'altro che una visita alla casa di un parente defunto. Ho perso curiosità. Ho solo pronto un colpo in canna per mia madre e poca voglia di pensarci troppo in questo momento. Troppe domande mi sono già posto durante l'intera giornata. Come, quando, perché non mi ha detto nulla? Le domande giuste, le uniche per le quali pretendo risposte. Ma adesso ho quattro ore a disposizione e nessun interesse di aggirarmi per le stanze vuote di una casa asettica.

Posando la mano sull'orribile tavolino di vetro posto al fianco del sofà ho agguantato i tre libri posti sulla base fredda e trasparente. Uno è l'ingiallita versione di uno sconosciuto romanzo di un tizio forse russo, ucraino. Mai sentito nominare. Le pagine gialle hanno un odore aspro. Poi c'è un libricino di poesie di Keats in una versione economica e una discreta copia di *Cent'anni di solitudine* di Márquez. Be', uno su tre non mi sembra una pessima media nelle affinità letterarie. Distrattamente l'ho preso per sfogliarlo quando mi sono accorto che qualcosa faceva spessore sul fondo. Voltando la quarta di copertina l'ho trovata.

Una lettera.

La sua.

Per una seconda volta, nel giro di pochissimo, il tempo ha abbandonato le dimensioni conosciute per svanire nel nulla. L'ho aperta e un mondo sconosciuto si è spalancato davanti ai miei occhi.

L'ho letta, e poi l'ho riletta per essere sicuro di non sbagliare.

Un impostore.

Mio padre, Jean-Luc, anzi Gianluca, è stato solo un terribile impostore, falso, bugiardo, ladro, approfittatore, cinico, baro, e potrei continuare fino a esaurire il fiato e a raschiare la voce mentale che urla la successione di queste parole. Questa lettera è la prova che potrebbe far crollare un castello di carta durato dodici anni, screditare una vita, una carriera, per quanto prematuramente già terminata. Ma com'è possibile? Queste parole, questa confessione, mi sembra tutto così assurdo, talmente folle da aprire spiragli di luce inattesi. Un tornado che ha mescolato le carte.

Quando ho sentito del suicidio ho fatto congetture talmente stupide, irreali, e ora è lui a darmi la chiave per comprendere le ragioni di quel gesto, anche se ci sono ancora troppi buchi all'interno di questa storia.

Ho letto ancora la sua lettera e ho provato a immaginarlo con la penna, mentre si mette a nudo su un foglio di carta al quale ha affidato la sua dichiarazione di infamia. Ho sempre saputo poco di lui e adesso quel poco diventa ancora più opaco e torbido. In realtà non so assolutamente nulla, ma per la prima volta ho avvertito la sensazione opposta, quella di saperne più degli altri. Devo fermarmi, respirare, ricominciare da zero.

Se la lettera è qui, nascosta, forse nessuno l'ha ancora trovata. Sì, sono il primo ad averla per le mani. E sì, dannato Jean-Luc, la tua proverbiale buona stella non ti ha abbandonato neanche da morto. Chissà cosa sarebbe accaduto se l'avesse trovata uno di quegli avvoltoi che ti ha sempre ronzato intorno come una mosca vicino a uno stronzo colossale. Ma cosa hai voluto dire? Mi hai davvero confessato che la tua intera carriera si è evoluta grazie a una serie di eccezionali coincidenze? Possibile che *quella foto* sia stata solo frutto di un caso fortuito? Sicuramente c'è stata una componente di buona sorte, ma possibile che la tua intera vita da fotografo si sia basata sull'essere nel posto giusto al momento giusto? Possibile che non ci sia stata almeno una dose di intuito, di fiuto verso la notizia?

Ho serrato gli occhi, un po' per stanchezza, ma soprattutto per confusione, e in un momento di rigetto verso la sua ennesima bravata ho posato il foglio, capovolgendolo sulla pelle del divano per nascondere quelle parole.

«E questo cosa diavolo è?» ho detto ad alta voce, quasi a volermi fare compagnia.

Sul retro di quel foglietto c'era una postilla, una linea sottile e minuta che componeva una frase.

"A volte siamo troppo impegnati a scrivere la nostra storia da non avere il tempo di fermarci a riflettere su ciò che succede e rileggere quanto lasciato su carta. Tutto per colpa dell'eccessivo e irrefrenabile desiderio di scoprire come va a finire. Forse dovremmo solo fermarci, sederci, aprire il libro della nostra esile esistenza e dare un senso al tutto. Solo così potremmo veramente capire".

«Cosa vuoi dirmi? L'hai fatto volontariamente o non ti sei neanche accorto che dietro al foglio sul quale hai scritto le tue ultime parole c'è una frase che non significa un cazzo?

A che gioco stai giocando Jean-Luc? Cosa vuoi fare? Vuoi sfidarmi? Credi che io non accetti? Tu sapevi, sapevi che sarei venuto qui. Sapevi che sarei stato il primo a trovare questa lettera. Mi stai sfidando? Dovrei fregarmene di te come per una vita tu hai fatto con me, ma sono superiore a quanto tu sia mai stato in vita tua. Vuoi giocare? Sei stato troppo razionale nel lasciare le tue ultime parole. Troppo studiate, troppo definite, non certo il frutto del delirio finale di un animo tormentato. No, tu lo sapevi. E l'hai fatto nel più banale dei modi, come del resto tutto è banale in questo appartamento. E io sono troppo intelligente per non fregarti, per non capire cosa vuoi dirmi. Mi hai dato un indizio. Cosa vuoi che faccia? Vuoi che rilegga la tua storia, per darle un senso, considerando che tu non ci sei riuscito e hai preferito fuggire, per l'ennesima volta, dalle tue responsabilità? Va bene, accetto!».

Senza accorgermene ero già in piedi. Ho davanti due immagini stridenti che non possono appartenere alla stessa persona. Ma considerando che lui stesso ha appena confessato di non essere nulla di più distante da ciò che per anni si è immaginato, ho cominciato a convincermi sempre di più che sia questa la sua vera essenza, fatta di rigore, accuratezza e precisione quasi maniacale, come quella che ha applicato anche a una cosa così banale come la disposizione dei mobili, degli accessori, dei libri, degli stupidi oggetti raccolti negli anni.

«Fossi un uomo così ordinario, dove potrei aver lasciato un racconto della mia storia?».

Ho provato in camera da letto, ma non ho trovato nulla. Sul comodino una sveglia, una lampada e un libro, l'ennesimo. Nel cassetto un pacchetto di sigarette, probabilmente di riserva, un accendino, e degli scontrini accuratamente raccolti con una graffetta. Nell'armadio? Solo abiti, completi dai colori cupi, dolcevita caldi, tutto perfettamente sistemato.

«Se non sapessi che sei stato un fotografo e non un serial killer, tutto questo ordine maniacale mi inquieterebbe».

Ho continuato a frugare ovunque, ma c'era ben poco dove nascondere un diario, un'agenda. Ho aperto ante, sollevato stoviglie, rivoltato CD e cercato inesistenti doppi fondi, provando persino a guardare dietro la collezione di libri, sperando di trovare un quaderno, un blocco per gli appunti, e invece non c'era proprio nulla tra le pagine e il legno. E se l'avesse nascosta nell'unica camera chiusa a chiave? Non posso mica sfondare una porta nel bel mezzo della notte.

Ma cosa sto facendo? Davvero ho pensato tutto questo? Come sono stupido. È da perfetti idioti credere che abbia lasciato un messaggio cifrato destinato a me. Che illuso. Mi sono fatto prendere in giro. Da lui? Mi ha teso una trappola. Ho abbassato la guardia come un poppante, dandogli modo di colpirmi.

«Dannazione» ho urlato, prendendomi a schiaffi e pestando il pavimento. «No, non ci credo! Sono un idiota!» mentre gli occhi hanno cominciato a inumidirsi di rabbia che usciva bollente come lava.

Scoprirmi così debole, senza opporre difese, senza nessuno sforzo. Come ho potuto permetterlo? No, questa volta sono stato imperdonabile. Mi sono lasciato prendere. Per una volta mi è sembrato vulnerabile, umano, e ho lasciato che si prendesse gioco di me. Gli ho concesso un'empatia che non merita, un legame che non c'è mai stato. E tutto solo per quelle foto e per questa lettera. Che illuso.

«Sei una cazzo di femminuccia Andrès, una piccola e sciocca femminuccia che piange per nulla. Per un uomo da nulla. Cosa ti aspettavi? Di trovare la chiave del suo piccolo e tenero cuore? Di scovare una lettera nella quale sostiene di averti sempre amato e di essere orgoglioso di come sei cresciuto nonostante tutte le difficoltà? Eh? Che ti credevi, che ti dicesse che non è colpa tua? Che non è mai stata colpa tua? Ma in che mondo vivi? Sei solo uno sciocco! Tutto solo per queste quattro cazzo di righ…».

"… scrivere la nostra storia… Aprire il libro della nostra esile esistenza, e dare un senso al tutto. Solo così potremmo veramente capire".

Ho ripreso in mano la lettera come si fa con una mappa su cui è segnata una X per indicare il tesoro quando un lampo, una scarica elettrica mi ha trapassato il corpo, facendomi inarcare la schiena. Mi sono avvicinato con occhi nuovi alla libreria con i volumi perfettamente allineati. Copre praticamente per intero una parete che non misura meno di quattro metri per due e mezzo d'altezza in cui, a parte una sezione dedicata al televisore e qualche altro intoppo, è raccolta una quantità spropositata di titoli. Stamattina non ci ho probabilmente fatto caso, ma quando sono rientrato ho notato che uno dei libri era leggermente esposto rispetto agli altri.

Impercettibili alla luce del giorno, ma evidenziati dalla luce soffusa dell'abat jour, proprio perpendicolari a quel volume, apparivano nitide nella loro geometrica linearità due leggerissime striature nella polvere sul parquet, due binari paralleli che correvano dal tavolo alla libreria, come se qualcuno avesse mosso qualcosa pochi giorni prima. Due linee sottili, strette…

«Come quelle fatte trascinando le gambe di una…».

Ho voltato il capo di centottanta gradi con una velocità tale da non realizzare come fossi riuscito a non provocarmi uno strappo, per prendere una sedia dal tavolo, posizionandola in prossimità di quelle tracce.

A quanto detto da mia madre, mio padre non doveva essere alto quanto me, ma non troppo più basso. La cosa mi ha sempre riempito di orgoglio. Mi ha fatto sentire di averlo battuto, anche se non proprio onestamente. Tirandomi su, mi sono ritrovato di fronte a quel volume. Non è neanche un libro. È più simile a un quaderno rigido ben rilegato. Sul dorso una piccola etichetta reca una semplice dicitura: "Auterri".

Il cognome di mio padre, la sua storia, e una scia che non lascia adito a ulteriori dubbi. È stato spostato da pochissimo.

Ho preso il volume, scendendo dalla sedia. Il pavimento non mi è mai sembrato cosa gradita come in questo momento in cui ogni passo, ogni movimento, rappresentava un nuovo metro verso l'ignoto.

L'ho rigirato tra le mie mani, accarezzandone nervosamente il dorso, coprendo col mio palmo la copertina quasi per intero. Ne ho avvertito la patina ruvida, facendo scivolare i polpastrelli fin sui bordi spessi che racchiudono fogli leggermente ingialliti. Non ne ho mai visti di simili, di così compatti. E intanto ho sentito il mio peso aumentare senza limiti sulla superficie del divano. La pelle si è fatta di piombo, gli organi d'acciaio e la mente adamantina. Non ho mai fatto caso a quanto la gravità possa essere così relativa e malleare la propria intensità in modo direttamente proporzionale a quella dell'animo umano.

No, non mi hai ingannato, e io non ho sbagliato quando d'istinto mi sono fidato di te. Paradossale, quasi irragionevole, il fatto che il nostro primo cenno d'intesa abbia atteso quest'istante per palesarsi. E se non fossi io il destinatario? E se fosse qualcun altro? Magari mia madre. In fondo, a quanto ho scoperto, devono avermi nascosto parecchi dettagli in questi anni: incontri clandestini, comunicazioni criptate per far sì che lui potesse vedermi e fotografarmi tutte quelle volte. C'è un solo modo per scoprirlo, anche se temo di star perdendo le forze.

«No, basta rimandare». Se avessi lasciato spazio alla parte di me prudente, razionale, non sarei arrivato in questa casa, non avrei aperto la porta e scoperto le sue fotografie. Non ci sarei tornato nel bel mezzo della notte e, soprattutto, non avrei scovato il suo diario.

Ho sollevato con fatica la copertina e una fitta atroce mi si è piantata nel costato.

"Diario di Gianluca, aspirante fotografo e *uomo da niente*". Le ultime parole sono state scritte con un colore diverso, probabilmente in un secondo momento.

Ma non è finita qui. C'è qualcos'altro. Un messaggio aggiunto con un tratto meno sicuro, anche l'inchiostro sembra diverso da quello del diario. Ogni parola è un gradino verso nubi più profonde e ovattate.

"Se la genetica non fa scherzi, arriverai prima di tutti ad avere per le mani questo mio diario. Fanne ciò che vuoi. Brucialo, distruggilo, ma se posso darti un consiglio, l'unico della mia vita, in fin dei conti, leggilo. Non per perdonarmi, non per comprendere, fallo solo per ascoltare le mie parole, la mia versione. Ciao Andrès".

Un flusso inarrestabile di lacrime ha inondato il mio volto senza preavviso. Ho singhiozzato, raschiando il torace dall'interno. Una sofferenza acida, pulsante. L'ha fatto davvero. Ha lasciato qualcosa per me. Mi ha guidato verso questo diario, e l'ha fatto consciamente, convinto che sarei davvero arrivato ad avere per le mani le sue memorie, i suoi ricordi. Come può aver orchestrato tutto? Continuo a domandarmi come ci sia riuscito. Eppure per la seconda volta in questa giornata così assurda mi sono ritrovato a essere leggibile in anticipo da lui.

In fondo, allora, una connessione tra di noi deve pur

esserci. Forgiati dalla stessa mano, inestricabili, ci ritroviamo vicini come non lo siamo mai stati. Svuotato ed eccitato, mi sento come un bambino che intravede la figura di suo padre tra gli spalti che lo osserva durante una partita di calcio. Trepidante, desideroso di renderlo orgoglioso e allo stesso tempo terrorizzato all'idea di non essere all'altezza del suo vantarsi con gli altri spettatori dicendo Quello è il mio ragazzo, il mio campione.

Eppure fin qui ci sono arrivato e senza eccessive difficoltà, ma solo con un momento di incertezza. Sono giunto di fronte alla porta, con il pallone perfettamente in caduta verso il mio piede. A questo punto ho due scelte possibili: calciarlo con rabbia verso qualsiasi possibile destinazione che non sia la rete avversaria, così da infierire su di lui, o fare di tutto per segnare, renderlo fiero, per quella indefinibile propensione di ogni figlio a cercare a tutti i costi di meritarsi l'affetto del padre, nonostante lui non abbia fatto nulla per guadagnarsi queste attenzioni, questa cura.

No, c'è una terza strada possibile, e su di essa è caduta la mia scelta irremovibile. Devo segnare, ma farlo per me, esclusivamente per me. Poi, il resto, sarà solo un contorno.

Da dove partire? Dall'inizio? No, è stato proprio lui a suggerirmi il momento in cui tutto ha preso una nuova forma ed è cominciato ciò che successivamente è divenuto inarrestabile. Col pollice ho fatto scorrere i bordi delle pagine fino ad arrivare a quel momento, saltando a piè pari le precedenti. Rimedierò in un secondo momento.

Nel pieno di una notte afosa, nelle ore che in pochi osservano sul quadrante di un orologio, le mie dita hanno incrociato quel 9 novembre che ha cambiato tante storie, compresa quella di Jean-Luc.

# Berlino, 9 novembre 1989

Tremo. Brillo, ma non sono ubriaco. No. Emano luce. Risplendo lavico, irradio la stanza di energia incandescente. Sprigiono tensione allo stato elettrico. Potrei addirittura stordire qualcuno per l'eccessivo voltaggio. Saranno le cinque del mattino. No, sono le cinque di notte, perché il sole non è ancora sorto e nonostante questa oscurità non sia mai stata così poco buia, questa notte di euforia collettiva non deve e non può finire. Le parole mi sfuggono, si dileguano nonostante l'ardente desiderio di agguantarle, guizzano come anguille, sgusciano e si perdono, pur fluttuando a vista, così vicine e così inafferrabili.

Potrei aspettare domani, dormirci su, dedicarmi del tempo e creare distanze, prepararmi una colazione abbondante a base di toast, uova fritte e pancetta che nella casa di un tedesco non mancano mai e poi, con calma, raccontare con un barlume di lucidità e oggettività ciò che la gente tramanderà ai propri figli, che a loro volta trasmetteranno alle generazioni future, e così via in una cascata di parole senza fine: la notte in cui abbiamo fatto breccia in quel dannato muro. E io c'ero, *c'ero*! Ero proprio lì, con loro, tra di loro, con i tedeschi dell'Est e con quelli dell'Ovest, senza sentirmi parte dell'uno o dell'altro ma di qualcosa di più alto. Non posso mica attendere domani per scrivere tutto questo. Perderei lo slancio e finirei con l'impelagarmi nelle conseguenze e nelle implicazioni politiche di questo gesto, di questa inattesa e sconvolgente rivoluzione, tirando fuori dal cilindro le conoscenze di relazioni internazionali apprese sui libri di scuola e che adesso affollano la mia mente. Finirei col rendere questa pagina di diario un editoriale privo di senso, redatto da un pulpito di arroganza e presunzione, ma non direi quello che sta accadendo. Non ho nessuna intenzione di permetterlo. Voglio attingere a piene mani da questa sensazione di furore. Ne sono parte e ho tutta l'intenzione di approfittarne, testimone di qualcosa di indefinito ma grandioso. Da qualche ora si respira un'aria diversa. Nessuno in realtà sa esattamente cosa stia succedendo precisamente, ma tutti noi sappiamo che sta succedendo. Ora, sotto i nostri occhi increduli ed estatici.

Non sono stanco. Tremo, brillo, forse anche un po' ubriaco, ma di energia e non di alcol. Devo scrivere tutto, in ordine. Solo venti ore fa ero a milioni di chilometri da qui. Adesso scrivo finché posso.

Io e Martina siamo arrivati ieri sera. Abbiamo impiegato un tempo indefinibile per entrare a Berlino Ovest, nonostante la sua cittadinanza tedesca che speravamo potesse rendere meno rigidi i controlli e meno lunghe e sfiancanti le attese. Era quasi notte quando siamo arrivati a casa di Thomas, che ci ha accolto nel suo piccolo ma grazioso appartamento. Un tavolo di legno ancora imbandito ci attendeva come una donna avvizzita attende il ritorno del proprio uomo, con una sicurezza cristallina ma un'energia calante. Per terra, un mucchio di coperte di lana sulle quali avremmo trovato calore necessario e giusta comodità per la notte, e ci sarebbe bastato. Non desideravamo altro, e non avremmo avuto bisogno d'altro. Dopo aver appoggiato i nostri zaini sulle sedie e dopo aver sistemato con cura la mia nuova macchina fotografica, ci siamo accomodati a tavola dov'era ancora calda e fumante una zuppa il cui colore e sapore facevano a gara per apparire meno attraenti dell'altro. L'intento di Thomas e la sua dedizione erano così apprezzabili che non ho resistito all'impulso di ringraziarlo, come se avesse appena preparato un banchetto delizioso degno di essere menzionato nelle migliori guide enogastronomiche del Paese.

Lavora come inviato a Berlino del «Der Spiegel», un giornalaccio conservatore filoamericano che in più di un'occasione ha mostrato un atteggiamento sprezzante e saturo di pregiudizi (in parte non del tutto infondati, ma comunque eccessivi) verso gli italiani.

«Non prendertela, Gianluca» mi ha detto, in un inglese viziato da uno smaccato accento tedesco che gli fa trascinare le S e arrotare eccessivamente le R, «la maggior parte dei collaboratori del giornale non condivide questa linea editoriale, ma ai piani alti credono sia una strategia vincente. E poi sono convinto che anche da voi qualcuno ci chiama mangia-crauti».

Ho glissato, mascherando un certo fastidio. Non sono arrivato a Berlino per questo. Siamo qui per Martina, e io la seguirò in capo al mondo senza fiatare.

Per non escludermi dal discorso, Martina e Thomas hanno passato tutta la sera a parlare nella lingua di Sua Maestà, anche perché la mia conoscenza del tedesco si limita a "guten Morgen", "guten Abend" e "Aufklärung", e quindi, se non avessimo parlato di storia del pensiero europeo o non avessimo salutato nessuno, sarebbe risultato per lo meno fuori contesto. Alla seconda birra, nonostante la mezzanotte fosse passata da un pezzo, abbiamo cominciato a discutere della situazione politica tedesca e degli avvenimenti di Lipsia dello scorso ottobre. Thomas non ha fatto nulla per celare la propria eccitazione per ciò che sta succedendo. Ormai sono tre anni che lavora in città. Ha seguito come inviato l'intervento entusiasmante di Reagan di un paio di anni fa e ne parla in toni così entusiastici da essere coinvolgente. Si dice certo che *qualcosa* sta per accadere. Ne è sicuro nonostante i suoi colleghi lo accusino di essere troppo ottimista, sostenendo come una situazione del genere non possa mutare nel corso di così poco tempo. Occorrono riunioni, patti, accordi, momenti di stallo, lungaggini. Partite a scacchi, ping pong, o qualche nuova diavoleria davanti a uno schermo. Non si può mica risolvere tutto con una stretta di mano. E ovviamente tempi allungati, discussioni accese, successioni di dibattiti. Ma nulla può fargli cambiare idea. Con gli occhi sbrilluccicanti, non ha fatto altro che parlare di quel *qualcosa*. Nel suo modo scaramantico e raffazzonato, vuole comunicarci di avvertire quello che deve essere per un giornalista un po' il corrispettivo dell'ispirazione per un artista o l'illuminazione per un credente. Sente di avere avuto *un'intuizione*, che considera l'anima del suo mestiere, e ne è fermamente convinto. La vuole seguire con la stessa ferocia con cui un segugio fiuta la sua preda, con la stessa imperturbabile convinzione di un cavaliere della Mancha e la sicurezza che hanno solo i giusti.

E di questo aveva parlato a Martina al telefono per convincerla a venire a Berlino, ricorrendo a toni apocalittici totalmente inutili: lei avrebbe accettato comunque. La voleva al proprio fianco, e lei non avrebbe mai rifiutato, per tanti motivi non esprimibili a parole, ma che solo chi ha condiviso una certa strada, si è sbucciato le stesse ginocchia e ha assaggiato la stessa polvere può comprendere. Marti non si è fatta pregare.

Si sono conosciuti a un master di Giornalismo alla Columbia, prima che lei arrivasse in Italia, e da allora si sono tenuti in stretto contatto, per via di una certa affinità di stile e di mentalità che li ha fatti avvicinare.

Lo ammetto, all'inizio ho dato segni impercettibili di gelosia ingiustificata, tipo sbraitare nel suo appartamento urlando «Chi è sto crucco adesso?» ma, dopo che mi ha mostrato una foto in cui al suo fianco appare un uomo discretamente tarchiato, basso e vestito oggettivamente come solo un tedesco può vestirsi, per buona pace del «Der Spiegel», che gli tiene la mano, ho calmato i miei bollenti spiriti.

Per le tre siamo andati a letto o, per meglio dire, ci siamo stesi su quell'ammasso di coperte che nonostante tutto si è dimostrato un giaciglio discreto. Stamattina ci siamo svegliati per fare un primo giro di perlustrazione, come alla vigilia di una battaglia, ormai imprigionati dalle ipotesi di Thomas. Abbiamo battuto in primo luogo la parte ovest della città, circondati da turisti provenienti dall'Occidente presunto civile e impegnati a osservare l'altra metà della città, o il poco che si riesce a intravedere, come accaldati e impreparati visitatori allo zoo. Con i loro terrificanti binocoli a sbirciare in direzione dei soldati sovietici appostati sulle torri di vedetta poste lungo il percorso del muro, esemplari di qualche razza sconosciuta con abitudini e caratteristiche differenti e curiose.

Un cielo di cenere che spandeva la propria apatia non ci ha fatto immaginare cosa sarebbe accaduto nel giro di pochissime ore e tremo anche solo all'idea di descriverlo.

Ora viene il difficile, ma devo restare calmo. Non vorrei che questo mio entusiasmo finisse col falsare il senso delle parole ma d'altra parte non posso limitarmi a un lavoro di cronaca certosina. Ciò che è accaduto è epico, e il senso di tutto non si può perdere in un mucchio di segni senza un'anima.

Non erano ancora le sette di sera quando io e Martina abbiamo raggiunto il pub che ci aveva consigliato Thomas per riaverci dalla giornata passata a camminare, osservare e respirare una Berlino che, per quanto brutalmente seviziata e segregata, fa ancora una certa impressione. Ci siamo accomodati su due panche poste ai lati di un tavolaccio che non brillava certo per pulizia e igiene, decorato con umidi e appiccicaticci cerchi che si intersecavano apparentemente senza alcun ordine o schema ma con una fantasia degna di un Kandinsky ubriaco. Abbiamo ordinato un paio di birre e dei pretzel per stuzzicare l'appetito. Eravamo seduti da poco più di un'ora, immersi in una di quelle chiacchierate nelle quali Marti e io ci buttiamo, creando e disfacendo ponti invisibili tra argomenti apparentemente slegati, senza alcuna difficoltà di congiunzione, quando abbiamo cominciato ad avvertire uno strano brusio alle nostre spalle che montava con una certa velocità. Prima due, poi quattro, poi otto uomini hanno cominciato a formare un capannello, dibattendo animosamente, toccandosi, dandosi spintoni e pacche, per poi dirigersi verso quello che sembrava essere il gestore del pub.

Mi sono rivolto verso Martina, ma aveva afferrato solo la richiesta di accendere la televisione.

Lo schermo si è illuminato superando la nebbia di fumo che appannava il locale, per sintonizzarsi sul principale canale nazionale tedesco. Sono apparsi i protagonisti di una soap opera, innervosendo quegli uomini che per tutta risposta hanno ripreso a borbottare tra loro, aumentando progressivamente il volume della voce. Nello stesso momento la nostra attenzione è stata catturata dall'arrivo di Thomas, sudato nonostante il freddo e con la faccia stravolta e paonazza. Si è fiondato a sedersi accanto a Martina. È stato allora che mi sono reso conto che non era solo madido di sudore. Stava piangendo. E sorrideva. Gocce di felicità che sgorgavano da due increduli, provati e stravolti occhi rossi. Martina lo guardava preoccupata e nessuno dei due riusciva a comprendere quei suoi fiotti sconclusionati e afoni, fino a quando non ha svuotato per metà il mio boccale di birra, e allora ha cominciato a pronunciare parole sconnesse, che sì, lui lo sapeva, e aveva avuto ragione, e che finalmente tutti l'avrebbero riconosciuto, chiedendogli scusa. Che la sua sensazione era stata sin dall'inizio azzeccata e che aveva fatto bene ad assecondarla, a seguirne l'odore, carpirne le tracce, procedendo per avvistamenti reali e presunti, per poi chiudere aumentando l'enfasi dei toni e annunciando solennemente che ciò che attendeva da ormai tre anni stava per succedere. Solo allora ha cominciato a raccontarci, mentre Martina mi traduceva ciò che non capivo.

Come tanti suoi colleghi era stato, seppur controvoglia, a quella che si preannunciava come l'ennesima inconcludente conferenza stampa di Günter Schabowski, ministro della propaganda della Repubblica Democratica Tedesca. Tutto sembrava procedere come al solito quando a un certo punto qualcuno aveva fatto notare come ci fossero delle espressioni insolite, che ne incrinavano l'inossidabile sicurezza, al limite della compiaciuta strafottenza. Il politico, usualmente altezzoso e arrogante, appariva imbambolato, attonito, altrove. Guardava alle spalle dei giornalisti mentre, ticchettando nervosamente i polpastrelli contro il piano della scrivania, abbozzava risposte smozzate, inconcludenti e inconsistenti. Appariva confuso e titubante, bisognoso di conforto, di certezze, come il giocatore di poker il cui bluff sta per essere scoperto. Di lì a poco si è sparsa la notizia: Schabowski aveva appena ricevuto un comunicato che preannunciava una svolta nei rapporti tra le due zone della città. Il governo della DDR aveva appena approvato una delibera che prevedeva l'apertura immediata dei posti di blocco per permettere ai cittadini di Berlino Est di raggiungere l'altra metà della città. Il provvedimento avrebbe avuto effetto immediato.

Non riuscivamo a credere alle sue parole. Lo guardavamo completamente sbalorditi, inebetiti, incapaci di articolare frasi di senso compiuto. I suoi occhi umidi, dalle iridi tremule, passavano da quelli di Martina ai miei e poi ancora a quelli di lei, e la sua bocca continuava a sussurrare: «È finita! È finita! Dobbiamo uscire di qui e raggiungere il primo checkpoint! Oggi si sta facendo la storia e noi ci siamo e saremo tra i primi a raccontarla. I miei colleghi si sono fiondati fuori dalla sala della conferenza per riversarsi nelle strade. A Est starà succedendo il finimondo e noi dobbiamo esserci».

Ci siamo subito bardati per tornare fuori, pronti a sfidare il freddo ma convinti che non ne avremmo avvertito gli effetti, in preda come eravamo al divenire degli eventi. Nulla ci avrebbe potuto fermare. Il posto di blocco più vicino era quello di Bornholmer Strasse.

Abbiamo fatto solo una sosta sulla strada perché Martina doveva chiamare la redazione per avvertire di quanto stava accadendo e ottenere il benestare del suo caporedattore il quale, dall'entusiasmo, si era lasciato scappare un inconsueto urlo stridulo, al limite dell'isteria. Io ho avuto il tempo di sistemare un rullino vergine nella mia macchina e prepararne altri due di riserva mentre Thomas ha provato a contattare un suo collega dell'Est, il quale ha confermato tutte le sue supposizioni: migliaia di cittadini della Berlino Orientale si stavano riversando nelle strade, in direzione dei punti di valico tra le due città. La situazione che gli aveva descritto aveva dell'incredibile: una fiumana multicolore che straripava senza apparente direzione, occupando spazi e portandosi dietro tutto ciò che incontrava sul proprio cammino. Chi senza null'altro che la propria curiosità, chi invece ben carico di borse, valigie, sacchi dove non proprio buste di plastica, trasformati in un bagaglio di fortuna. E questo perché, come Thomas aveva appena finito di spiegarci, stava succedendo tutto in modo così precipitoso che nessuno aveva ancora capito cosa stesse effettivamente accadendo, se l'apertura dei passaggi fosse un provvedimento temporaneo o definitivo, dopo quasi trent'anni. Quando siamo arrivati nei pressi di Bornholmer Strasse, oltre il muro abbiamo cominciato ad avvertire urla di protesta, altre di giubilo, echi di spintoni e grida, un arcobaleno di umanità che si accalcava in attesa. Di cosa, non era chiaro. L'importante era che ci fosse. Credevamo di avere una vaga idea di cosa ci fosse al di là di quel confine infame, ma la realtà si è dimostrata più acida e devastante della nostra immaginazione: uomini, donne, bambini infreddoliti e coperti da giubbotti troppo larghi o troppo stretti si ammassavano, circondati da gabbie di gelido metallo e sbarre che impedivano il passaggio da un lato all'altro della città. Sguardi increduli, visi rubicondi e mani screpolate che ne stringevano altre ugualmente ruvide. Colonne d'auto in coda i cui finestrini partorivano busti esultanti. Uno spettacolo che da lì a poche ore si sarebbe riversato nel lato ovest dove in molti sono scesi in strada per capire cosa stesse accadendo. Solo più tardi alcuni testimoni ci hanno raccontato cosa fosse successo oltre il confine: le guardie, di fronte a un fiume di migliaia di corpi, non sapendo come comportarsi e non avendo ottenuto ordini precisi dai loro superiori, erano andati in confusione. Philip, uno degli uomini che, appena arrivato in territorio occidentale, Martina ha intervistato, ci ha raccontato del flebile tentativo di alcuni agenti di recitare dalle loro auto bianco-verdi formule legali per rimandare a casa tutta quella gente. In tutta risposta hanno ottenuto solo insulti, sputi, bestemmie, sguardi carichi di rancore e di anni d'odio che meglio di tante parole avevano testimoniato l'irremovibile posizione dei berlinesi dell'Est e di chi era giunto addirittura dai paesi vicini una volta appresa la dichiarazione del ministro della propaganda: siamo sfiniti. Sono andato troppo oltre. Ho sonno. No, non posso fermarmi. Un giorno potrebbero parlare di oggi, di domani, e io e te, Marti, siamo qui. Devo continuare a scrivere. Brillo, ancora, e non voglio spegnermi. L'annuncio di Schabowski ha creato una psicosi collettiva inarrestabile e le guardie non hanno potuto far altro che spalancare i cancelli, alzare le barriere che impedivano il passaggio delle auto. Il nove novembre del millenovecentottantanove, la divisione di Berlino sembra irreversibilmente destinata alla fine. Che suono ha questa data? Sembrerà una formula come le idi di marzo o la scoperta dell'America? Come ci si dovrebbe sentire mentre si sta vivendo la Storia? Sono eccitato, è vero, ma forse è il sonno. Nel dubbio, abbiamo svolto il nostro mestiere: abbiamo avvicinato gli abitanti dell'Est che avevano appena superato il confine, gli abbiamo chiesto qualsiasi cosa, gli abbiamo fatto le domande più disparate sulla loro vita nell'altra Germania, sulle ragioni di quel riversarsi e strabordare verso ovest. Io non ho fatto altro che scattare fotografie di volti esausti, stremati, ma che esprimevano un'incredulità riposta per anni in mobili identici di case identiche in palazzoni identici di vite tutte uguali e infelicemente felici. Occhi abbacinati che si abbuffavano di immagini fino ad allora solo ipotizzate e agognate. Frammenti di esistenze che si imprimevano sulla pellicola. Ho fatto a gara con i reporter delle televisioni tedesche per inquadrare quelle donne conciate in modo così distante dalle nostre abitudini, con tutoni sfranti, pantaloni deformati, sorrisi abbozzati e asimmetrici sfoggiati come al più regale ballo delle debuttanti nel salone delle feste di una reggia ottocentesca. Denti in precario equilibrio e disposti in modo casuale; capelli acconciati da mani inesperte quando non completamente inaffidabili. Volti dimenticati dagli spot pubblicitari. Le mie, di mani, infreddolite, scorrevano sull'obiettivo per mettere a fuoco quelle scene di euforia, tanto da dolermi, alla fine. Ho fotografato il giorno dell'anarchia universale. Tutto è successo in modo tumultuoso, sconnesso. Thomas e Martina hanno coperto i loro taccuini di appunti che andavano riempiendosi di scarabocchi che ingrossavano quei fogli di geroglifici che nessuna stele sarebbe riuscita a decodificare. Avevano per le mani la lampada di Aladino pronta a esaudire desideri di gloria ma anche di una mai celata redenzione nazionale, politica e sociale che da tedeschi non facevano che sognare. Nonostante l'emozione, la mia è una posizione di osservazione quasi oggettiva, la loro odora di racconti passati dal sapore agrodolce. Immaginare cosa significhi per loro questa sorta di risorgimento nazionale è pressoché impossibile per me, l'ho visto nei loro occhi: l'eco di un suono che non ho sentito mai. Hanno lavorato, consapevoli che ogni parola in più, ogni sfumatura, ogni suggestione, può rendere ancora più pregevole la loro ricostruzione dei fatti ma per tutto il tempo hanno faticato a non buttare tutto all'aria e partecipare a questa celebrazione improvvisata come hanno iniziato a fare ristoratori, bar e pub dell'Ovest, che hanno offerto pinte di birra, hanno stappato spumanti e inondato di malto ambrato strade, angoli e volti. Il loro sentimento patriottico che fa a pugni con la loro professionalità per tutto il tempo, ma senza troppo successo. Sarò forse un po' cinico, o magari solo estremamente pragmatico, ma dannazione, sono tra i fotografi che hanno scattato le prime foto di berlinesi dell'Est arrivati a Ovest. Non sappiamo nulla di cosa succederà domani. Loro stessi non sanno se potranno tornare a casa, e far finta che tutto questo non sia mai accaduto. Il terreno su cui ci muoviamo è instabile, il domani non si vede ancora, ma lo spettacolo è mozzafiato.

Mentre la festa imperversava per le strade, con continui rabbocchi di birra e di curiosi, ci siamo diretti verso la redazione del «Der Spiegel» dove Thomas è stato accolto come un eroe dai suoi colleghi che fino a qualche giorno fa non facevano che additarlo come sognatore. Mentre lui passava il suo articolo, e Marti dettava al telefono il suo per l'edizione del «Corriere», io ho atteso che venissero sviluppati i miei rullini per girarli via fax alla redazione. In quel momento ho avvertito una strana sensazione, quella di esser scivolato in un limbo dal quale sarei uscito fallito o immortale. Tra quelle fotografie ce ne potrebbe essere qualcuna che sarà associata per sempre a uno dei momenti più importanti della storia recente, almeno per quanto riguarda il quotidiano più letto in Italia, o forse della storia assoluta, magari andando anche a finire nei testi di Storia. Ho avvertito un senso di inadeguatezza, di incapacità. Come se stessi togliendo lo spazio a un altro fotografo, più bravo e qualificato del sottoscritto. Alla fine le ho viste, e le ha viste anche Jan, il collega del Der Spiegel. I suoi occhi, evidentemente sorpresi, sembravano anticipare ciò che aveva provato a dirmi in tedesco senza che io riuscissi a cavarne un brandello di significato. Thomas è giunto in mio soccorso: «Stupende foto per essere un italiano». Ero in preda a un dilettantistico autocompiacimento a dir poco commovente. Le foto sono veramente bellissime e stento a credere di averle scattate io. Ad esempio c'è il ritratto di una signora immersa nella folla con un borsone a tracolla, una valigia al seguito e la figlia in braccio, barcollante ma indomita. Il senso dell'insicurezza, dell'incertezza, ma anche della necessità di andare avanti senza fermarsi mi sembrano così vividi che quasi sento di poterli toccare. Un'altra ritrae due uomini che si abbracciano, circondati da altri che si salutano, fanno segni di vittoria, piangono. E poi ce n'è una terza, che è la mia preferita, che mando in redazione solo per farla vedere ai tuoi colleghi. Ci sei tu, Marti, in primo piano. Il tuo sorriso è un diapason che scocca nel mio petto e non sono riuscito a fermare il dito sul pulsante di scatto quando t'ho vista lì, immersa nei tuoi pensieri e attratta dal carnevale di colori acidi e opachi di giacche logore, cappelli extralarge e maglioni abnormi, improvvisato tra le foglie brune e arancio che pendevano indomite e poetiche dai rami quasi spogli. I capelli ti avvolgono il viso, lasciando emergere la tua intensa bellezza. Al tuo fianco una scena dolcissima: un uomo e una donna che si osservano. Le gote umide, braccia protese in quello che sicuramente si sarebbe trasformato in un abbraccio o una carezza. Tristezze che si sfiorano, passati che s'intrecciano nel catalogo di tenerezze implose in quello spicchio di terra. Un vero incanto. Quando le ho spedite, mi sono sentito un acerbo spasimante che imbuca una lettera indirizzata all'oggetto del primo amore. La detonazione di un cuore in una buia cripta decorata con le ossa. E così sono ora, trepidante, in attesa.

Sono quasi le sette del mattino, ed è ora di andare a letto. Ma per poco. Ogni ora passata a riposare sono scatti e storie che rischiamo di perdere. Vado a dormire, e non vedo l'ora di svegliarmi. Mi sento dannatamente vivo.

## Berlino, 10 novembre 1989

Li ho contati adesso, perché fino a ora non ne ho avuto il tempo, o forse mi è mancato il coraggio. O forse è stata scaramanzia. Sono ventinove. Sommando i tre di ieri sera fanno trentadue. Cavolo, se ne avessi avuti di più sarei riuscito a immortalare ancora più storie, ancora più vita, ma va bene così. In fondo ho ottenuto il mio risultato, anche se non ne sono poi così soddisfatto. Ecco, come al solito non faccio che anticipare e divagare, accavallando le cose. Devo sempre forzarmi a seguire un filo. Ho dormito pochissimo, ma cosa importa? Non sarei riuscito a star fermo qui, a casa di Thomas, sapendo che Berlino brulica di migliaia di persone. Ma a dirla tutta non è solo questo. Appena mi fermo, appena realizzo o provo a realizzare, a *mettere a fuoco*, mi monta dentro la sensazione maledetta di non essere adatto, e mi martella le tempie, e mi convince di aver frodato il mondo in qualche modo, di aver occupato uno spazio di qualcun altro, migliore, più bravo di me. Quasi avessi irrimediabilmente compromesso l'incedere naturale delle cose. Una patina adagiata e pressata per farla aderire perfettamente all'intero corpo, sempre presente e impossibile da strappare, posta esattamente sotto uno strato di pelle. Cosa temo? Che qualche scatto sia venuto sfocato? No, non devo pensarci. Ne ho fatte così tante che potrei riempire pareti intere. Tra qualche giorno avrò la risposta. Ma la quantità non fa la qualità. E se avessi ragione e non fossi il fotografo giusto? E se non avessi quella cosa, quell'unica cosa che cambia la prospettiva: il talento? Devo smetterla di autoflagellarmi anche quando non serve. In questo momento devo pensare solo a farne quante più possibile. E poi, non c'è gara. Non ho concorrenti. Qualcuno potrà dirmi "Se ci fossero stati Koudelka o Erwitt, loro sì che avrebbero fatto dei grandissimi scatti", ma nessuno potrà dimostrarlo perché loro, qui, non ci sono. E poi da oggi qualcosa è cambiato.

Da stamattina abbiamo girato come trottole lungo il Muro ed è lì, mentre continuavamo da dove avevamo interrotto ieri sera, che è successo l'inatteso. Ho cominciato a vedere. Ecco, lo sapevo, ora che l'ho scritto mi rendo conto dell'assurdità, ma come faccio a descrivere quanto accaduto se non usando questi termini? Il senso stesso del "vedere" è troppo sfaccettato da poter essere riassunto in una sola parola. Fino a oggi, di fronte a un uomo intento a ridipingere una palizzata, al fianco di una donna in tailleur in attesa di un treno o magari al banco della frutta di un mercato rionale, ho osservato la scena badando solo all'estetica, al fluire delle tinte, ai giochi di contrasti, limitandomi a cercare l'ispirazione nel suo modesto apparire, a definire la giusta inquadratura. Si trattava di un esercizio banalizzante in cui credevo potesse compiersi l'arte del ritrarre l'essenza delle cose. Non potevo esser così distante dalla verità e l'ho capito oggi quando, immerso nella cenere di una mattina d'autunno, dove tutto ha il sapore del livore e il colore dell'inquietudine, in prossimità di quel muro che tutto può suggerire tranne che poesia, mi sono trovato di fronte a uno spettacolo così affascinante, così armoniosamente malinconico, da permettermi di comprendere la natura del mio errore. Io ho sempre osservato le cose senza vederne la storia. Senza chiedermi quale danza avesse portato gli elementi a posizionarsi in quella combinazione irripetibile che aveva allettato il mio grilletto maldestro e accademico.

E tutto ciò lo devo alle tue parole, Marti, a quelle che mi hai detto un'ora prima che si rivelasse questa epifania quando, di fronte alla prima pagina del «Corriere», di spalla al tuo articolo, hai osservato la mia foto. Dopo un iniziale imbarazzo dovuto al riconoscerti sul lato di quell'immagine, che milioni di italiani hanno visto facendo colazione, in ufficio o magari dal parrucchiere, mi hai baciato sulla guancia, dicendomi che sei disposta a non arrabbiarti per essere apparsa in foto perché ne è valsa la pena. Mi è riuscita l'impresa di rendere immortale una storia così evidente, così toccante, da risultare un capolavoro. In quel momento mi hai guardato con occhi carichi di orgoglio, di stima. Mi hai ammutolito. Eppure, non ho capito il senso delle tue parole finché non abbiamo incrociato quell'uomo e quella donna che, in piedi sul Muro, inondati da un idrante, tenendosi per mano, si sono avvicinati per sfidare abbracciati la forza del getto d'acqua che avrebbe travolto lei, abbattuto lui, facendoli cascare al suolo. Allora sì che ho capito cosa intendevi, Marti, quando mi hai detto "vedere la storia". Io, lì, l'ho vista. A volte non servono inquadrature, giochi di luci, richiami di tonalità, per dare tridimensionalità a una foto.

Su quel muro sporco e scialbo, su quella tenia di cemento e odio cinta di corone di aghi e sangue, imballati in abiti deformi e consunti, tozzi e sgraziati come chi li indossa, quell'uomo e quella donna mi hanno schiaffeggiato come nessuno prima di loro ha mai osato fare, insegnandomi ciò che in troppi dicono e in pochi fanno: trovare la bellezza nell'umanità senza forzature. In quei corpi stretti, vicini, che cercavano di proteggersi dalla bordata d'acqua, ho visto un sogno ardente al quale si erano aggrappati con tutte le forze, non tenendo conto del dolore, delle unghie che si spezzano, dei gomiti scarnificati, delle ginocchia decorate da ematomi. Ci ho visto l'attesa per troppo tempo considerata vana farsi possibilità sincera e poi realtà a portata di mano. Ho avuto di fronte ai miei occhi due tempi passati che si intrecciano, le rassicurazioni di lui, quando lei ha creduto che nulla sarebbe cambiato, e quelle di lei, quando lui le ha urlato che mai nulla sarebbe cambiato. Ho visto i piani di lui andare a monte e l'invidia ignara di lei al pensiero degli abiti, delle pettinature e dei colori di chi era a pochi chilometri di distanza. I teneri abbracci e i litigi di frustrazione. I raschi e i lividi, esterni e interni, di due esistenze ai margini di un mondo divenuto troppo stretto.

Tutto mi è apparso così nitido, così delineato, come un piano immaginario sul quale ogni singolo tassello finisce col posizionarsi nel punto definito; come se ogni cosa, nella mia mente, acquisisse il proprio posto e ogni dettaglio che si discosti dalla lineare perfezione di come dovrebbe essere, ogni scarto dalla propria collocazione ideale, si manifestasse nitido all'altezza dell'iride, creando sulla retina un senso percepibile di giusto o ingiusto, perfettibile o imperfettibile, finendo con l'assumere la paradossale sostanza di forme geometriche materiali senza averne né l'immagine, né le sembianze. Qualcosa si è illuminato in quel momento, uno strano potere che ti fa dire: "Ma guardate, è sbagliato. Tutto è sbagliato" o l'esatto contrario: "Come potete non vedere quanto ciò sia perfetto e giusto". Come se gli errori, le distorsioni, le inesattezze nei modi, negli atteggiamenti delle persone, nel modo in cui girano vorticosamente le sorti del mondo, come se tutti questi aspetti astratti e ingiudicabili oggettivamente avessero iniziato ad acquisire di fronte ai miei occhi una propria densità, un'immagine tangibile, corporea. Sembra follia, ma ha senso e la cosa mi spaventa e mi stordisce.

Adesso è tardi e temo di rileggere quest'ultima pagina, perché ho la netta sensazione che farei fatica a trovarci un filo logico. Domani sarà un'altra giornata e qui tutto ribolle ancora.

## Berlino, 11 novembre 1989

"It's unbelievable. They made it!" è la frase del giorno, e forse verrà scritta sui libri di storia, stampata sui giornali, urlata da donne per le strade ad altre donne nella Berlino Est che sta per sparire ma io, io l'ho sentita pronunciare dal vivo dai soldati americani, increduli e allo stesso tempo raggianti di fronte a quanto sta accadendo, quando per il terzo giorno consecutivo ci siamo ritrovati sconvolti nell'ammirare la scena con i nostri occhi che credevano di non potersi sorprendere ancora: in piedi, lungo tutto il Muro, un altro muro ben più mobile e rumoroso si è formato, fatto di uomini e donne tedeschi provenienti ormai non più e non soltanto da Berlino Est, ma da tutta la Repubblica Democratica. Una colata umana su una di cemento. Una schiera di corpi che calpestava ciò che per troppo tempo l'aveva schiacciata. Impiegati, operai, casalinghe, tutti cercavano il proprio posto su quel muro per andare "oltre". Un uomo in abiti eleganti conversa con una donna dai capelli cotonati, involtinata in un maglione sgualcito e troppo largo di almeno due taglie, se non tre. Le tiene la mano e allo stesso tempo la tiene a un uomo inguainato in una tuta da operaio. L'uno al fianco dell'altro come forse mai prima d'ora, e alle loro spalle una patriottica bandiera tedesca sdrucita ma bellissima. Ai loro piedi altrettanta umanità si dimena per salire e raggiungere la vetta di quel mostro canuto, agguantando braccia di volenterosi novelli scalatori, facendo scivolare i piedi lungo la superficie liscia e cercando senza sosta appigli immaginari. A pochi metri da loro, altri hanno trovato una soluzione più brusca e sbrigativa, seppur faticosa, per superare quell'ostacolo così insopportabile. Lo stanno facendo per davvero. Lo stanno buttando giù da soli. Ed è bellissimo. Non ci sono più limiti, solo ciò che non può essere più rimandato. Accorsi con ogni mezzo di fortuna, con attrezzi rudimentali raccattati lungo il loro percorso, hanno cominciato a martellare, grattare, staccare, scrostare pezzi di muro. Cacciaviti, mazze, picconi, travi chiodate, chiavi inglesi e, per i più sfortunati, mani. Colpi sul fronte, in verticale, al centro, allo stomaco e alle viscere, dilaniando calcinacci, scontrandosi con l'anima in ferro senza alcun rimorso. Dall'alto e di traverso, di netto o anche solo di sguincio, con forza variabile, ma con una volontà inarrestabile. No, non è semplicemente un muro da distruggere, buttare giù, è diventato molto di più. Un momento indelebile, un rito di passaggio collettivo al quale ognuno vuole e deve partecipare per una purificazione irrinunciabile.

Ho scattato, ho impresso, ho visto anche oggi. E oggi, come ieri, si tratta di storie che non posso non descrivere e raccontare.

Tra quelli che hanno scavalcato c'è una ragazza bionda, dal volto bianco ed emaciato, che accovacciata, con un masso in mano, colpisce il muro, assecondando il ritmo delle lacrime che scendono. Non ha mai visto nulla oltre quel confine artificiale, ma sa che un futuro inatteso vi si cela dietro. Ripensa ai suoi più inconfessabili segreti e alle ardenti immagini dipinte sul soffitto sognando soltanto di esser dall'altro lato, tenero angelo caduto solo pochi metri più in là. Tutto ciò che non le è mai stato concesso e del quale si sarebbe abbeverata per il prosieguo della propria esistenza. I suoi movimenti non producono risultati visibili, non sono in grado di infliggere danni concreti, ma non riesce ad arrestare la propria pacata furia. E ogni volta che tende il braccio verso l'alto per poi cadere grave sulla superficie avverte l'arrivo dell'illusione che tanto agogna. Serra la mascella per lo sforzo, digrigna i denti, eppure fa trapelare un sorriso invisibile. La osservo. Non è bellissima, è irresistibile. Cerco in tutti i modi di ritrarla come merita, provando a cogliere ogni sfumatura, e temo di non essere in grado di rendere l'enfasi di quel momento. Solo per lei ho bruciato quasi mezzo rullino.

La mia attenzione si sposta di pochi metri dove il fascio di muscoli in tensione di un maschio caucasico di forse trent'anni, in jeans e giacca di pelle, sta tirando martellate poderose e cadenzate, lasciando andare il colpo con tutto il vigore che riesce a racimolare nelle braccia e traendo ulteriore vigore da urla strozzate emesse a gola spiegata che si alternano al suono sordo, regolare, del suo pendolo che si infrange creando un'iridescente pioggia di schegge. Si tampona il sudore sulla fronte e riparte, fino a quando l'ennesima ripetizione di un movimento fluido, rodato, produce un foro, uno spiraglio di luce divisa da un cavo metallico che si è incrinato. Il boato è assordante. Cori di sostegno, di esaltazione per questo moderno eroe greco e lui continua, imperterrito, con una rinnovata energia. Fa perno con il piede destro, affondato nel terreno fangoso, si piega leggermente e innalza la caviglia per scaricare meglio il peso e fissare il baricentro mentre col sinistro si dà forza per accompagnare la rotazione del manico che acquista potenza fino a che la punta non si infrange di nuovo sul muro per allargare ancora quel foro e ripete i suoi gesti con una naturalezza che cerco di rapire. In preda a una specie di trance, non vede null'altro che il suo obiettivo.

Lui e lei forse non hanno mai visto cosa c'è al di là. Ma poco importa. Per loro oltre c'è un'idea, un sogno, forse anche un'illusione, ma, di qualsiasi cosa si tratti, è la fine di ciò che invece conoscono fin troppo bene e che sanno solo di non poter più sopportare. L'alternativa che si propone è fin troppo allettante per restare nel pallore di ciò che hanno vissuto fino a quel momento. L'hanno oramai visto in televisione, lo hanno ascoltato dalle storie di chi è dall'altra parte. Forse non sarà il paradiso, come quello non è inferno, ma non possono arrestare l'impellenza di un cambiamento di cui hanno estremamente bisogno.

Quando siamo tornati a casa di Thomas eravamo ancora in preda agli ultimi spasmi di euforia ma già proiettati verso tutto ciò che sta già cominciando a succedere. Martina ha ricevuto proprio oggi una telefonata dalla redazione. Sono rimasti molto colpiti dall'arguzia e dallo stile dei suoi articoli. Non si fa che parlare di lei, non solo in redazione. Ha colto lo spirito di quell'evento e ha scritto parole che hanno suscitato il desiderio di saperne di più. Una tempesta di telefonate ha raggiunto il «Corriere» per intervistare la reporter più invidiata del momento. Le hanno inoltre detto che ci sono ottime notizie anche per il fotografo che l'ha accompagnata. Che sia un lavoro per me? Non che mi dispiaccia la libertà che ho adesso, ma se mi chiamassero per collaborare con il giornale, sarebbe un colpaccio. No, non voglio sognare a occhi aperti. Sta accadendo tutto così velocemente che non riesco ancora a mettere a fuoco l'intera situazione, il che suona abbastanza ironico.

Tre giorni fa sono venuto qui per puro caso, per seguire te Marti, perché sai, perché sì, lo sai, e adesso mi ritrovo con una mia foto in prima pagina nel giornale più importante d'Italia, con delle notizie che mi riguardano, con un materiale incredibile tra le mani, con il quale potrei fare davvero di tutto. Con delle storie da raccontare. Soprattutto, con delle storie da raccontare, sperando di non aver fatto pasticci e di non aver perso l'occasione della mia vita.

E devo tutto questo a te, che probabilmente non leggerai mai, che chissà se saprai davvero, o se non hai ancora compreso ciò che di più semplice c'è da capire, tu che sai vedere ben oltre la patina superficiale delle cose, e non ti accorgi di quanto accade tra le tue mani.

Sono passati ormai otto mesi e per la seconda volta in

così poco tempo la tua presenza potrebbe avermi stravolto completamente la vita. Ma queste mie pagine sanno già da tempo cosa provo.

## Milano, 12 novembre 1989

Stai dormendo nel mio letto, mentre io non riesco proprio a lasciarmi avvolgere dalla notte. La fatica e la stanchezza fisica ed emotiva di questi giorni hanno provocato effetti diversi in noi, mia piccola Marti. Hai deciso di fermarti qui da me e in fondo ci ho un po' sperato che ti accorgessi di ciò che non ho il coraggio di dire. Ho provato in tutti i modi a trovare riparo in un sonno ristoratore, ma niente. Ho messo su l'acqua per farmi una camomilla, ma ho finito per rovesciarla sui fornelli perché intontito dai mille pensieri che affollano la mia mente stanca ma ancora fin troppo vigile. Il rumore non è stato sufficiente a svegliarti, e un po' mi spiace. Il secondo tentativo è riuscito ma né la camomilla, né le pagine del libro che mi hai regalato sono riuscite a far cedere le mie palpebre. Allo specchio un losco figuro mi osserva con occhiaie spaventose, un colorito preoccupante e uno sguardo sperso e stravolto. Non mi resta altro che provare a scarabocchiare qualcosa. Pochi metri possono diventare una distanza incolmabile, lo sai? Vorrei accorciare gli spazi, ma per adesso mi faccio bastare questi scampoli di intimità. Riesco ad avvertire un brivido lieve che mi pervade e che non mi lascia respirare come al solito. A dirla tutta, mi sembra di non ricordare come si respira solitamente, dove tengo le mie mani, come si cammina, da quando sei entrata nella mia vita. Mi sembra di aver disimparato tutto ciò che fino a ora era così assodato e normale. Anche bere una camomilla. Mi sembra di non sapere più come si fa, e forse non l'ho mai saputo. Da quando bevo camomilla? Non ricordavo neanche di averla in casa e non mi piace per niente. Mi lascia in bocca sapore di ferro e sapone.

Forse l'ho acquistata quando siamo andati insieme a fare la spesa e tu mi hai detto che ne consumi quantità industriali. Credo di aver detto qualcosa del tipo «La compro così, all'evenienza, so cosa offrirti quando vieni a trovarmi», attendendo un tuo cenno, un solo movimento del capo in segno di assenso, ma hai solo sorriso e io sono sprofondato in una palude di incertezza. Domani ci attende una giornata difficile e quando mi hai chiesto se potevi trattenerti per la notte, perché non volevi tornare a casa tua, quasi ci restavo secco, come se quest'estasi nella quale siamo immersi da giorni continuasse a darci nuove sorprendenti evoluzioni. Ma non sono riuscito a proferire parola mentre mi davi la buonanotte, dopo l'immancabile tango "Dormo io sul divano", "No, ma figurati, sei mia ospite", e via così per un minuto buono. Avrei voluto dirti che mi sarebbe bastato dormirti a fianco, che non ti avrei neanche sfiorata, se tu non me l'avessi concesso, e comunque avrei speso la notte ad accarezzare il tuo volto. Avrei voluto respirare la tua stessa aria, lasciare il mondo per una notte in tua compagnia e saperti lì al mio risveglio. Osservarti abbandonare tutte le tue sicurezze, la tua intraprendenza e la tua caparbietà per chiudere gli occhi e divenire vulnerabile. Guardarti come una semplice ragazza e non come quella donna sempre agguerrita, ostinata e un po' cocciuta. Sentire il calore del tuo corpo espandersi sotto le coperte senza per forza lambire la tua pelle nivea. Invece ti ho salutato e ti ho lasciato andare a dormire. E ora sono qui a mordermi le mani e con l'impulso di scarnificarle, ma allo stesso tempo invaso da un tepore che mi rende impossibile ricordare il mio mondo prima del tuo arrivo.

Ho passato un'ora a girare per la casa, indeciso se calcare i passi o far attenzione a non emettere alcun tipo di rumore. Intanto ho ingannato l'attesa imparando a menadito ingredienti di prodotti per l'igiene personale, scoperto di non aver calpestato mai una mattonella della cucina perché non credo di aver immagazzinato il punto di vista sul salotto da quella posizione e spalancato il frigorifero così tante volte da avere una temperatura esterna più bassa di quella interna, ottenendo come risultato una certa consapevolezza di avere assoluto bisogno di fare la spesa il prima possibile.

Alla fine sono tornato sul divano e ho preso questi fogli prima di accendere la televisione e confidare nell'effetto soporifero di qualche programma in quarta serata. Almeno ricordo come si usa il telecomando.

## Milano, 14 novembre 1989

Che sia questo il famoso treno da non perdere, la grande occasione che passa una sola volta nella vita? Non sento di avere la lucidità necessaria per capirlo e di certo questo mal di testa non collabora. So solo che mi sento avvolto in un turbinio incessante di inattese possibilità che appena una settimana fa apparivano distanti e non alla mia portata. Tutto è cominciato ieri, al nostro ritorno in redazione. Quando ti sei svegliata, Marti, io ho finto di dormire per poterti osservare ancora un po' in silenzio mentre ti aggiravi tra i mobili della cucina per imbandire un abbozzo di colazione. Volevo avere quel privilegio, quella possibilità unica che cambia tutte le prospettive: guardarti quando non sai di essere guardata. I passi malfermi ma aggraziati, gesti leggeri fatti di quell'eleganza che non ti abbandona neanche appena sveglia.

Alla fine, sono riuscito a farmi ipnotizzare dalla noia dei programmi televisivi e a mettere insieme almeno quattro ore buone di riposo nervoso e discontinuo. Ti ho raggiunta mantenendo quella quiete mattutina che so che prediligi, almeno fino al primo caffè, inspirando l'odore del tuo corpo appena sveglio, e ho sperato di cogliere fino all'ultimo un accenno di imbarazzo, di tenerezza, di intimità, ma hai già indossato la tua corazza, pronta a scendere nell'arena, e ho finito con l'arrendermi. Ci sono solo due momenti dell'anno in cui Milano è realmente fantastica: in primavera, quando il sole fa capolino per spazzare mesi di giornate uggiose, di nebbie invadenti e piogge incessanti; per illuminare i parchi, i corridori domenicali e gli studenti che intravedono il sopraggiungere della stagione estiva, quando gli ormoni si espandono seguendo l'aroma intenso delle magnolie e delle attese. L'altro coincide con l'arrivo dell'autunno, quando giunge la brezza a sbuffare tra i faggi e gli ippocastani, e ti spinge a coprirti per avvertire ma non troppo quel fresco leggero che hai tanto invocato quando l'afa della città ti ha portato a desiderare di svestirti anche della tua stessa epidermide. Le foglie che ingialliscono e si divertono a coprire col proprio manto i marciapiedi con composizioni impressionistiche, in costante evoluzione, sotto le pennellate di suole dei passanti che rimescolano le tinte e creano nuove immagini. Milano diventa una tela che tutti collaborano a riempire ma che nessuno vuol conservare, e tutti maledicono. Qui non c'è mai il tempo di fermarsi, solo quello per rimpiangere.

In redazione siamo stati accolti prima da sguardi curiosi e un po' invidiosi, poi da cenni di intesa non richiesta e infine da qualche pacca sulla spalla. Che avessimo fatto un bel colpo lo sapevamo bene da quando eravamo sull'aereo che da Berlino ci ha riportati a Milano, nonostante non fosse questo il nostro primo pensiero. In preda all'eccitazione avevamo persino ordinato del vino bianco per festeggiare quella che poteva rivelarsi la svolta che avrebbe impresso un deciso slancio alle nostre rispettive carriere. Ciò che però ci ha lasciato letteralmente basiti e mi ha fatto arrossire in un modo innaturale, tanto da rendermi più simile a un metallo incandescente che a un uomo, è il fatto che se tutti hanno adorato i tuoi articoli, Marti, c'è gente che è totalmente impazzita per la foto che ti ho scattato, o meglio, per una parte specifica della foto, ciò che è raffigurato alle tue spalle.

Una smania collettiva sembra aver contagiato tutti quanti e nel giro di pochi secondi mi sono ritrovato a stringere mani mai strette, sentire sulle mie spalle colpi provenienti da braccia poderose che quasi mi spedivano steso sul pavimento. Nomi altisonanti espressi come in una gara a chi la sparava più grossa in fatto di accostamenti. Meriti stirati e tesi da più lati sulla lungimiranza di chi ha scelto di investire su di me, o di chi ha solo pensato di puntare su nuovi fotografi, o di chi ha scelto di bere caffè decaffeinato al posto della solita nevrotica miscela il giorno in cui se n'era parlato in ufficio. Bordate di complimenti, di compiacimenti, di auguri e già di scongiuri. Io, una sfera metallica opaca tra suoni e luci di un flipper umano, incapace di indirizzare il mio cammino, costantemente colpito da forze provenienti da ogni dove senza possibilità di arrestare la mia corsa. Nel trambusto ho cercato appigli, spigoli, fino a quando non sono approdato su una scrivania e ho capito.

Sparpagliate come carte di un mazzo c'erano almeno una dozzina di copertine di quotidiani con impressa una parte della mia foto. Ancora una volta ero sul punto di chiedere ad alta voce per quale motivo fosse stata tagliata, per quale motivo avessero tolto il volto di Martina dal primo piano, con l'ingenuità di chi non è in grado di andare oltre il proprio naso, e alla fine ho realizzato il motivo di tutti quei complimenti, di tutti quegli attestati di stima improvvisa e inusuale, e una strana sensazione, incerta e rasposa, si è fatta strada nella mia gola. Un senso di soffocamento che non avevo mai provato fino a quel momento e che continuo ad avvertire ancora adesso che sono nuovamente solo e tra mura sicure e amiche. Un'infiammazione bronchiale che corrode lentamente e che temo abbia a che fare con ciò che avrei dovuto dire e non ho detto, con ciò che sarebbe stato giusto fare e non ho fatto. Ma chi l'avrebbe fatto? Chi avrebbe arrestato tutte quelle manifestazioni di giubilo, tutta quella stima riversata senza troppa cura, per dire, con un sorriso tra l'imbarazzato e il colpevole: "Guardate che c'è un errore, si tratta di un clamoroso malinteso" o magari "Io non volevo fare quella foto, è stato un caso", davanti a tutti quei rispettabilissimi protagonisti della carta stampata, del giornale più importante e venduto d'Italia: "Guardate che si tratta di un puro caso se proprio mentre stavo scattando quella foto di Martina sullo sfondo sono apparsi quei due"; o "Non è Martina che si è intromessa nello scatto, casomai il contrario". L'avrebbe fatto chiunque, vero? In fondo, si tratta comunque di una mia foto. Mi appartiene, come mi appartiene il rullino sul quale è stata impressa e la macchina fotografica che l'ha realizzata. Sono stato io a scattarla, ero io a Berlino in quel momento. Sì, può darsi che si sia trattato di un semplice colpo di fortuna, ma è pur sempre il mio colpo di fortuna.

E non sfruttarlo sarebbe follia pura. Certo, stiamo parlando di un semplice colpo, niente di più di quello che gli americani chiamano “hot shot”. Ma allo stesso tempo si tratta della foto che campeggia fiera sulla maggior parte dei giornali e magazine pubblicati in questa settimana, che probabilmente in Italia avrà visto chiunque. Uno scatto che negli anni potrebbe essere ancora riconoscibile, inscindibilmente legato al nove novembre dell’ottantanove. Che sarà mai, poi, non ho mica mentito. Ho fatto attenzione a non vantarmi troppo della sua riuscita, anzi. Ho mantenuto una certa umiltà, una pacata modestia capace di occultare una semplice omissione. Non ho mica rubato, o peggio frodato. Sì, ma allora perché sento la bocca dello stomaco urlare e bruciare, il petto stringersi e non far passare il respiro? Persino la schiena comincia a farmi male. Spero passi il prima possibile. E poi stasera si festeggia.

Approfittando della confusione e dello stato di eccitazione, sono riuscito a invitarti a cena per celebrare la nostra impresa e tu hai accettato senza batter ciglio. Non voglio fare il passo troppo lungo, ma in quel momento ho pensato che ne fossi addirittura piacevolmente sorpresa e lusingata. Ma no, ma cosa sto dicendo. Ho assoluto bisogno di una doccia.

## Milano, 16 novembre 1989

Soffice è il cielo, ne sono immerso, avvolto, ma non ho paura. Brividi, saranno le vertigini, in fondo ho abbandonato da parecchio il suolo e non avverto più alcun tipo di contatto con la superficie. Librarsi è semplice, basta solo chiudere gli occhi. L'avvicinarsi delle labbra, lo sfiorarsi di mani complici e impacciate. Poi si resta senza alcuna istruzione, levitando senza ancore o possibilità di frenata. Il primo piede che si stacca. Il tallone si solleva, lasciando la punta delle dita nella ricerca frenetica di appigli. Si tendono come artigli, si stendono, e dello spasmodico tentativo di aggrapparsi resta solo il ricordo, e a breve sparirà anche questo, visto che nel rapido istante in cui accade al primo piede, il secondo ha già spiccato il volo. Si fa fatica, occorre recuperare l'equilibrio, raggiungere una certa stabilità, ma ogni soffio, ogni spiffero rende tutto più complicato, e si sta come sul ciglio di una corda tesa tra grattacieli di cartapesta. Ogni movimento, ogni gesto diventa fondamentale, ma non si ha modo di studiarlo, ragionarci su, calibrarlo. Si finisce con l'improvvisare, con l'assecondare l'istinto, intimamente sperando che non faccia passi falsi in grado di farci ripiombare rovinosamente sul suolo che ha il colore e il gusto acido della cenere. Si teme ogni slancio, si vibra e si ritorna al proprio posto. Schermaglie senza attacco e difesa, uno di fronte all'altra, l'indispensabilità nell'instabilità, la reciproca dipendenza, un fronteggiarsi che è richiesta e promessa.

Un gemito e un lampo, uno scroscio di saette e una pioggia di luci elettriche, sciabole che fendono l'aria e si infilzano nella carne ma non fanno male.

In fondo…

È solo uno scontro di anime e di sguardi.

Lame affilate che lacerano, feroci.

È solo un incontro di incontrovertibili necessità.

Ci si studia in un tempo che perde la propria dimensione, assumendo quella dell'eternità alla quale si aspira da sempre.

È un fondersi di inizio e fine.

Concetti che non possono più significare nulla, in una linea che si curva, si intreccia, si ingarbuglia come scossa da mille tempeste.

Un'iperbole. La realizzazione pratica del tendere all'infinito.

È l'unione naturale dei corpi.

La composizione di uno spettacolo riprodotto miliardi di volte e sempre unico, irripetibile. Lo stringersi e allentarsi, l'incedere e l'arrestarsi, il fondersi e il perdersi.

È l'atto della creazione del mondo all'interno del mondo.

L'afflato primo, generazione di ciò che non si è mai realizzato. Crisalidi pronte a dischiudersi.

È solo la battaglia primordiale,

l'ansia cannibalesca di addentrarsi e affondare i corpi con le unghie, per sentire il sapore del sangue.

È una questione di odori,

di fragranze che si mescolano restando pure, essenze al quadrato che inebriano, ubriacano e stordiscono.

È la resa, il disfacimento delle membra, la loro discesa sul campo delle cose terrene, circondati da atomi, trasformazioni elettrolitiche, legami dall'improvvido nome. Il ritorno al nuovo mondo dove tutto ha cambiato colore. Esausti, stremati, sfiniti, sfiancati, lividi, apriamo gli occhi e osserviamo. Alberi di ciliegio, piogge estive, fondali gravidi, pelle candida, mani di infante, cieli damascati, viole e frutti rossi, rocce e oceani, le danze e i giochi, azzurri immensi, rughe e ricordi, crepuscoli, sovrapposizioni intonate.

È solo te, e me.

## Milano, 24 luglio 2011

Mi sono tirato sulle gambe col terrore che potessero cedere ma, contro ogni aspettativa, hanno retto fino a portarmi al frigorifero. Mi sarebbe bastata dell'acqua ma ci ho trovato a malapena una birra. L'ho presa senza pensarci, in fondo anche questa fa parte della mia eredità. Ho cominciato a mandare giù sorsi ruvidi e gassosi. Ho continuato a muovere le mani sul mio volto come a strofinare la pelle così energicamente da farmi male. Ho cercato la calma nelle sigarette che avevo nella tasca dei pantaloni mentre tentavo di fumare via questa consapevolezza che sta emergendo inesorabile. La convinzione di essermi fregato con le mie stesse mani: adesso so, o meglio, comincio a sapere, qualcosa di cui tutti sono all'oscuro. Ho tra le mani i pensieri inediti di un suicida. Non un suicida qualunque, ma mio padre, un uomo pubblico, famoso, amato, desiderato, odiato, soprattutto dal sottoscritto.

La prima ad arrivare è stata la rabbia: possibile che io abbia dovuto aspettare così tanto per ascoltarti, per avere a che fare con te? Possibile che dovessi attendere la tua morte per condividere qualcosa con te? E adesso a chi avrei posto le domande che affiorano? A chi chiedere conferme? Da chi pretendere smentite?

Secondo è arrivato il rimorso, a braccetto con l'odio: per

aver provato empatia per questo racconto, per aver anche solo per un attimo simpatizzato con il protagonista. Mi sono reso conto che dopo un'iniziale fase di stordimento legato alla surrealtà di tutta la faccenda è subentrato un coinvolgimento per le vicende. Come quando cominci un libro e ti accorgi a un certo punto di fare il tifo per qualcuno, di desiderare che riesca a ottenere ciò che desidera, ciò per cui sta lottando. Mi sono immaginato al suo fianco per le strade di una città che non avevo mai visto, sgomitando tra la folla per osservare le stesse cose, per avvertirne il brivido, per condividere quel momento incredibile.

Come ho potuto essere tanto fragile? Ho accolto tutto con estrema facilità, sospendendo tutto il rancore, il silenzio e la noncuranza. Mi sono fatto fottere come il più sciocco degli ingenui. Mi sono sentito inerme, inadeguato. Un generale che ha studiato, immaginato, pianificato e già combattuto nella sua mente la propria battaglia per poi cedere senza neanche ottenere l'onore delle armi solo perché non ha calcolato che la battaglia potesse svolgersi su un piano diverso, fatto di pendenze e dossi, o che potesse essere colto alla sprovvista quando meno se l'aspettava.

Solo alla fine ha fatto capolino la tenerezza, ma ormai ero stremato per poterle far trovare le porte aperte e la ritirata, seppur confusa, era stata portata a termine.

Ho posato il diario sul divano e mi sono messo a cercare, nella penombra, qualcosa per mandare giù il groppone e arrestare un'ipotesi di pianto che non mi sarei concesso per nessuna ragione al mondo.

Ho preso un posacenere e con la mano libera un foglio

e una penna, invertendo la posizione della sigaretta e della biro, nonostante abbia sempre odiato fumare con la mano sinistra, e ho cominciato a stilare una serie di considerazioni che potessero apparirmi utili. Avevo bisogno di attribuire una forma solida e una classificazione lineare a ciò che avevo appena appreso dalla sua grafia fin troppo ordinata per l'eccitazione dei momenti in cui erano state redatte quelle pagine.

A tutti gli effetti, mi è apparso un colossale colpo di fortuna capitato a un modesto e inesperto fotografo: era arrivato a Berlino per l'intuizione di un giornalista tedesco, solo perché seguiva in lungo e in largo mia madre. Altro che fiuto e senso della notizia. Era lì solo perché non poteva fare a meno di essere la sua ombra, ma questo era un altro punto.

Aveva vissuto Berlino da mediocre turista per poi trovarsi nel momento più confuso della storia recente dell'Occidente. Ricordavo perfettamente la spiegazione del mio prof in merito a quel giorno. Aveva cominciato quella lezione chiedendoci se fossero gli uomini a fare la storia e quanto invece incidessero il caso e il genio. Di fronte ai nostri sguardi confusi aveva estratto dalla sua borsa di pelle rovinata ai bordi un volume enorme e aveva cominciato a leggere. Era un brano tratto da *Guerra e pace* di Lev Tolstoj in cui l'autore raccontava l'esperienza napoleonica attraverso due lenti, quella del genio e quella della casualità. Era poi tornato agli avvenimenti di quel 9 novembre, di come aveva cambiato in modo così profondo il mondo moderno: dopo quella lettura potevamo capire come fosse straordinario che la fine della guerra fredda si fosse realizzata senza che ci fosse il volere di qualcuno dietro agli eventi. Tutto era avvenuto grazie ad azioni e confusi ordini e improvvisate reazioni di migliaia di protagonisti. In questa realizzazione massima del caos, assemblaggio di migliaia di inattesi risvolti, un uomo aveva scoccato la freccia verso il proprio futuro nell'assoluta inconsapevolezza. Era il caso elevato all'ennesima potenza che per una congiunzione astrale irripetibile aveva modificato il corso di chissà quante esistenze, in modo più o meno definitivo.

Persino nell'unica cosa che l'universo aveva lasciato nelle sue mani Gianluca era riuscito a ottenere il massimo risultato pur non volendo affatto realizzare ciò che infine si era concretizzato. La sua foto migliore altro non è che lo sfondo inatteso di un soggetto tutt'altro che irripetibile o indimenticabile, capace però di diventare un manifesto generazionale. Ma si può essere così sfacciatamente fortunati? Possibile che l'universo si fosse tanto impegnato per trasformare uno sconosciuto fotografo in un brillante artista emergente?

Ammettendo però la riproducibilità di un così enorme colpo di fortuna, quello che non potrei non notare è la sua consapevolezza: sin dal primo istante era conscio di essere stato baciato da una dea che, più che bendata, appariva cieca in equilibrio su cocci di vetro e chiodi affilati senza ferirsi mai. Lo sapeva. Lo ha sempre saputo, sin dal momento in cui aveva visto la sua foto rimaneggiata e ristrutturata, senza Martina e con un soggetto colto per puro caso. Sapeva e non aveva detto nulla, preferendo l'elogio sfacciato, le lodi smisurate, l'accondiscendenza di estranei e l'approvazione di un mondo per cui lui, fino a quel momento, non era altro che un galoppino come ce ne sono tanti, un pesce di minuscole dimensioni in un acquario sconfinato in cui se non mangi, soccombi.

«Oddio» sono riuscito a dire con un filo di voce mentre la penna scivolava sul pavimento senza fare rumore.

La stanza ha preso a girare. Immobile, non volevo dare seguito a quella successione di pensieri, per non ammettere esattamente quanto avevo appena realizzato. Ma la mente non si arresta e giunge dove non vuoi, dove non puoi fermarla. Se non fosse stato per quella foto, forse Gianluca non sarebbe mai riuscito ad avvicinarsi a mia madre. Probabilmente, senza l'eccitazione di quel giorno, non si sarebbero mai detti nulla, si sarebbero stancati, e io non sarei qui. Forse sto solo correndo con la fantasia, ma chi può dirmi il contrario? Sicuramente non mia madre, sul conto della quale non fanno che sommarsi ulteriori addebiti. L'unica risposta la posso trovare in questo diario.

A riprenderlo tra le mani l'ho avvertito più pesante di quanto non mi fosse sembrato la prima volta.

## Milano, 19 dicembre 1989

Che potesse essere semplice non l'ho creduto neanche per un istante. Da quando ti ho conosciuta ho saputo che sarebbe stato molto più complesso, qualsiasi cosa fosse, con te, che con una qualsiasi altra persona, ma non mi sarei mai atteso questo: un trambusto di dimensioni cosmiche senza alcuna dimora nella quale ripararsi. Appare tutto così indecifrabile quando sono con te. Avrei solo bisogno di un tuo cenno, per capire se la direzione intrapresa è quella giusta, ma tu continui a essere illeggibile, imprevedibile, sfuggente. Ci sono giorni in cui mi cerchi, in cui sembra tu non possa fare a meno di me, poi sparisci e riappari a tuo piacimento, lasciandomi in balia dei tuoi umori mutevoli, chiedendomi spazi e appellandoti a regole che nessuno ha redatto o firmato ma che sembri conoscere a menadito. E io mi sento il capitano di una nave al suo primo viaggio, disperso nella tempesta: senza un orizzonte definito, una rotta riconoscibile. E neanche l'ombra di un approdo. Eppure è successo, abbiamo fatto l'amore e so che non si è trattato di un momento di debolezza. Sappiamo entrambi quanto sia stato travolgente, assoluto. Non voglio credere che quei nostri sguardi di intesa, quelle mani che si rincorrono e si stringono, quei giochi infiniti, siano stati solo un episodio da non ripetere. Eppure da allora non siamo più riusciti a ritagliarci tempo per noi, sovrastati dal lavoro, dagli impegni, dalle riunioni. Da articoli e scadenze, da indagini e reportage. Un giorno mi tieni la mano e mi guardi come fossi indispensabile, imprescindibile, come se fossi la cosa più importante al mondo, e il giorno dopo sono soltanto il tizio con la macchina fotografica che ti hanno affiancato.

Il tuo costante desiderio di essere impeccabile, perfetta, la tua tensione verso l'approvazione degli altri, ti porta a disperdere energie come se fossero tozzi di pane da elargire cautamente ma generosamente. E io resto intrappolato in questa forma di elemosina emotiva che ti porta a donare parte di te a chi ti circonda, senza che nessuno abbia l'onore di un quadro di insieme. Brandelli che non permettono di penetrare la carne. Ma forse è proprio questo che vuoi: la possibilità di conoscere e farti conoscere dagli altri. Quasi a voler evitare impegni, responsabilità e coinvolgimenti, per paura di finirne abbacinata, tradita, abbandonata. Se solo ti decidessi una buona volta a scardinare questa tua autodifesa e osservassi ciò che sarei pronto a darti, sarebbe tutto diverso.

Ci sto perdendo la testa.

Continuo a pormi domande senza senso alle quali provo inutilmente a rispondere. Ti attribuisco pensieri che neanche ti sfiorano. E ciò che mi manda ancora di più in panne è che per te tutto è normale. Come se tutti a questo dannato mondo facessimo come te, riempiendoci la vita di miliardi di piccoli corpuscoli che sono i tuoi interessi, così tanti da rendere impossibile credere che ti appassionino tutti allo stesso modo, per finire con il non riuscire neanche a capire se quella che abbiamo avuto la possibilità di conoscere è la versione originale o solo uno dei fantastilioni di combinazioni possibili. L'ecologia, l'ambientalismo, poi la botanica e la danza, per finire con quelle stronzate *new age* e le diete a base di semi che non sazierebbero neanche un fottuto criceto.

Mi ritrovo a chiedere consigli a chi ci conosce e a chi ci ha visti anche solo una volta. Ho estenuato i miei amici con racconti e richieste di spiegazioni, senza fidarmi dei loro pareri e cercando di ricontestualizzare le loro risposte in modo che supportino di volta in volta le mie interpretazioni che valgono solo nel momento in cui le formulo, per poi perdere di consistenza ogni volta che torno a casa e mi ritrovo solo e svuotato.

Avrei voluto condividere con te i dubbi e le paure, le ansie e le speranze che quella foto, che quei fantastici e sfibranti giorni di Berlino, hanno generato, ma tu non fai che svincolarti con commenti sintetici e vacue approvazioni, quasi non volessi entrarci.

Sono due giorni che non ho tue notizie e non rispondi al telefono. In queste quarantotto ore sono successe un mucchio di cose e l'unica persona con la quale vorrei discuterne è irreperibile. Dopo aver dato un ordine e una sistemazione a quanto scattato a novembre, su tuo consiglio, ho fatto girare il book e ho ricevuto un sacco di proposte. Addirittura c'è chi vuole usarle all'interno di una mostra collettiva e qualcuno ha menzionato persino la partecipazione al World Press Photo of the Year. A me sembra tutto così assurdo che mi sento sprofondare in un'insicurezza che non ha fondo, un'inadeguatezza dalla quale non riesco a tirarmi fuori. Vorrei che tu fossi qui a stringermi al tuo petto, a rassicurarmi e dirmi che comunque vada sarai al mio fianco, perché quando si affrontano certe cose da soli si ha paura, anche solo della novità. Vorrei solo che tu fossi qui, con le tue piccole manie, il tuo sciroppo d'acero nel tè delle cinque, il tuo mordicchiarti costantemente l'indice, con la testa piegata su un lato quando non ti è chiaro ciò che stai ascoltando. Vorrei sentire la tua voce dirmi qualsiasi cosa, raccontarmi di quel collega o di quell'altra amica di università che non senti da un po'. Vorrei annoiarmi sul divano tenendo il mio piede sotto la tua coscia, stregato dalla perfezione di quel banalissimo istante. E invece mi ritrovo qui, solo, che guardo fuori dalla finestra una città che non amo e desiderando soltanto di andare a dormire, per sentirmi un po' più al sicuro. Ho provato ad affacciarmi al balcone, a inalare profondamente l'aria gelida desiderando di provare un dolore che mi distragga da questi pensieri mentre eserciti di macchine incolonnate si susseguono seguendo il ritmo frenetico di semafori e urgenze. Marce ingranate, stridore di freni. Luci che si alternano ipnotiche.

Vorrei solo dormire.

Con te.

Solo.

## Milano, 22 dicembre 1989

Ti ho vista percorrere la banchina con il tuo passo svelto, deciso, quello di chi non muove i propri piedi ma schiaccia costantemente il pavimento. Le suole come artigli che agguantano la superficie lastricata di mattonelle consunte e la spingono all'indietro attraverso il susseguirsi alternato di punte dei piedi che si inarcano, afferrano la terra, la trascinano alle spalle e procedono. Ti ho vista osservare all'interno di ognuna delle carrozze cercando quella che ti avrebbe ospitato per la notte, ripetere in modo quasi maniacale il gesto di prendere il biglietto, controllare il tuo posto e riporlo nella borsa. Ti ho vista scrutare ognuno di quegli invertebrati metallici con la speranza di trovarci chissà cosa. Ma non mi ha sorpreso. In fondo, tra le miriadi di discorsi che ti ho sentita fare in quella condizione di estatico trasporto che mi trasfigura certamente ai tuoi occhi in un babbeo lobotomizzato incapace di articolare suoni polisillabici, mi avevi confessato che ogni volta che viaggiavi in treno, in bus, in aereo, speravi sempre di trovare una persona interessante al tuo fianco, magari un uomo affascinante, dal portamento sicuro ma non borioso, o una donna bardata in abiti etnici e fasce multicolori, dallo sguardo brillante e il sorriso genuino. Che so, un medico volontario in guerra, un politico straniero, una studentessa di antropologia aborigena o di linguistica sanscrita. Ti saresti guardata attorno, un'occhiata al libro tenuto tra le mani e una a chi ti circonda. Ti saresti persino voltata, sperando di incrociare uno sguardo, una fugace occhiata, spesso senza successo. Avresti raggiunto Parigi per passarci le vacanze. Ti ho vista imbracciare la tracolla e trascinarti una valigia leggera per poi salire quei gradini. Ti sei arrestata per un solo istante, sola di fronte a quella porta, per porgermi un cenno. Non una carezza, non un bacio, se non sulla guancia. Ho notato una forma di imbarazzo. Ti ho vista impacciata, tremante, eppure questo dicembre non è gelido come ce l'avevano raccontato.

Non ho voluto raggiungerti lì, salutarti come tutti attraverso il finestrino. Non ho voluto vederti filtrata da una specie di acquario su rotaie perché non l'avrei sopportato. Ho preferito non modificare l'ultima immagine di te, l'ultima prima di due settimane.

Mi sono voltato sui miei passi, ho sceso le scale e imboccato il tunnel per raggiungere la metropolitana. Non mi sono mai sentito così perso. Non ero neanche a metà del percorso per tornare a casa quando ho capito che c'era una domanda martellante alla quale non sarei riuscito a dare risposte in un tempo utile: "Ma io che diavolo ci faccio ancora qui?".

Senza di te, senza incombenze e scadenze, qui, in questa città, a Natale, cosa ci resto a fare?

Mi è bastata mezz'ora per impacchettare quattro maglioni, un paio di jeans e qualche altro indumento di discutibile utilità per poi tornare a cercare il primo treno per tornare a Bari.

Non che ne abbia voglia. Ogni anno diventa sempre più difficile far coincidere il concetto di casa con quello di famiglia. Ma del resto in questo momento non riesco a sentirmi a casa da nessuna parte. Almeno lì potrei sentirmi meno solo, o per lo meno solo in mezzo a persone che conosco.

Almeno posso passare qualche giorno denso di impegni familiari, di cene e incontri con quegli amici d'infanzia che probabilmente si limitano a sapere che faccio fotografie per un giornale. Discuteremo della nostra città e ci ricorderemo cose ricordate altre milioni di volte, o almeno a me sembra di averlo fatto nelle ultime volte in cui sono tornato.

Ho fatto il biglietto in una condizione di semincoscienza. Nel giro di poco più di tre ore sono tornato nuovamente lì, su quella banchina.

## Bari, 26 dicembre 1989

Bari è una puttana. Bari è una puttana che ti promette il paradiso in terra, ben sapendo che le crederai perché la ritieni capace e ben propensa, ma che alla fine ti porta il conto ed esige il suo pagamento, in contanti, e in anticipo.

Bari è una donna passionale, attempata ma dal carattere pungente e acre, come quello del limone spremuto sui mitili ancora vivi e che profumano di quell'eterno salino che solo chi è nato in posti di mare sa riconoscere. Ti squadra, profondamente. Conosce in anticipo ciò che farai e ti accompagna. Se la rispetterai, ne riconoscerai la grazia e l'arroganza, allora ti farà da guida, compagna, e non ci sarà posto più sicuro delle sue amorevoli braccia. Nessuno ti sfiorerà e qualora dovesse accadere qualche imprevisto, ti difenderà come solo gli impavidi e i valorosi sanno fare. Ma se la osserverai con lo sguardo di chi si sente superiore, di chi si ritiene di un'altra classe, allora farà di tutto per renderti la permanenza impossibile, in un susseguirsi di funerei eventi che ti porteranno a implorare in ginocchio di lasciarti andare, dopo una resa incondizionata.

Bari si veste di luci e paillettes, può essere esageratamente vistosa, volgare, imbarazzante ed eccessiva. Ma non lo fa con malizia, con superbia. Lo fa perché è nella sua natura e non puoi farci molto. Ma se saprai darle la giusta attenzione, allora la ritroverai impeccabile ed elegante, con il suo abito di seta scuro e una scollatura audace ma casta, in grado di far innamorare di sé il più impenitente dei libertini, con quella sua grazia sconnessa e ingenua che ti lascia estraniato ma in pura ammirazione. Si scosta i capelli dal volto per concederti la vista delle sue ciglia arcuate, le palpebre che tintinnano e le pupille che ti inchiodano senza alcuna possibilità di risposta.

Bari è tutto e il contrario di tutto, è l'esaltazione degli opposti, la terrena compresenza di inferi e regno dei cieli.

Bari è una cicatrice che pulsa quando sei lontano. Solo allora ti accorgi della sua esistenza perché è ciò che distingue il tuo volto da quello degli altri. È una lacerazione della carne che risale a un tempo di cui non hai memoria. Cruenta, profonda, indelebile. È una tara con la quale devi venire a patti perché non puoi fare altrimenti. Non ci sono soluzioni chirurgiche di asporto coatto, solo cure ritardanti o attenuanti.

Bari è una donna che ti sussurra suadente con una voce e una luce nei suoni che è soltanto sua e che solo chi ne ha assorbito i suoni sin dai primi vagiti può comprendere. Emissioni che variano nei toni e negli accenti, nella durata delle vocali in base alle esigenze, ai bisogni. Le cose più importanti, intime, basilari, connesse alle necessità primordiali come mangiare, dormire, fuggire, vengono espresse attraverso suoni immediati, unici, diretti, mentre per tutto il resto ci si perde nella fantasia e nella successione di consonanti ruvide e un parsimonioso uso di vocali.

Bari è un amore che va preso per quello che è e non razionalizzato. Non ti puoi fermare a riflettere, a ragionarci su, perché allora ti accorgeresti dei suoi mille difetti, delle sue imperfezioni. Devi amarla giorno per giorno e cavalcarne intimamente la superficie. Accarezzarla e possederla facendoti cullare dal ritmo delle onde che si infrangono sui suoi scogli. Non puoi sederti a un tavolo e metterci davanti tutte le sue mancanze, le sue inefficienze. In quel caso ti guarderà con sfida, ti darà dell'ingrato e non ti permetterà di carpire i suoi segreti.

Bari è una madre bardata in una vestaglia lisa e un grembiule da cucina sporco di sugo e caffè che ti guarda con gli stessi occhi lucidi anche se non ti fai vedere e sentire da un po', anche se l'ultima volta l'hai trattata male e le hai detto che non la sopporti, perché sa che prima o poi avrai ancora bisogno di lei e non vuol farsi trovare impreparata a quell'istante.

Bari è un'amante impetuosa, che ti rimane per sempre attaccata anche quando sarai fuggito perché esasperato dalle sue mille richieste e i suoi insondabili capricci. Potrai mettere tra voi migliaia di chilometri di asfalto, curve e cavalcavia, usi e costumi, civiltà e comodità mai neanche immaginate, ma lei resterà lì, a ricordarti che le apparterrai in qualche modo, perché per quanto possa sentirti sicuro di volerlo recidere, quel filo resterà sempre lì, intatto, perché un conto è dire "Per adesso non ho intenzione di tornare da te", un altro è dire "Non tornerò mai più".

Sono passati quattro giorni e tu ancora non chiami.

## Bari, 28 dicembre 1989

Sono passati sei giorni dal mio arrivo e ho già ben presente i motivi per cui ho lasciato questa città. L'accoglienza eccessiva, abbondante e iperproteica, degna di un reduce di guerra, la visita di cortesia al parentado "decorato" e "non", un incubo di baci stropicciati, carezze ruvide, trucchi sbavati e abiti da festa slabbrati e assolutamente inopportuni.

Solito stratagemma: devo vedere un amico che non vedo da secoli, il figlio di qualcuno che i miei genitori conoscono e stimano, altrimenti non mi concederebbero il lasciapassare, e il "ehi, e non fare tardi", come se non avessi mai lasciato questa casa. Ma qui si usa così, anche quando cresci. E non cambia, mai.

Il freddo *di giù* è diverso. Il termometro può anche segnare gli stessi gradi che ci sono a Milano ma qui fa comunque meno freddo. Sarà per l'assenza delle spine d'umidità che penetrano nelle ossa come una pratica giapponese tanto in voga negli ambienti che contano, su. Preferisco perdermi nel vento e nel reticolato perfetto delle strade del centro, agghindate a festa. Appariscenti luminarie abbagliano le vie del centro tirate a lucido. Ritardatari alle prese con regali di fortuna e pensieri inespressi e tardivi. Famiglie pronte a dilapidare tredicesime in ogni sorta di suppellettile che si trasformerà in inutile chincaglieria in poco più di una decina di giorni e smargiassi che agitano mazzetti arrotolati di banconote in una sempiterna gara a chi ce l'ha più lungo, circondati da adulatori, meretrici ed eunuchi. Sguardi lucidi e frammenti di felicità più o meno reali che commuoverebbero, se non fosse che rappresentano tutto ciò che odio di più della mia città: la boria della grassa borghesia del denaro. Sono disgustato e col passare del tempo diventa sempre peggio. Non era così qualche anno fa.

Ho cercato riparo entrando da Ricordi, perdendomi tra chilometri di vinili ma con relativo successo, se non quello di aver speso soldi che non mi sarei potuto permettere in album che non è detto che abbia tempo e voglia di ascoltare una volta tornato. Basta farmi odorare il finto affare e mettere una percentuale di sconto che non potrei calcolare perché non conosco il prezzo di partenza e inevitabilmente mi trasformo in un supponente broker di Wall Street come nel film con Michael Douglas. Mi aggiro come un fantasma per le strade che mi appaiono deserte seppur gremite di omuncoli e donnicciole che non riconosco come appartenenti alla mia stessa razza. Che ci faccio qui, ancora?

Eppure solo pochi giorni fa il ritorno a casa mi è apparso come un salvagente naturale, del tipo "Come ho fatto a non pensarci prima?". Tutto mi è apparso desiderabile, in un certo modo rassicurante. Una patina di nebulosa dolcezza ha ammantato ogni fotogramma con cui pregustavo il mio ritorno. I saluti e i complimenti per il mio successo; la mia città, con le sue strade cariche di odori che mi avrebbero riportato indietro nel tempo; le donne per strada che preparano ogni sorta di ben di Dio; la croccantezza delle focacce appena sfornate, delle *sgagliozze* appena fritte; il sole timido ma sempre presente. La solita illusione.

Ogni esule, tornato a casa, ha due possibilità: chiedersi per quale motivo se ne sia andato la prima volta o chiedersi per quale fottutissimo motivo sia tornato.

Io appartengo a una categoria e all'altra categoria, facendo la cosa che mi riesce meglio: oscillare. Ma anche col rischio sempre alto di scivolare, tra desiderio di fuga e di autodeterminazione, di realizzazione potenziale, e senso civico del tipo "resto e cambio le cose", "torno e mi impegno per la collettività". E ogni volta che torno qui e non faccio che rivivere le stesse scene, cerco con accuratezza l'esatto momento in cui comincia a non fregarmene più un cazzo. Pasqua 1988: quella volta è stata tutta colpa della zia Nunzia e del suo tentativo di convincermi della superiorità di suo figlio, mio cugino Vito, che avrebbe fatto carriera alla Magneti Marelli e che presto si sarebbe sposato e avrebbe avuto figli da Maria Rosaria, «Che quella non vedi che bel ventre che ha? È già pronta a ospitare i torelli che il mio Vitino le infilerà nella pancia». Il disgusto di tutta l'immagine aveva accelerato incredibilmente il mio desiderio di scappare e di smettere di mangiare carne, per sempre.

Questa volta nessun fattore scatenante. Solo la naturale

conclusione alla quale non voglio ammettere di esser giunto: qui non c'è più posto per me.

Questa volta, arrivato a casa, gli ennesimi ospiti accorsi per vedere l'attrazione principale del circo Auterri: il fotografo milanese.

Ho buttato lì un sorriso e un saluto cercando riparo nella stanza che fu mia ma che è diventata covo irriconoscibile di mio fratello il quale, gentilmente, mi ha concesso l'uso del fu mio letto e ora divenuto armadio, comodino, poggia qualsiasi cosa mi sia tolto dalle tasche e posto in cui probabilmente nascondo delle cose che la mamma non deve assolutamente vedere. Per fortuna il mio aguzzino deve aver avuto qualche invito dai suoi amici teppisti e io sono riuscito a stendere un po' le gambe. Sarebbe stato chiedere troppa grazia restare per dieci minuti in quella misantropica pace. Dalla cucina sono giunti alle mie orecchie suoni gutturali che richiedono la mia presenza di fronte a Sconosciuto Uno e Sconosciuta Due, introdotti da un "Te li ricordi..." a cui segue una serie di legami che neanche a starci veramente attento sarei riuscito a ricomporre. Magari questa volta si limiteranno a far vedere la mia dentatura, tastarmi un attimo i coglioni e rimandarmi al letto, penso. Invece ci tengono assolutamente a sapere cosa faccio, dove vivo, se veramente a Milano ci sono le donne più belle del mondo. E poi il grande classico: «Sì, ma con tutta quella nebbia, come si fa?». «Ce la fai con i soldi? Ah, no, ti aiutano i tuoi. Sai, nostro figlio invece riesce a vivere con i suoi risparmi e lavora come operaio a Torino».

Gli ho detto che «sicuramente farà carriera, considerando le sue capacità» e a un tratto si sono accesi come due lampadine. Nonostante non abbia assolutamente idea di chi sia il destinatario delle mie parole si sono sentiti così appagati da liquidarmi con quella che è la formula con cui sai che si sta chiudendo questo discorso assurdo: "Dai, prima o poi succederà anche a te. Facci sapere solo belle notizie". Tranquilli, se mi trancio una mano cucinando o mi si incarna un'unghia non verrò certo a raccontarvelo. Basterà mia mamma, eventualmente, a ragguagliarvi sugli ipotetici successi futuri del figlio che sta fuori.

Nuovamente in salvo in camera, ho pensato che la maggior parte di quelle persone con le quali ho scambiato vuoti convenevoli sa a malapena che mi occupo di fotografia. Ma, in fondo, cosa c'è da sapere? Me lo chiedo anche io.

La telefonata di Lorenzo mi ha ridestato da un pigro torpore. Abbiamo iniziato la serata bevendo una birra con gli altri, offerta come sempre da lui, e l'abbiamo conclusa col cercare di racchiudere in un'oretta mesi in cui ci siamo sentiti via telefono in poche e brevissime occasioni. Non siamo tipi da stare attaccati ai ricevitori. E poi le interurbane costano troppo.

«Gianlù, ma se devi stare così, che torni a fare in questo posto di merda?». Mi sarebbe piaciuto dirgli che in fondo no, non lo so perché ci torno e perché la mia voglia di tornare è direttamente proporzionale ai chilometri che mi separano da casa. Gli avrei voluto dire che torno per trovare una ragione per non averne più voglia quando a

Milano mi sento perso, solo, ma che ogni volta è frustrante da morire accorgermi di essermi sbagliato, ancora. Che avrei voluto avere il coraggio e la forza, o la scellerata incoscienza, di aggrapparmi al mio scoglio e trovare la mia strada in quella striscia di terra così pura e così malridotta. Mi sono limitato a sussurrargli che ci sono sensazioni più grandi di noi che innescano reazioni che cavalchiamo anche senza una fase di riflessione più ampia. Ci siamo abbracciati e gli ho chiesto se avesse nei suoi piani andarsene da Bari. Mi ha guardato negli occhi e mi ha risposto: «Gianlù, noi siamo diversi, anche se ci vogliamo bene. Io, fuori, non sono nessuno. Qui so come muovermi, so dove andare, cosa fare e un po' mi sento importante, come se potessi fare qualcosa di grande. Fuori, sarei uno stronzo qualsiasi. Noi siamo fatti di pasta diversa. Io qui mi lamento, ma sto bene. Tu qui, ormai, non c'entri più nulla. Ed è meglio così, senti a me. Perché qui, fino alla fine, o ti pieghi e ti abbassi, cercando, piano piano, di far fare agli altri qualche piccolo passettino. Oppure ti metti di petto, e pigghj mazza't».

Domattina vado a prendere i biglietti. Mi trattengo ancora due giorni ma il 31 voglio essere via da qui. Mi piacerebbe portarmi dietro Lorenzo, mi farebbe molto comodo. Ma è meglio che resti giù. Un giorno potrebbe essere l'unico motivo in grado di farmi tornare, anche per poco, qui a Bari.

## Bari 30 dicembre 1989

Come al solito arrivi e scombussoli tutti i miei piani. Ti sei presentata qui, senza alcun preavviso, non ti fai sentire per giorni, e mi chiedi di andar via, soli, noi due.

Ti sapevo con i tuoi e mi dici che non ne vuoi assolutamente parlare.

Ti chiedo dei tuoi programmi per Capodanno. Avevi parlato di andare a sciare, di chalet di montagna, abito lungo, spumante e balli, o questo era ciò che mi ero figurato nel momento stesso in cui avevo deciso di smettere di ascoltarti perché l'invidia per quelle persone che ti sarebbero state accanto mi stava facendo ribollire il sangue e mi chiedi di finire chissà dove, dispersi ovunque, ma lontano da ogni tipo di festa.

Ho provato a calmarti ma ho temuto che la proposta avesse una scadenza e non sono riuscito a dirti di no. Perché sono un codardo e non mi sarei mai perdonato di aver perso quest'occasione.

Ti ho chiesto quanto saremmo stati fuori e mi hai detto: «Tu portati tutto. Partiamo quando vogliamo e torniamo direttamente a Milano». Fortuna ha voluto che la mia accidiosa persistenza nel mondo mi avesse portato a non comprare ancora il biglietto dell'Intercity per il ritorno.

Ho aspettato che fossi più a tuo agio per pretendere

spiegazioni, ma ho lasciato prontamente correre quando il tuo sopracciglio si è incurvato affermando, senza usare alcuna parola, "Non è il momento".

Siamo arrivati in stazione senza avere la pur minima idea di dove andare. Sono riuscito a malapena a salutare i miei genitori che, solo perché sanno chi sei e da dove vieni, ma soprattutto quanto importanti siano tuo padre e tua madre, non ti hanno legata mani e piedi al tavolo e inferto torture sanguinolente che neanche puoi provare a immaginare. Stai attenta, passi per oggi, ma non è detto che potrai rifarlo altre volte.

Finalmente hai scelto. Firenze. No, bugia, Napoli. Oddio, quanto ti piacerebbe andare a Palermo, la capitale del Regno delle Due Sicilie. Non ci sei mai stata. Alla fine abbiamo deciso: Genova. Questo viaggio mi aveva già stremato. Duemila chilometri fatti prima ancora di arrivare sui binari e salire sulla carrozza.

Abbiamo disteso i sedili e ci siamo sistemati l'uno di fianco all'altra, sicuri che non ci avrebbe disturbati nessuno. Vorrei proprio capire chi è il fesso che si mette in treno il 30 di dicembre per andare da Bari a Genova. Ti sei fatta più vicina e mi hai messo la testa sul petto.

Mi hai detto che volevi parlare, dirmi tante cose. Mi sono preparato ad ascoltarle, ma ti sei subito addormentata dopo aver detto giusto qualche frase su colleghi e amici che hai sentito negli ultimi giorni. Brava, loro li hai chiamati.

Adesso sei qui che dormi al mio fianco e invece di chiedermi cosa ci faccio qui con te mi chiedo dove sei stata fino a ora.

## Milano, 25 luglio 2011

La luce che penetra sfocata dalle persiane mi ha sorpreso steso sul divano, con il diario poggiato sul petto e lo sciabordio di pensieri che stride all'interno delle mie orecchie. Ho continuato a leggere, rileggere e sfogliare quelle pagine dense di date, appuntamenti. Ho fissato le lame di luce attraverso le quali minuscole particelle fluttuano senza un ordine preciso, realizzando traiettorie lente e imprevedibili e senza una precisa ragione mi è tornata in mente un'altra di quelle lezioni che il mio professore di Letteratura ripeteva costantemente: «Si scrive quando si è tristi. Quando si è felici si vive». Non credo fosse sua come espressione, ma a lui la riconducevo. Con mani ruvide ho stropicciato gli occhi inumiditi dalle lacrime del risveglio. Ho guardato l'orario, sono passate le sei e ho realizzato di dover immediatamente tornare in albergo. Mi sono aggirato per l'appartamento, in modo da controllare, per quanto il mio stato di dormiveglia consentisse, di aver lasciato tutto come l'avevo trovato e ho infilato nella mia tracolla quella specie di Nuovo Testamento la cui lettura avevo interrotto per una confusione di sonno e una mistura di sentimenti difficili da decifrare.

Ripercorrere a ritroso il tragitto verso l'albergo è stato semplice. Milano sonnecchiava ancora, fatta eccezione per qualche indomito corridore e per esemplari della fauna cittadina.

Dopo una capatina in camera per controllare che mia madre dormisse ancora e per lasciare le chiavi dell'appartamento, ho preso posto a uno dei tavoli per ordinare la colazione, come ventiquattr'ore prima. Forze opposte hanno agito su di me. Da una parte volevo continuare a divorare quelle pagine, cercando di scovare qualcos'altro; dall'altra la paura di essere scoperto e certamente il desiderio più grande era che nessuno venisse a conoscenza di quello che avevo per le mani. Chissà, forse mia madre sa. Magari negli anni prima della separazione, stesi sul divano, chiacchierando e bevendo un po' di vino, lui le ha rivelato di aver registrato minuziosamente ogni minimo dettaglio di quel rapporto.

Leggendo le sue parole ho visualizzato tutto, anche se molti dei luoghi descritti non mi erano assolutamente familiari. L'ho visto percorrere in fretta e furia le strade di Berlino, confondersi con quelle umanità in movimento come elettroni impazziti. Ne ho percepito l'adrenalina e mi sono vergognato di aver provato una forma di orgoglioso compiacimento nei suoi confronti. L'ho sentito intristirsi per la mancanza di reazioni da parte di mia madre e una crepa profonda si è insinuata nelle mie convinzioni.

Ma questo non è certo il momento di fermarsi a riflettere. Occorre tornare immediatamente alla realtà. Nel giro di qualche minuto apparirà mia madre con il suo incedere sicuro e dovrò ricominciare il valzer di ieri sera, quello in cui io mi mostrerò ancora arrabbiato per un motivo che ieri mi appariva non solo lecito, ma anche a prova di bomba, e che invece si è già infranto per il rintuzzare di un ricordo. Ho inalato profondamente l'aria del bar per poi espirare in modo plateale, tanto da suscitare la reazione della gerontocrazia di clienti nel loro tour da pensionati. Li ho sfidati con gli occhi, ma in tutta risposta ho avuto un lieve inarcamento delle spalle e un paio di sbuffi di disapprovazione. Mi attendevo di più ma questo mi ha fatto venire un'idea. Potrei ribaltare completamente la situazione, in modo da guadagnare tempo. Quando mia madre scenderà, la accoglierò con uno sguardo corrucciato ma conciliante. Le potrei dire che non mi è ancora passata ma che ne ho fatto una questione molto più grossa di quanto non sia in realtà. Le potrei tendere la mano, farle due moine, dirle che saremo sempre e comunque sulla stessa barca o una sciocchezza simile, affermazioni che piacciono tanto alle mamme. Mi comporterò in modo impeccabile. Dovrò attingere alla mia celeberrima abilità recitativa.

A quel punto una piccola increspatura è affiorata nel mio percorso mentale: tornando in taxi mi sono posto una domanda. Quello che sto leggendo, in fondo, è un diario, un'autobiografia scritta da qualcuno nella propria intimità, e quindi con un punto di vista estremamente soggettivo e parziale. Quanto può essere affidabile? Posso credere a quelle parole? In teoria, mi sono già risposto, andrebbero confrontate, ma con cosa? L'unica testimonianza disponibile è però quella che in questo momento non conto di sollecitare, per la questione delle fotografie.

Mi sono reso conto del fatto che, apparentemente senza accorgermene, l'intera vicenda ha finito col perdere peso e importanza. Ho osservato i bordi luccicanti del bancone, le mani del barista. Sono restato incantato dall'agilità nella ripetitività dei gesti. Smonta, sbatti, spazzola, strofina, *stack, stack*, schiaccia, sistema, scorri, servi. Ripeti.

Girando il capo da destra a sinistra ho avvertito uno scricchiolio dolorosamente piacevole scorrere lungo la nuca. Quante volte si cambia idea nel giro di una notte. Spaccerò come "ristoratrice" questa appena trascorsa, come nei romanzi ottocenteschi. Mi inventerò con mia madre non so quale momento di epifania nel quale mi sono reso conto che il feretro al quale abbiamo fatto visita era comunque quello dell'uomo a cui dovevo la vita e inscenerò una redenzione in contumacia credibile. E poi, cercando di non apparire ulteriormente sospetto, magari dopo qualche ora, comincerò a porle alcune delle domande che mi ronzano intorno da ore, ammesso che abbia le risposte che desidero.

Non ho dovuto attendere a lungo. Perfettamente adeguata, questa volta in jeans e maglioncino, nascosta dietro gli immancabili occhiali da sole, l'ho vista arrivare.

«Non ti ho visto in camera e per un attimo ho pensato fossi scappato» ha esordito, mantenendo una certa calma nella voce.

«Sì, scusami, avrei dovuto lasciarti un bigliettino. Anche ieri sono sceso prima di te. Pensavo immaginassi...».

«Ma ieri non avevamo litigato» ha aggiunto, impedendomi di portare a termine il pensiero.

«Dai mamma, non abbiamo litigato».

«Ma davvero?» la sua voce si è alzata di un'ottava. Il suo sguardo appariva realmente spiazzato.

«Siediti e facciamo colazione. Devo chiederti scusa».

Sembrava avesse visto un fantasma. Temevo che iniziasse a scuotermi implorando di restituirgli il proprio irascibile e intrattabile figliolo.

«Questa proprio non me l'aspettavo».

«Non interrompermi come al solito. Sì, ero arrabbiato, ma puoi biasimarmi? Quelle foto mi hanno sconvolto. Una volta superato lo shock, però, ci ho riflettuto e mi sono reso conto di aver avuto una reazione, come posso dire, eccessiva?».

«Violenta e fuori luogo».

«Adesso non esageriamo. Ti sto tendendo la mano, non approfittartene».

Abbiamo sorriso, tendendo i nostri palmi sul tavolo. È una scena già vissuta, chissà quante volte. Quando si cresce con un solo genitore, mi aveva detto una volta lo psicologo dal quale ero stato in visita qualche anno prima, è normale. L'avevo ignorato. Sin dal primo momento in cui l'avevo conosciuto. Lui, con la sua saccenza, il suo spudorato senso di superiorità, mi aveva instillato il desiderio di tirargli un cazzotto sulla faccia con tutta la forza di cui ero capace. Lo sapevo anche io, non ci voleva un fottuto strizzacervelli. È matematica: l'amore che avrei diviso in due l'ho riversato su di uno. Gli avevo detto qualcosa del tipo «Bello, tu sei pagato per ascoltare, e io ti pago per farlo». Non era finita benissimo ma mia madre all'epoca non mi aveva dato neanche uno schiaffo.

«Cosa facciamo oggi?» le ho chiesto per cambiare discorso.

«Tu cosa vuoi fare? Potremmo passare dal Duomo, farci un giro per le vie dei negozi e magari farci qualche regalino».

«Troppa fatica per una mattina di luglio a Milano. Anche solo l'idea mi fa sudare. Ti prego, no».

«Quindi deduco che vuoi andare a vedere una mostra o tra i vicoli di Brera...».

«Bocciata anche questa» ho risposto, puntando il pollice verso il basso ed emettendo un suono a metà tra una pernacchia e uno sbuffo lamentoso.

«Proponi tu un'alternativa» ha aggiunto, fingendosi infastidita, mal celando però una certa felicità dettata da questo nuovo equilibrio. Conoscendomi sapeva di dover restare all'erta, come una belva nel bel mezzo della savana, ma il suo gongolio interiore era così appariscente da lampeggiare come un semaforo rotto.

«Sai cosa facciamo? Un bel niente. Adesso ci sistemiamo con calma, ci vestiamo leggeri e cerchiamo di capire dove possiamo stare al fresco e rilassarci. Che ne so, un bell'ipermercato, il sotterraneo di una bella cantina di vini, una cella frigorifera. Non ci sono cose simili in questa città? E poi non ho ancora capito cosa ci restiamo a fare. In fondo il funerale c'è già stato. Quali impegni ci trattengono?».

«Sai benissimo che neanche io avrei voglia di restare qui, ma abbiamo tante cose da fare».

«E quali sarebbero?».

«Dobbiamo passare da Luisa…».

Ho cominciato a mugugnare prima ancora che iniziasse a parlare. Ho sempre amato lamentarmi così. Il lamento è un'arte. C'è chi crede ci sia un solo motivo per esercitare questa antichissima disciplina: il fastidio. E invece no! Ci sono diverse sottocategorie: il lamento da rottura del ghiaccio, quando un silenzio dura da troppo tempo; quello condiviso contro un nemico comune per stringere rapporto con qualcun altro; c'è quello reiterato allo scopo di suscitare una risata e poi c'è il mio preferito, quello inaspettato e senza alcuna ragione, che non ha nessun obiettivo ma che dà un brivido di piacere sottile. Io lo chiamo "lamento estemporaneo". Lascia tutti sorpresi perché, in fondo, non esiste una ragione valida perché avvenga, ed è quello il suo fascino. La totale e assoluta imprevedibilità. Dovrebbero insegnarlo nelle scuole. Ha un incredibile potere catartico.

«Smettila. Non ti ha fatto nulla e tu la tratti malissimo. È stata l'unica a star vicino a tuo padre negli ultimi anni».

Stavo per rimbrottare su quel "tuo padre", ma mi sono morso la lingua, realizzando quanto potesse essere quello un amo giusto al quale abboccare. Un primo segno di distensione. Dovevo creare i presupposti per ciò che mi interessava realmente e prestare molta attenzione. Non potevo passare dal bianco al nero in un lampo. Avrei dovuto lasciare un segno evidente ma non tranciante. Torcere il labbro? Aggrottare la fronte? Stavo facendo passare troppo tempo e alla fine ho optato per una strategica risposta binaria. Innalzamento del sopracciglio e alternato battere delle dita sul tavolo, sortendo esattamente l'effetto voluto. Un aborto di sorriso le si è dipinto sul volto. Centro.

«E poi dobbiamo andare a casa sua a controllare se c'è qualcosa di importante da recuperare. Documenti, passaporto, libretto d'assegni».

*Boom.*

«Se ha il condizionatore d'aria, mi sembra un buon posto dove passare la mattinata. Poi nel pomeriggio ti lascio libera di finire tutto il resto, che mi pare assolutamente poco interessante. Io magari mi chiudo in una gelateria o in un contenitore di azoto liquido».

Andare a casa sua sarebbe stato perfetto. Tornare sul luogo del delitto, approfittare di quelle foto e da lì provare a scardinare anni che fino a ventiquattro ore prima ritenevo trascorsi nella reciproca indifferenza.

La mia risposta l'aveva lasciata perplessa ma, se voleva evitare ulteriori scontri, non poteva che accondiscendere. Sembrava quasi volesse convincersi che fosse la cosa giusta da fare. I suoi occhi brillavano di fronte a un'insperata conquista, come quando ti aspetti uno schiaffo e invece ti senti accarezzare dalla mano che fino a pochi secondi prima temevi si avventasse su di te.

Ci siamo immersi nelle ribollenti vie del centro scambiandoci commenti superficiali. La città sembrava scontornarsi dal caldo. I contorni delle cose perdevano la propria linearità in una trasfigurazione acquosa e sgranata. L'accecante baluginio di colori sferici in ebollizione. Ci teneva a mostrarmi un altro percorso, raccontarmi ciò che era lì prima che io nascessi. In fondo, quella era stata anche la sua casa, il suo mondo. Si è schermita di fronte alle mie rimostranze, ai miei commenti sprezzanti. È inorridita di fronte al degrado di quelli che sono stati i fulcri di una vita precedente, vissuta chissà quante ere geologiche addietro. Sono partito con l'idea di forzare un avvicinamento funzionale al mio piano, ma ho finito col provarne un certo piacere. La sua voce irradiava serenità e le sue guance arrossate per la temperatura e l'imbarazzo della nostalgia smorzavano quel poco di rabbia che avevo dovuto tacere. Non si può tenere il muso a chi ha condiviso con te quella stessa condizione, che ha subito allo stesso modo un'assenza. La schizofrenia delle sensazioni provate in un lasso così esiguo di tempo mi confonde e mi porta a capovolgere ancora una volta giudizi e impressioni.

Siamo arrivati di fronte al palazzo che avevo abbandonato poche ore prima quando mi sono paralizzato all'idea di aver lasciato qualcosa fuori posto. Ho cercato di tornare a ritroso sui miei passi ma senza successo. Non sono riuscito a focalizzarmi sui dettagli perché quando avevo chiuso la porta alle mie spalle ero così provato che non avevo memorizzato i gesti. Ho sperato di non aver commesso stupidaggini, confidando nella consuetudine ossessivo compulsiva che ci fa essere insicuri di aver chiuso, serrato, spento, solo perché lo si è fatto meccanicamente.

Di fronte alla serratura mia madre si è arrestata di colpo. Il *clic* dell'apertura della porta era giunto prima del previsto. Si è voltata verso di me con gli occhi sgranati.

Mi sono reso conto all'istante dell'errore: non avevo dato le giuste mandate alla porta.

«Strano, pensavo di aver dato quattro giri alla chiave. Che ci sia qualcuno dentro?».

Le ho risposto prontamente. «Certo, il fantasma di Jean-Luc. Ma smettila! Probabilmente non ti ricordi bene. Magari eri presa da altri pensieri e non te ne sei resa conto. Oppure c'è tornata Luisa. Insomma, ci sarà una spiegazione». Sicuro, perentorio, la voce ferma e disinvolta. O almeno così a me è parso. Comunque sono riuscito a convincerla della possibilità di una delle due soluzioni raccattate sul momento. Si è rasserenata solo una volta entrata, non trovando segni di effrazione.

«Per un attimo ho pensato a qualche sciacallo, venuto a rovistare tra le ceneri di tuo padre».

Ho lasciato correre, sperando che anche in questo caso si accorgesse della mia indulgenza *post mortem*.

«Figurati. Credi veramente che qualche ladro possa infilarsi in casa per rubare poi cosa? Qualche fotografia? Sua? E per farne cosa? Credi veramente ci sia qualcuno disposto a sborsare per una foto?».

«Non credo ti sia esattamente chiaro quanto famoso sia... fosse... Non hai idea dei successi, dei premi, delle congratulazioni...».

«Ma sì, per una foto che ha scattato mille anni fa» le ho risposto istintivamente.

Solo dopo averla pronunciata mi sono reso conto di essermi quasi tradito ma anche di aver scovato ciò che poteva essere il mio cavallo di Troia.

«Non è mica famoso solo per lo scatto a Berlino. Jean-Luc ha scattato foto ovunque per quasi dodici anni e molti dei suoi ritratti sono esposti in musei di ogni dove o hanno fatto parte di mostre che hanno girato il mondo. New York, Singapore, Tokyo, Parigi, Milano».

«Eppure tu stessa non ne hai mai parlato con toni entusiastici».

«Be', che c'entra. Ne parlavo non da osservatrice imparziale ma da donna ferita, lasciata. Puoi immaginare il perché non fossi tenera verso di lui».

«Madre, per favore».

«Quante volte ti ho detto di non chiamarmi così? Hai vent'anni, non pensavo di scandalizzarti».

«Non sono scandalizzato. Sono inorridito!» ho chiosato, a metà tra lo scherzo e una dose di reale fastidio.

«Sarà come dici tu. Ma non mi pare di vedere ladri dietro il divano. Quindi? Che si fa? Si mette a soqquadro l'appartamento per trovare tesori nascosti?».

Abbiamo iniziato a frugare tra le sue scartoffie, tra le pile di libri, riviste, appunti sparsi ma sempre ordinati, alla ricerca di non si sa bene cosa. Ho dovuto calibrare le domande, per non apparire più curioso del normale. E intanto controllavo di non aver commesso qualche altra sciocchezza che potesse destare sospetti.

Osservavo lo sguardo di mia madre. Sembrava intimidita. Ha messo da parte la sua decisione per far spazio a una sorta di timore reverenziale per le reliquie di quello che era stato il suo uomo o comunque una parte fondamentale della sua vita. Non prendeva, non spostava, non frugava. Si è approcciata con lentezza e cura, quasi fosse un'archeologa di fronte agli scavi. Lievemente sollevava e riponeva, con un rispetto che le sembra dovuto, quasi sacro. L'ho vista impacciata, volenterosa ma incastrata in una sorta di limbo tra obbligo e indolenza. Le sue mani, solitamente sicure e scattanti, si divincolavano incerte e goffe. Ogni due minuti passavano sotto il suo naso. «È la polvere che mi infastidisce» ha continuato a dirmi, ma la sua credibilità era minata dagli occhi che brillavano, languidi.

«Sai perché non ti ho mai chiesto niente su di lui?» la voce mi è uscita dal nulla, un po' rauca, col proposito di risvegliarla da quella contemplazione che rischiava di diventare insopportabile. «Non ti ho mai chiesto nulla non perché non abbia mai voluto realmente saperne, ma per dispetto. Non mi sarei mai permesso di interessarmi a chi si era disinteressato di me. Non dovevo essere io a cercarlo, ma il contrario. Quando ieri ho visto le foto, ecco, non ci ho visto più. La mia attesa di un suo segno non era solo il pensiero di un naufrago. Non avevo torto ad aspettarmi cenni da lui. Per questo ho perso la brocca. Mi ha cercato? Ha cercato di avvicinarsi? Chi era? Ora che se n'è andato, per sempre, mi sembra così strano non saperne nulla. Lo so, può sembrarti strano. Ma non so frenare questa cosa. È tutto così nuovo».

Volevo creare un'immagine nuova, quella del figlio che nella morte del padre trova il coraggio di voltare pagina e redimersi. Ho fatto ricorso a tutto il catalogo di espressioni di complicità, di rinnovata bontà, di cui ho fatto incetta nello sconfinato panorama di commedie a buon mercato in cui c'è sempre un cattivo che si ravvede. La sua inattesa mutazione lo porta addirittura a oscurare l'eroe positivo, finendo col restare ancora più impresso su chi affolla le sale per commedie così scontate.

La sua è stata una reazione sorpresa, forse perché attendeva da sempre che succedesse, o forse perché è sembrato tutto così naturale. Proprio per questo non ha opposto alcuna obiezione, e ha cominciato a parlarne.

«Che dirti tesoro? Non mi aspettavo che succedesse così, non doveva andare così. Ma tant'è. Un po' ti ho parlato di lui negli anni, ma forse sono stata un po' troppo di parte. Ciò che posso dirti è che era una persona particolare, estremamente solitaria, e che c'è stato un momento in cui abbiamo condiviso tanto, e in quel tanto ci sei anche tu».

«Adesso sì che mi è tutto chiaro. Particolare e solitario. Punto. Le tue abilità descrittive sono encomiabili, madre».

Senza smettere di guardarsi attorno, di camminare lungo il perimetro della casa ma non prestando più attenzione a quanto faceva, ha continuato a parlarne.

Si erano conosciuti in redazione. Lei aveva un po' più di esperienza. Aveva frequentato università prestigiose, corsi di giornalismo. Lui era arrivato come fotografo e si barcamenava tra mille impegni per riuscire ad arrivare alla fine del mese. Inizialmente gli aveva fatto tenerezza. Lo vedeva sperduto nella grande città, lui che veniva dal Sud, dalle sue contraddizioni e dalle sue difficoltà. Sempre di corsa, silenzioso, al limite dell'ossequiosa riverenza con i superiori. Taciturno anche fuori orario di lavoro. Lo scopriva a osservarla e poi a voltare lo sguardo immediatamente nel momento in cui lei incrociava il suo. Aveva capito da subito che si era preso una cotta ma lei si vedeva con un rampollo di non ricordava neanche quale famiglia, conosciuto a una festa dei suoi genitori e che a Milano lavorava per un prestigioso studio di avvocati. Un ragazzo ben fatto, conciso, sicuro di avere le risposte a tutto, ben riposte nella tasca interna della sua giacca firmata. Si erano frequentati ma senza impegno, entrambi concentrati sulle rispettive carriere in un periodo, gli anni Ottanta, che a suo dire erano una strana sintesi di ottimismo, positività e la sensazione di vivere un tempo incredibile e destinato a non finire mai. Di questo Gianluca era completamente all'oscuro, vittima di una realtà lontana dalla sua, molto più striminzita e risicata.

Provava una forma di affetto protettivo nei confronti di quello sprovveduto piombato in un mondo che non gli apparteneva. Ne seguiva attentamente i passi, gli offriva suggerimenti. Erano anni complessi di benessere che, paradossalmente, per un reporter, erano più difficili perché la concorrenza era spietata. Spesso tiravano tardi in redazione, e all'ennesimo tentativo goffo di lui di invitarla in un pub si era convinta ad assecondarlo e avevano passato una serata piacevole. Era stata una rivelazione, osservarlo in un contesto in cui si muoveva con rinnovata serenità. Avevano ordinato e riordinato, piluccato patatine e ingurgitato boccali di birra, chiara lui, rossa lei. Avevano parlato di politica, di ideali, di rivoluzioni mancate e riforme prospettate e mai realizzate. Si erano scontrati focosamente sulle rivolte giovanili di pochi anni prima, sottovalutate secondo lui, imparagonabili alle due precedenti secondo lei. Circondati da nuvole di fumo avevano volteggiato da un argomento all'altro senza alcun filo logico, ma in una battaglia all'ultimo sangue che non prospettava alcun finale. Non c'era nessuna tensione da primo appuntamento, solo una sensazione morbida di comfort, di pacata convinzione di aver trovato uno spirito affine col quale anestetizzare i problemi e le ansie del giorno per godersi una conversazione senza alcun fine. Almeno questo era quello che pensava lei. Sta di fatto che ci avevano preso gusto. Lei lo aveva presentato ai suoi amici, senza alcuna etichetta o classificazione particolare. Passavano gran parte del tempo libero insieme, cenando a casa dell'uno o dell'altra, visitando mostre, vedendo concerti. Si è soffermata a parlare della diversa natura della loro formazione, la sua molto più accademica, fatta di nomi e didascalie, di ricordi del liceo e di viaggi all'estero. Quella di lui molto più concreta e frammentata, con intuizioni basculanti e pericolosi accostamenti che avrebbero fatto inorridire o illuminare chiunque. Quando discutevano, lei lo faceva perché conosceva, studiava, lui perché si era incuriosito e aveva divorato qualsiasi cosa ma da un punto di vista unico, senza contraddittorio. Si sarebbe potuto dire che fossero una coppia perfetta, eppure mancava sempre un dettaglio, una sfumatura. L'ho implorata di non continuare su quell'argomento. Mi sono bastate le pagine del diario, ma non c'è stato bisogno di ulteriori richieste perché lei stessa si è schermita, bisbigliando che non mi avrebbe mai parlato di intimità. Quello che voleva dirmi, cercando la formula più innocua possibile, era che il loro rapporto assomigliava molto di più a quello di due amici fraterni che a quello di due amanti. Ho obiettato che la mia presenza smentiva ampiamente quell'affermazione, eppure lei non è sembrata scalfita, quasi a voler rimarcare il fatto che le due affermazioni non si escludevano.

A quel punto si è fatta meno loquace, sminuendo quanto avvenuto a Berlino e passando molto più tempo a ripetermi ciò che non sa che ho già letto, non aggiungendo al racconto ulteriori tasselli. Non ne ha parlato con i toni entusiastici che aveva usato Jean-Luc. Tutt'altro, ne ha ridimensionato la portata. Si è concentrata solo su quella foto, senza menzionare minimamente quanto accaduto. L'ha descritto come uno scatto inatteso ma eccezionale. Mi ha parlato di come le cose per lui fossero cambiate al ritorno in Italia, di come in un batter d'occhio il suo nome avesse cominciato a circolare nelle redazioni, negli ambienti della Milano bene. La sua diventava sempre più la storia del riscatto del migrante giunto al Nord per far fortuna e mettere a frutto il proprio estro, la propria sensibilità. Lui ne era rimasto travolto e lei si era trovata nel bel mezzo di una tempesta su un'imbarcazione sulla quale non credeva di essere salita. Per intenderci, non aveva neanche smesso di frequentare l'avvocato di cui aveva accennato prima, perché non vedeva le due situazioni entrare in contrasto. Era una ragazza giovane, libera e senza legami sentimentali. Anche in questo caso ha omesso parte di ciò che ho scoperto, della sua fuga a Bari. Le ho chiesto di continuare ma si è fatta distrarre dalla scoperta di un cassetto in cui sono accuratamente riposti, perfettamente in ordine, tutti i documenti, i libretti di assegni, le carte di credito. Stavo per dire qualcosa ma mi ha anticipato, suggerendo di non aspettarmi chissà quale eredità. Non lavorando da anni Jean-Luc aveva vissuto di rendita ma sperperando parecchio del suo capitale in un modo che non le era stato dato conoscere. Non le aveva mai chiesto soldi, che questo mi fosse chiaro, ma di certo non ne aveva messi da parte. Avremmo trovato pochi spiccioli, probabilmente sufficienti a portarci a cena un paio di volte in ristoranti comuni, o magari quattro volte in pizzeria. In tutto questo, ha accuratamente evitato la mia domanda centrale: mi ha cercato, negli anni? Non ho voluto ripeterla. Devo assolutamente muovermi sulle punte. Nessun attacco ma attesa della stoccata di fioretto.

I suoi resoconti si sono dilungati tanto che il languore allo stomaco prima e l'orario poi ci hanno avvisato che era già ora di pranzo. Ha dato le quattro mandate alla porta, volgendosi verso di me e chiedendomi «Hai visto? Quattro. Questa volta ho te come testimone», e siamo finiti in un locale vintage con i mobili artificialmente invecchiati dove ci avrebbero sfamato a colpi di salumi vari, gorgonzola e gnocco fritto, nonostante il clima torrido. Lungo le pareti troneggiavano attrezzi da lavoro o da cucina. Tegami dalle forme complesse e dimensioni differenti, in rame e ottone, riflettevano la luce dilatando gli spazi. Un posto ideale in cui continuare il racconto, ho pensato. Non temevo più che potesse scoprire le ragioni della mia curiosità. Ci è cascata, o molto più probabilmente ci è volutamente caduta, per condividere la sua versione, che già presenta discrepanze rispetto all'aura romantica del diario.

Se lei appariva per lui un essere angelico, la trasfigurazione moderna di una donna d'altri tempi, lui le doveva essere apparso come un provincialotto simpatico ma inadeguato per una ragazza di buona famiglia, dalle ambizioni e aspirazioni importanti. Quale che sia la verità, ne sono ancora ben distante, visto che comunque quei due, per aver concepito me, devono essere stati per forza più di quanto mia madre dà a vedere, anche se probabilmente meno di quanto percepito da Jean-Luc. Comincio a diffidare di entrambi, eppure non riesco a distogliere da me il desiderio di andare ancora più a fondo. Nei vent'anni passati ho convissuto con un senso di assenza, e un desiderio di sapere. Ma il fatto che mia madre non me ne abbia mai parlato ha fatto sì che facessi mio quello stesso rifiuto, capovolgendo tutto e diventando io quello che non voleva più saperne. Mi sono costruito una corazza fatta di violenza contro me stesso e contro quei momenti di debolezza in cui mi chiedevo ciò che ogni figlio di divorziati si chiede, almeno una volta nella vita: "Perché te ne sei andato? Non ero una motivazione per restare, brutto figlio di puttana?". Sì, perché se lo chiedono tutti, magari senza offese finali, ma quello è il mio stile, la mia firma. Prima le foto, poi quel diario, mi hanno spiazzato, le mie certezze si sono assottigliate e ora mi osservo dall'esterno. Sto diventando uno spettatore della mia storia e delle vicende della mia famiglia. È come se da un momento all'altro mi sia diventato più caro conoscere le ragioni dei gesti, piuttosto che concentrarmi su quell'odio di cui mi sono nutrito per anni. Mi sto trasformando nel personaggio secondario di una storia in cui non sono il protagonista come ho creduto.

A prendere la nostra ordinazione è stata una ragazza dal viso dolce, i capelli legati in una coda di cavallo leggermente allentata, una camicia bianca su pantaloni neri e un grembiule beige che le conferiva un'aria raffinata ma casalinga. Mi sono soffermato sul candore della sua pelle e sui lineamenti gentili, lievemente torniti ma ben fatti. Ho indugiato fin troppo, preso dai miei pensieri, incantandomi senza realmente dare peso all'oggetto della mia attenzione, affascinato com'ero da una moderna Madonna pagana, tanto da destare l'attenzione di mia madre.

«Se continui così finirai col farti scoprire» mi ha bisbigliato allora sottovoce.

Non sono stato in grado di articolare alcuna risposta perché sulle prime non sono riuscito a collegarmi con la realtà in tempo per capire le sue parole. Questo non ha fatto altro che ampliare il suo sorriso, convinta di aver colto nel segno.

«Ecco, in questo assomigli decisamente a lui. Si perdeva durante i nostri discorsi e lo scoprivo intento a osservare un particolare, un dettaglio. A volte miei, a volte di passanti, turisti, avventori di varia natura. Mi sono sempre chiesta cosa pensasse, immerso com'era nel suo mondo, come un bambino di fronte a un acquario».

«Non mi hai ancora detto come siete passati ad accorciare le distanze. Ma non ti azzardare a dirmi quello che sai che non voglio sapere! E siamo ancora lontani dal darmi ulteriori informazioni su quelle foto».

La chiusura finale è stata un azzardo assolutamente non calcolato, del quale mi sono pentito immediatamente.

«Sicuro di volerlo sapere? Mi sembri un po' strano».

Dovevo recuperare.

«Sei tu che hai cominciato paragonandomi a lui. Era giusto per fare conversazione. Possiamo anche restare qui in silenzio finché tu non vai per i fatti tuoi e io mi rifugio in qualche luogo ombreggiato e rinfrescante».

Ho mantenuto per un paio di minuti il broncio dell'offeso, di quello che ha proposto una tregua e si è visto rispondere picche. Lei ha indietreggiato, chiesto scusa e proposto di continuare. Dopo un paio di risposte indifferenti le ho concesso di continuare a parlarmi.

Non mi aspettavo però cominciasse così.

## Milano, 25 luglio 2011

«La verità è che, in fondo, quelle distanze non si sono mai accorciate».

«Non ti capisco, spiegati meglio».

Ha smesso di addentare un crostino di pane, guardandomi come se fossi un adulto al quale confessare i propri peccati. Sta rivolgendo a me, suo figlio, tutto il suo potere di seduzione e di persuasione, lasciandomi affascinato e allibito. Pendo dalle sue labbra e per un attimo mi è sembrato di poter assistere alla scena dall'esterno. Il suo sguardo si è fatto affilato, acquistando profondità, illanguidendosi, ma allo stesso tempo facendosi via via più intenso. Ho sempre pensato che mia madre fosse tra le donne più belle del pianeta, tra le più attraenti e interessanti. Ma l'ho sempre osservata dal punto di vista di un figlio in totale venerazione. In quel momento sono di fronte a lei come un uomo, un giovane uomo, che si perde nella sua voce, ammaliato.

«In questo momento ho bisogno della tua massima attenzione e di un pizzico di comprensione. Quello che ti racconterò non è semplice da capire e sono quasi sicura che faticherai a mettere tutti i tasselli al loro posto. Ho atteso invano il momento giusto, ma a questo punto non credo ce ne sia uno più adatto di un altro. A questo punto, tanto vale lasciar fare al mio istinto. Tu parti da un presupposto che teoricamente è ciò che sarebbe dovuto accadere, o per lo meno accade la maggior parte delle volte. Due persone si conoscono, si innamorano, mettono al mondo un figlio. Ma la realtà è ben diversa. Le persone si uniscono per milioni di ragioni e motivi differenti. Si sta insieme per amore, ma anche per solitudine, per abitudine, per necessità, per egoismo, per affermare la propria superiorità o per nascondere la propria fragilità. Uomini e donne non vivono in contesti di assenza di gravità. Il fardello del mondo concreto, del passato, delle esperienze, incidono la carne viva e lasciano segni che possiamo decidere di leggere o meno. Non fare quella faccia. Sì, quella lì, quell'espressione disgustata. Non puoi neanche immaginare cosa ti riserveranno i prossimi anni e non puoi giudicare le debolezze degli altri. Adesso potrebbe sembrarti tutto così poco poetico, ma la letteratura fatica ad applicarsi alle cose umane. Ci si può voler bene in modi che neanche puoi immaginare. Si può amare in modo travolgente, da strapparsi i capelli, ma si può farlo anche per senso di sicurezza, per desiderio di avere un compagno solido con cui progettare, pianificare. Si può amare per affidarci totalmente a qualcuno o viceversa, perché qualcuno decida di confidare così tanto in noi da dedicarci la propria esistenza. Io e tuo padre siamo un po' tutto e un po' nessuno di questi casi. O meglio lo eravamo. Ci siamo amati per fronteggiare le rispettive paure e per condividere gioie che altrimenti avremmo finito col vivere nell'intimità della nostra solitudine. Ci siamo rispettati, sostenuti, spalleggiati. Abbiamo lasciato che le cose accadessero senza dare nomi e quelle distanze che c'erano all'inizio non ci hanno mai abbandonato. Abbiamo creduto, e ne eravamo convinti, che il tempo avrebbe agito a nostro vantaggio e abbiamo finito con il ritrovarci l'uno di fronte all'altra, lontani anni luce».

Non volevo interromperla. Non ne sarei stato in grado. Mi sentivo completamente avvolto nella coltre delle sue parole. Ma qualcosa mi ronzava nelle orecchie, un'interferenza che non accennava a smettere.

«Quando siamo tornati da Berlino ci è piovuto di tutto addosso. Occasioni, possibilità, eventi. Eravamo nell'occhio del ciclone, troppo incoscienti per fuggire ma anche troppo giovani per riuscire a governarne gli effetti. Siamo piombati per inerzia nelle braccia dell'altro quasi senza accorgercene, rimandando a momenti più placidi la soluzione degli enigmi che restavano insoluti. In fondo mi dicevo che sulla carta non avremmo dovuto fare altro che attendere, che c'erano tutti i presupposti perché la nostra diventasse una soluzione duratura e felice. Ricordo persino di essere andata a recuperarlo da Bari alla fine di quell'anno, più attratta dall'idea di rapirlo che dal desiderio effettivo di vederlo. Abbiamo fatto un viaggio terribile a bordo di un treno che non aveva nulla da invidiare a un carro bestiame. Penso di aver dormito male come poche altre volte. Per non parlare dei giorni passati a Genova. Un disastro completo. I vicoli che puzzavano, la pioggia imperterrita che non si era arrestata per un minuto. Abbiamo dormito in una stamberga che aveva più topi che ospiti, visto che sapevo che non poteva permettersi di meglio. Abbiamo girovagato senza meta trovandoci di fronte una città ben diversa da quella che mi sarei aspettata. Sembrava uno di quei segni del destino e siamo tornati a Milano senza aver chiaro quello che sarebbe potuto accadere. Non ci siamo visti per alcuni giorni per via degli impegni ma ogni volta che ci ritrovavamo da soli finivamo col chiamarci, col sentirci. Entrambi abbiamo continuato a posticipare le domande per non doverci dare risposte per le quali non eravamo ancora pronti».

«Ma quindi, non vi siete mai veramente amati?» sono tornato il figlio, un bambino che fa la domanda più sciocca e inopportuna alla propria mamma che, teneramente, gli risponde con tutta la pazienza pacata di cui è capace.

«Questo non è proprio vero. Ci siamo amati a modo nostro, non avremmo mai potuto amare diversamente in quel momento. Abbiamo incrociato i nostri destini sperando di non doverli sciogliere mai ma senza riuscire a far nulla, in una direzione o nell'altra. Tu sei stato il momento più alto di questa storia, l'apice delle nostre parabole. Sei arrivato proprio dove tutto era cominciato».

Le sue parole mi sono giunte inattese. Questa mi è veramente nuova.

«Eravamo a Berlino, di nuovo, per seguire la rimozione del Checkpoint Charlie e l'unificazione dell'economia delle due Germanie. Abbiamo vissuto tre settimane lontano da tutto e da tutti, in un'atmosfera che ricordava moltissimo quella di pochi mesi prima. Andavamo a cena ogni sera con colleghi tedeschi, grazie ai contatti di un mio carissimo amico».

Ho pensato immediatamente al Thomas di cui ha scritto Jean-Luc.

«In quelle tre settimane abbiamo lavorato, bevuto, scritto, giocato. Siamo stati inaspettatamente di nuovo felici. Ci sentivamo fuori dalle dinamiche farraginose di una quotidianità che dopo lo spumeggiante gennaio si era sgonfiata alla stessa velocità con cui aveva preso consistenza. Ci siamo sentiti uniti come mai e otto mesi dopo, con un discreto anticipo che ci ha terrorizzato, sei arrivato tu. Certo, ne avevamo parlato, ma mai con concretezza. Ci siamo illusi di aver avuto finalmente ragione ma, come detto, era soltanto un'illusione. Ti assicuro che non siamo mai stati male, non abbiamo mai sofferto. Il problema era esattamente quello. Non abbiamo mai avuto alti o bassi, viaggiavamo a frequenze medie confidando in sbalzi che sarebbero inevitabilmente giunti. Mi chiederai se eravamo felici. Lo eravamo? Non lo so, forse sì, ma sempre in un modo levigato e opaco. A questo punto, prima che tu possa puntare il dito su di noi, sarebbe giusto fare un appunto necessario. Vorrei mi seguissi».

«Certo».

«Tu credi nell'anima gemella?».

«Ma che domande sono?».

«Rispondimi e basta».

«Non ci ho mai pensato».

«Facciamo che ci credi».

«Ma se ti ho appena detto che non ci ho mai pensato».

«Allora lo ipotizziamo».

«E ipotizziamolo».

«Bene, ammesso che tu lo creda…».

«… Solo ammesso».

«Ammesso che tu lo creda, che esista una sola persona al mondo su sette miliardi di abitanti che ci corrisponda perfettamente. Le probabilità di conoscerla sono pressoché pari a zero. Facciamo allora che esista un "tipo gemello", una tipologia di persone che racchiudono una serie di caratteristiche fisiche, caratteriali, emotive, culturali adeguate. Quanti esemplari al mondo potrebbero rispondere a queste richieste? E se anche il numero non ci spaventasse, quali possibilità abbiamo che vivano nelle nostre vicinanze, abbiano una differenza d'età almeno non illegale, frequentino qualcuno dei luoghi che frequentiamo e credano effettivamente nella perfetta corrispondenza di questa specie di *marker* genetici? Le possibilità di incontrarsi realmente sono quasi ridicole. E allora cosa fare? Smettere di provarci? Smettere di immaginarsi accanto a una persona? Si procede per tentativi, alla ricerca di qualcuno che possa il più possibile avvicinarsi a un'idea e non è detto che sia giusta, perché noi possiamo anche crederci fortemente per poi realizzare quanto è destinata a rivelarsi diversa. Ma questa è un'altra storia e corriamo il rischio di perderci. Nella vita si procede per tentativi, per fallimenti, credendoci, sperandoci, investendo emotività e tempo ed energia. Il tutto senza avere alcuna certezza di trovare alla fine il mago di Oz. Quello con tuo padre è stato un tentativo, neanche il peggiore, sicuramente tra i più importanti ma allo stesso tempo non sufficientemente coinvolgente da poter durare eternamente».

«Cosa vuoi dirmi?».

«Non devi assolutamente pensare, se anche non si è trattata di una storia da romanzi, di una incredibile e rocambolesca vicenda capace di coinvolgere i commensali a cena mentre stringi la sua mano e racconti loro con aria sognante tutti i retroscena che avrebbero sollecitato la loro fantasia, che sia stata una pallida, sbiadita e patetica rassegnazione. È stata solo una forma di amore, a suo modo, tra quelle possibili in natura».

Per il resto del pranzo, abbiamo parlato d'altro. Non ancora delle foto. Sarebbe stato troppo presto. Attenderò.

## Genova, 2 gennaio 1990

Vorrei chiedermi come siamo finiti a dormire in questa stanza ma con te, ogni volta, porsi domande non conduce mai a risposte razionali. Ci siamo perché potremmo essere ovunque e da nessuna parte, e io finisco col dirti "sì" senza neanche pormi troppi problemi. Potrei dirti che mi hai rapito e mi hai portato via, ma non sarei giusto. Siamo saliti sul treno e a me basta averti accanto.

Abbiamo percorso vicoli stretti, inalato odori speziati e aciduli. Ci siamo persi nel reticolo di viuzze e antri frutto di urbanisti folli e siamo sprofondati in un'umanità multietnica, girovagando tra insegne logore, pavimenti sbilenchi e puzzo di piscio. Muri incrostati e intonaci scorticati che sembrano condurti nei meandri dell'inferno ma che spalancano la via a palazzi reali e monumentali edifici sovrapposti come ubriachi che si reggono grazie all'appoggio gli uni sugli altri, ma senza alcun desiderio di far festa, solo per poter restare in piedi. Lingue sconosciute che comunicano in modo frammentato. Una Babele che scorre sui taciti binari di una consuetudine a noi aliena. E noi, stretti nella nostra curiosità e nel timore reverenziale che si deve a un mondo fuori da ogni logica.

Abbiamo camminato per ore nei cunicoli in cui sembra sempre di salire e mai di scendere, tra donne avvizzite, negozianti urlanti ed estranei tra i quali districarsi, e tu continui a non dire nulla.

Mi piacerebbe perdere ogni speranza ma non riesco ad assecondare la razionalità. In testa continua a martellarmi un pensiero: chi o cosa siamo noi? Possibile debba essere tutto così complicato? Ma ogni volta che provo ad azzerare le distanze finiamo con l'impelagarci in surreali discorsi per poi ricadere in un silenzio che ha il sapore della sconfitta beffarda, perché in realtà non si è esattamente capito quando si è scesi sul campo di battaglia.

Siamo andati a mangiare in una specie di taverna che all'ingresso non aveva neanche un'insegna, seguendo dei portuali perché qualcuno ti ha detto che "Solo quelli che ci lavorano, sanno dove andare a mangiare nelle grandi città". Inaspettatamente ci siamo ritrovati in quello che poteva essere il soggiorno di un appartamento, con stoviglie e posate di servizi differenti, quasi come se ognuno se le fosse portate da casa. Sulle pareti, litografie di un passato ormai sempre più mitico si alternavano con stoviglie di rame obsolete e incantevoli e ceramiche più tradizionali che esteticamente apprezzabili. Dopo aver ordinato con una sensazione mista di terrore e ansia, ho provato a raschiare leggermente la pellicola della tua intimità, con domande vaghe, e sei finita a parlarmi dell'inattuabilità dei processi di coppia in un contesto informe e foriero di chissà quali cambiamenti nel prossimo futuro. Sì, hai detto proprio "foriero", lo ricordo bene. Di colpo ci siamo ritrovati a dibattere sulla monogamia, sull'ipocrisia delle relazioni di lungo corso, ma senza schierarci, senza dire effettivamente se ci fosse una differenza tra l'interpretazione della realtà e quella che potrebbe essere invece la nostra ricetta. Hai elencato forme, difetti e privilegi, discrepanze e suggestioni di ogni forma esistente di associazione tra due o più umani, e non hai detto una sola parola in merito a ciò che siamo, a ciò che sono per te, quasi non volessi sapere ciò che sei tu per me. A essere onesti, non credo di aver fatto molto per dirti ciò che provo. Un po' per pudore, certamente, ma anche per una buona dose di incertezza. Perché in fondo, non è che abbia le idee chiare su ciò che puoi essere per me. Sai essere tutto e il contrario di tutto. Certe volte sei di un'indisponenza fastidiosa, saccente e altezzosa figlia di papà. Altre sei di una tenerezza infinita, quando torni bambina per pochi istanti solo perché stai assaporando un gusto nel quale ti dissolvi, o assisti a una scena romantica alla televisione e sgambetti senza toccare il pavimento, strisciando i piedi come pinne di una sirena; quando spalanchi gli occhi e la punta della lingua va a sfiorare il labbro superiore, o aggrotti le sopracciglia e inventi dal nulla un broncio in grado di ammansire il più arcigno degli accusatori. Ma questo non può bastarmi perché vorrei scoprire troppe cose che ancora non conosco.

Mi parli, hai cambiato argomento, stai rivolgendo i tuoi pensieri altrove, ai piani per il pomeriggio, i musei da vedere e le mostre da non perdere, a dove mangiare la focaccia che "solo lì la fanno, quella vera" e dove andare a pascolare questa sera, mentre io non faccio che chiedermi come sarebbe vederti girovagare in un appartamento con le travi di legno a vista, un salone enorme e la luce che straborda dalle finestre; se sai cucinare una carbonara o se invece sei una che lascia le proprie cose in giro, ché se c'è una cosa che non sopporto è vedere il luogo in cui abito trasformato in un bazar di Calcutta. Vorrei condividere con te la quotidianità per vedere se sono in grado di combaciare perfettamente o se dopo pochi giorni avremmo il desiderio di strangolarci e urlarci addosso. Perché è questo che mi blocca. Vorrei avere il tempo, lo spazio e il modo per capire se le nostre anime possano essere affini. Una prova empirica in luogo di teorie che, per quanto intriganti e funzionanti, restano sulla carta.

Dopo pranzo abbiamo assecondato il tuo desiderio di vedere il mare e ci siamo spostati lungo quel sinuoso rincorrersi di curve e anse, osservando le onde infrangersi su quelli che d'estate diventano scenari di libertà ritrovata e scoperte, di intimità rivelata e sotterfugi. Di pelle che si scopre e di sensazioni che sbocciano inattese e incontrollabili. Dio come mi sento vecchio, credo di avere duecento anni. E se io mi ritrovo a fantasticare su ipotesi di sceneggiature di romanzi tu continui nel tuo mutismo selettivo a metà tra la contemplazione mistica e un'apparenza di disagio perenne.

Ho passato il resto del tempo a raccogliere le briciole, in un crescendo di disgusto verso me stesso. E questo non è giusto, e un po' è colpa tua. In questo momento dovrei essere in balia di una festa continua, di un'euforia infinita. Sono sulla bocca di tutti perché ho scattato la fotografia che campeggia su tutte le principali riviste e in tutti i giornali che parlano della caduta del Muro, e, piuttosto che provare a stabilire contatti, propormi per lavori, sono qui a farti da paggetto e da accompagnatore, senza neanche ricevere alcun ringraziamento.

Siamo un po' come questa città. Potenzialmente una capitale dal fascino screziato, articolata, mai banale, in costante evoluzione e pronta ad accogliere e a salutare ogni speranza e delusione, ogni desiderio di rivalsa e ogni forma di protesta. Pronta a mostrare lo sfarzo di palazzi reali, viali lastricati da portoni maestosi e imponenti affreschi che ne adornano gli interni appena visibili, e allo stesso tempo conservare gelosamente la propria interiorità misteriosa, a tratti scabrosa, ma che la rendono eccezionale, asprigna ma pregiata. E invece siamo una semplice idea di progetto, costantemente rimandata da problemi burocratici, scartoffie e incertezze, indagini costanti e corruzioni mentali.

Ho ordinato un bianco e tu un gin tonic e ci siamo seduti a un tavolino instabile all'esterno di un locale anonimo. Con la cannuccia giochi a scompaginare l'ordine dei cubetti di ghiaccio nel tuo cocktail, muovendolo prima lungo il bordo del bicchiere per poi improvvisare repentini cambi di ritmo e tagliare la sfera per il suo diametro. Ho atteso una tua parola, fosse "grazie", "scusa" o anche un "non so cosa sto facendo e sul momento credevo potesse essere una grande idea". Nulla di tutto ciò. Mi hai solo detto «Portami all'ostello», e io, come al solito, non ho discusso.

## Milano, 25 luglio 2011

Non ero neanche entrato nello spirito della notte prima che immediatamente ho dovuto frenare ogni forma di coinvolgimento rendendomi conto che le pagine successive all'ultima letta sono strappate, di netto, senza alcuna precisione, con il bordo sinistro così frastagliato e rovinato da non sembrare affatto opera di Gianluca, sempre così preciso e ordinato. Si tratta per lo meno di una dozzina di fogli. Da quando ho quel piccolo libricino tra le mani non ci ho fatto alcun caso. Non voglio perdermi in illazioni e supposizioni sui motivi di quel gesto, perché cosa posso sapere di un uomo che per me resta, al netto di questo diario, per quanto fitto, uno sconosciuto? Però la fantasia non sempre segue ciò che la razionalità suggerisce. Ho provato a fare ordine e dentro di me mi sento di nuovo il protagonista di uno di quei polizieschi che tanto piacciono a mia madre: in primo luogo deve essere discusso il come, prima ancora del chi o del perché. È uno strappo netto, deve esser stato compiuto senza alcuna premeditazione, ma in modo istintivo. Dettato dalla rabbia? Plausibile. Ma ci sono milioni di motivi per strappare delle pagine di un diario.

La prima, la più scontata, è che Jean-Luc si sia vergognato di quanto scritto. Ma perché? Si è forse mostrato troppo fragile e dipendente dai cambiamenti di umore di lei? Stiamo parlando però di un diario, e se non si scrive sulle sue pagine ciò che ci provoca vergogna, dove dovremmo farlo? E se, piuttosto che vergogna, abbia provato rabbia, rancore? Che si sia pentito di quanto scritto? A un tratto le immagini hanno cominciato a proiettarsi davanti a me come in un cinema all'aperto: Gianluca, nel momento di massima disperazione, era andato alla ricerca di quelle pagine in cui dovevano essere riportati ricordi fraudolenti e indigesti. Doveva averle strappate, accartocciate, fatte a brandelli e poi bruciate. Un rogo dall'effetto catartico per eliminare l'onta di un fallimento cocente che quei fogli rendevano inoppugnabile. Plausibile, ma un tantino esagerato.

Ipotesi antitetica. Se fossero stati strappati prima ancora di utilizzare il quaderno come diario? Possibile. Subito dopo cominciava stranamente a raccogliere pensieri molto più diluiti nel tempo. Si trattava principalmente di appunti, incontri, numeri, dimensioni, piccoli disegni che ai miei occhi apparivano come i rebus e i crittogrammi che mia madre da sempre aveva lasciato svolgessi sulle pagine della sua *Enigmistica*. Avevo un certo legame con la logica, sin da bambino.

Un'altra domanda sarebbe una terza ipotesi: chi potrebbe avere accesso a quel Vangelo secondo Gianluca?

So già cosa penserebbero tutti al mio posto: l'unico altro vertice del vostro triangolo. Ma mia madre non ne sarebbe mai capace. Troppo rispettosa, troppo diligente. Mai niente fuori posto. Una mossa del genere, una tale invasione della proprietà altrui è tanto lontana dalle sue corde da non sembrarmi enumerabile tra le possibilità. Questo però mi dà un'ulteriore idea: e se le avesse strappate lui per regalarle a lei?

Già le cose appaiono diverse, ma a questo punto lei sarebbe a conoscenza del diario? L'avrebbe cercato in questi giorni, e invece non l'ha menzionato neanche una volta. Sicuramente, se sapesse della sua esistenza, lo vorrebbe, anche solo per conservarne l'eredità ed evitare che gli sciacalli di cui abbiamo già parlato possano banchettare sulle spoglie di Gianluca.

L'ultima pista è la più fantasiosa e onestamente la meno concreta: in preda a un moto di gelosia, è stata Luisa. Ma stando a quello che ho visto e al rapporto tra lei e mia madre, le possibilità che sia accaduta una cosa simile alla trama di uno scadente romanzaccio sentimentale sono pari allo zero.

Sono deluso. Ho poco tempo, mi sono lanciato nuovamente nella lettura di quel diario, e mi ritrovo di fronte più a un'agendina dove registrare appunti pratici, sciocchezze, anche se le pagine più fitte non erano finite.

Ho sfogliato e rivoltato quelle pagine, alla ricerca di un segno di riconoscimento. Ho cominciato col notare la ripetitività con cui trovavo una lettera appuntata, prima di ogni successione numerica. È una L che accompagna molto spesso orari e nomi di bar, locali, o altre indicazioni geografiche. Ma non può essere Luisa, perché si sono conosciuti molto più tardi. Ho appuntato mentalmente quel riferimento, continuando a rigirare tra le mani quelle pagine scarabocchiate.

La combinazione che si ripete più spesso è quella con quattro numeri preceduti da due o tre lettere. Non mi è costata alcuna fatica capire che si tratta di indicazioni di orari e destinazioni di treni, anche perché erano a coppie e terminavano tutti con la dicitura MLN. Nel giro di pochi mesi aveva praticamente toccato mezzo Nord Italia. Dal poco che lui aveva lasciato trapelare e da quello che già sapevo, nei primi mesi del 1990 mio padre aveva cominciato ad ampliare la mole di lavoro grazie al successo derivante dal colpo di Berlino. Sarà stato il motivo principale della sua costipazione grafica? Eppure, proprio nei giorni più impegnativi era sempre riuscito a scrivere. Per quale motivo, così, di punto in bianco, aveva praticamente ridotto ai minimi termini ogni forma di comunicazione con quel diario?

Avrei di nuovo bisogno di mia madre, la fonte orale di questa storia.

Sono attratto dalla possibilità di saltare a piè pari tutta quella sezione e continuare la lettura delle successive. Con la stessa lentezza con cui si sfrega e si apre la mano a poker, così ho guardato la data apposta sulla prima delle pagine su cui riprende a stendersi l'inchiostro della sua penna con una violenza e un ardore simile alle pagine che ho letto fino a quel momento. Gennaio 1991, un mese prima della mia nascita.

No, non posso correre. So di avere per le mani l'unica possibilità di dialogo con lui e non devo essere avventato. Devo procedere con ordine, continuare a vivere con lui quelle giornate.

Molti fogli hanno un sistema di ordine e classificazione

dei segni che non comprendo ma che deve esistere, e una linea di confine in cui riprende a scrivere in modo più comprensibile e sistematico a ridosso della mia nascita. Devo procedere per tentativi. L'istinto mi suggerisce di soffermarmi sugli unici dettagli che ho, i due limiti: Genova e me. Non sapendo cosa sia successo in quel loro viaggio, devo inevitabilmente provare ad aggrapparmi a qualcos'altro. Ho il terrore di scoprire qualcosa di spiacevole: come avesse appreso la notizia, cosa ci avesse scritto su. Ragiono: essendo io nato a febbraio, la notizia quando avrebbe potuto saperla? Al secondo mese? Al terzo? Scorrendo indietro le pagine, ho cominciato a guardare ogni segno d'inchiostro, ogni sigla, cercando di trovarci un appunto, un accenno. Finché non mi sono accorto di uno schizzo così asettico, così scarno, da non sembrami vero. Senza neanche una data: L, 2, un fiocco, un cuore e un punto di domanda. Quanto entusiasmo. E poi, cosa mi rappresenta quel punto di domanda? E quella L?

Ho giurato a me stesso di non prendere a male ogni forma di screditamento che mi riguardasse, tanto ero consapevole di quanto già non avesse fatto, ma porca miseria, ti dicono che stai per diventare padre e tu incidi un codice fiscale su un diario sul quale prima annotavi ogni minimo respiro? Hai dedicato pagine a Martina e poi lei ti dice che stai per accogliere al mondo il frutto del tuo fottutissimo seme e tu? Due lettere schifose e tre simboli che non mi rappresentano un cazzo.

Ho chiuso la copertina e un desiderio di colpirla con uno schiaffo ha pervaso le mie mani al punto che non sono riuscito più a trattenermi. Ci ho messo tutta la rabbia che ho in corpo, la frustrazione, la delusione di esser stato ancora una volta tradito.

C'è ancora la possibilità che se lo aspettasse, che in fondo già lo sapesse. La notizia della paternità risale ai primi giorni di settembre 1990. Sono tornato ancora indietro, all'inizio di luglio, e poi ancora a ritroso verso giugno. Altri appuntamenti, altre lettere, poco di più. Qualche aforisma o estratto di poesie, ma niente di notevole. Finché non mi sono accorto di una sigla diversa dalle altre, in cui per la prima volta, accanto alle solite quattro cifre e alla solita L puntata, Gianluca aveva scritto: "Dove tutto ha avuto inizio". Il ritorno per Milano era previsto qualche giorno dopo.

Le date combaciano, a un conto approssimativo: ero stato concepito dove tutto aveva avuto inizio, Berlino, come aveva detto lei. In fondo mi sono sentito sempre un po' tedesco. Perfetto, questa è la conferma di esser stato il frutto di quella fuga. Andando a fondo a questa storia, sto sprofondando nell'apatia e nell'inerzia che ha posto le basi della mia nascita, una relazione che diventava sempre più svenevole e casuale. L'unico azzardo che però posso a questo punto muovere è quello di confermare l'ipotesi iniziale. A Genova dovevano essersi innamorati, chissà. Certamente doveva essere successo qualcosa, e io devo riuscire a farmelo dire da lei.

Ho recuperato mia madre, al termine del suo pomeriggio di fatiche nella hall dell'albergo, in tempo per andare a cena. Ormai i tempi si fanno sempre più risicati, in base al programma definito prima della partenza. Non dovremmo passare molto altro tempo a Milano.

Mi sento accerchiato da due persone, i miei genitori, che hanno tramato alle mie spalle senza alcun ritegno: lei, che pensavo di conoscere, e lui, che ho sempre creduto uno sfrontato pieno di sé e che invece si sta rivelando un ragazzino impaurito e in balia delle opportunità che gli si andavano presentando. Le ore scorrono inesorabili e io temo di dover lasciare quest'isola prima di giungere a qualche risultato.

Continuavo a recitare il ruolo di irrequieto sopito, alternando ritrosia e distensione, quando mi sono reso conto di una certa agitazione da parte di mia madre, quasi fosse adombrata da un pensiero del quale non vuole rendermi partecipe. Non sapendo come interpretare quello stato, ho provato a condurre la conversazione su un territorio confortevole che la facesse sentire a suo agio e perciò propensa a svelarmi le ragioni del suo nervosismo. Abbiamo discusso dei piani per il resto dell'estate, ricordando le settimane trascorse a Colmar, avvolti da incantevoli muri d'edera e cascate di garofani. Il distendersi di quelle rughe appena accennate ha mostrato il segno di una resa tiepida e di una disposizione alla ritrovata serenità. È stato allora che ha ricominciato a parlare con maggiore spensieratezza.

«Sono felice di sentirti così tranquillo».

«Ma sì, perché no. Non credo sia il momento per affrontare certi discorsi» le ho risposto, con voce calma e serafica.

«Anche perché non saremo soli».

La sua affermazione mi ha colto completamente alla sprovvista.

«E quando mi avresti informato di questa compagnia inattesa?».

«Su, non fare così. L'ho appena saputo anche io. Mi hanno contattato gli organizzatori della mostra dedicata a Jean-Luc. Non ho saputo negarmi al loro invito. Sono stati così gentili».

Che inaspettato colpo di fortuna. Non potrei desiderare di meglio. Avrei incontrato le persone che per mesi, probabilmente, hanno curato sotto ogni punto di vista l'allestimento e l'esposizione delle sue fotografie. Certamente avranno informazioni utili per ricostruire il vuoto che il diario non è in grado di coprire, ma devo muovermi con circospezione, senza espormi troppo.

Ci siamo accomodati in un locale dal gusto *industrial*, con una certa rivisitazione *green*, o meglio così mi è stato descritto quell'immenso locale agghindato con sedie di ferro battuto e legno mangiucchiato e tavoli spartani. Sulle pareti scaffali ottenuti riciclando bancali levigati e ridipinti, contenitori lignei per bottiglie pregiate e cassette da frutta trasformate in espositori di vini, depositi di piatti, librerie cariche di testi a carattere enogastronomico, illuminate in modo tenue da una luce soffusa che creava uno scenario post apocalittico interessante, ma che non è di mio gusto.

Ho preso posto al fianco di mia madre e nel giro di pochi minuti il tavolo si è riempito con l'arrivo di quattro persone.

In capo al gruppo, un uomo sulla cinquantina, vestito di tutto punto, nonostante il caldo asfissiante del luglio milanese. Una giacca marrone che gli scende a pennello copre una camicia di lino e dei pantaloni color kaki. Deve essere il responsabile e come tale si è presentato a mia madre. Si tratta di un professore ordinario all'Università di Pavia. Mi hanno sorpreso la sua giovane età e la sua affabilità. La voce è profonda e musicale. Ha stretto la mia mano con un vigore perfetto, senza alcuna pressione sul palmo. L'ho trovata una stretta professionale, misurata. Alle sue spalle sono apparsi due ragazzi che non possono avere più di trent'anni e una ragazza ancora più giovane. I due sono dottorandi che si sono laureati proprio svolgendo la tesi su mio padre, mentre lei è una tesista che si è affiancata in corso d'opera, con obblighi da galoppina. Ha un volto che ricordava quello di un cerbiatto indifeso. Gli occhi piccoli e il viso affusolato fanno timidamente capolino su un corpo minuto ma ben proporzionato. La sua timidezza è leggibile da chilometri. Ha continuato a guardare alternativamente i piedi, il resto della sala e le spalle dei tre, quasi fosse alla ricerca della giusta ubicazione per la sua figura.

Ecco la mia preda.

Mi sono alzato al loro arrivo per porgere i miei più formali saluti, ma la componente maschile di quel simposio è sembrata estasiata dalla figura di mia madre. Mi è parso naturale avvicinarmi a Roberta, come intanto ho scoperto chiamarsi la sorella spaventata di Bambi. Da perfetto gentiluomo parigino ho fatto indietro la sedia, producendo uno stridore indegno, e ho preso posto al suo fianco.

Una volta accomodati, il professore ha iniziato a ringraziarci per la disponibilità. Stando alle sue parole, la sua non può esser definita semplice tristezza. È realmente atterrito, sopraffatto dalla disgrazia che ha colpito un uomo di così enorme cultura e umanità. Così facendo ci ha porto quelle che gli sono sembrate le sue più sentite condoglianze, nonostante la condizione quantomeno inusuale della nostra specie di famiglia. Durante quei primi, surreali minuti, non ho fatto che domandarmi quanto effettivamente conoscesse Gianluca, avendolo descritto con parole di encomio così smaccate da farlo apparire tanto diverso da quello che si sta definendo nella mia testa. Per uno strano incrocio telepatico, mia madre mi ha anticipato, chiedendogli da quanto tempo si conoscessero. Siamo così venuti a scoprire dalle sue parole che Gianluca collaborava da anni come volontario con il corso di Storia dell'Arte, tenendo riservatissimi corsi specialistici sulla fotografia, destinati ai migliori studenti di ogni anno. In cambio aveva ottenuto l'assoluta segretezza delle sue lezioni e l'assenza del proprio nome da ogni opuscolo. Ci teneva soprattutto a precisare che in nessuna delle sue lezioni avrebbe fatto menzione alla propria opera, come se fosse un buco nero sul quale, in sede di accordi, aveva specificato non avrebbe mai indirizzato la propria luce. Uno dei due dottorandi ha quindi iniziato a sperticarsi in lodi in merito al clamoroso corso tenuto solo un anno prima su una certa Vivian Maier, una tata americana della quale si era scoperto un tesoro inimmaginabile sepolto da anni. Era stato un caso giornalistico di qualche anno prima e lui, con spirito avanguardistico e una magistrale comprensione della qualità, aveva passato in rassegna le sue opere, con un trasporto contagioso. Una narrazione contemporanea attraverso gli occhi di una donna comune. Le sue lenti poco invadenti ma capaci di andare oltre, mostrando l'anima dei suoi soggetti, colti nella loro semplicità. Ho incrociato lo sguardo imbarazzato di Roberta trovando la conferma della sua partecipazione a quei corsi.

Durante la conversazione ci hanno anche informato del fatto che, nonostante economicamente fosse un suicidio, non avrebbero inaugurato immediatamente la mostra, scontrandosi con l'incomprensione dei promoter che hanno visto svanire la possibilità di cavalcare l'onda emotiva della tragica morte per lucrarci. Ci ha messo solo qualche secondo prima di realizzare di aver utilizzato la parola "suicidio" e si è prodigato in scuse di ogni tipo, incontrando il sorriso di mia madre che ha cercato in tutti i modi di non farglielo pesare. Il professore ha ripreso dicendo che, per l'amicizia che lo legava a mio padre, non si sarebbe mai perdonato un così sconsiderato sfruttamento della sua vicenda con lo scopo di raggranellare qualche biglietto in più.

Per tutta la prima parte della cena la presenza di Gianluca è diventata sempre meno ingombrante. Seppure quest'incontro sia nato proprio a causa sua, dopo la prima mezz'ora il discorso si è spostato su tutt'altro, dall'attualità politica alla differenza di approccio all'arte nei Paesi d'oltralpe. I due dottorandi non hanno fatto che annuire alle affermazioni del professore, intervenendo con piccoli appunti e aneddoti solo quando il silenzio è sceso per qualche secondo al tavolo, sempre più ammaliati dalla presenza della donna che era stata la musa del proprio idolo. Non le hanno staccato gli occhi di dosso e la cosa ha iniziato a darmi fastidio. Stavo quasi per sbottare quando ho avvertito il cervello trasmettere un impulso netto che mi suggeriva: ma cosa fai sciocco, non ti rendi conto che non potevi desiderare contesto migliore?

Approfittando delle ordinazioni ho rivolto per la prima volta la parola a Roberta, che fino a quel momento non ha fatto che osservare l'intera conversazione in un mutismo che appariva inattaccabile. Le mie parole l'hanno colta di sorpresa, eppure le ho solo chiesto di suggerirmi con quale vino innaffiare il risotto agli asparagi che avevo ordinato. Ho usato proprio la parola "innaffiare". L'ho forse letta in qualche romanzo e mi sono sentito terribilmente stupido subito dopo averla pronunciata. Mi è sembrato di aver fatto la figura del ragazzino che vuol darsi delle arie di fronte a una ragazza su cui vuol fare colpo, evidentemente più grande di lui. Lei è sembrata trasalire, come fosse appena atterrata dalle nuvole sulle quali era finita sovrapponendo pensieri. Quando mi ha chiesto di ripeterle quanto avevo detto, ho rettificato la mia richiesta, nonostante non fossi così sicuro del fatto che non avesse sentito. Mi ha sorriso, ammettendo la propria ignoranza, denotata dal fatto che avesse ordinato dell'acqua naturale.

«Sei giovanissima per essere una tesista» le ho detto, cercando di essere galante.

Mi ha detto di avere ventiquattro anni e di aver anticipato l'ingresso a scuola, di aver sempre rispettato i tempi, non saltando neanche un appello. La sua voce era dolce e l'insicurezza dei primi istanti è scemata. Volevo metterla a suo agio e ho finito col farle domande su qualsiasi cosa. Ho quindi scoperto che viene dall'hinterland milanese ma si è spostata per frequentare l'università in un collegio. Mi ha descritto le pratiche di nonnismo alle quali si era prestata come vittima da matricola e che adesso contribuisce a realizzare da "anziana". Nonostante le mie perplessità, ha giustificato questa abitudine come un modo per creare un legame e che, a differenza di altre realtà, all'interno del suo collegio si tratta principalmente di goliardate. Le ho chiesto poi della città, dei locali frequentati. Ci mancava poco che le chiedessi addirittura di raccontarmi della sua infanzia e della sua famiglia, o del rapporto con suo padre. Le ho fatto assaggiare il vino quando è arrivato il mio calice, riuscendo a convincerla a ordinarne uno e poi un altro ancora.

La situazione è diventata sempre più conviviale e ho iniziato a sondare il terreno per introdurre l'argomento, tastando il suolo, preparandomi al lancio. Stavo per fare la mia mossa quando, con mio enorme stupore, è stata lei a iniziare il discorso: «So che te l'avranno fatta in molti questa domanda e mi sento un po' in imbarazzo ma sarei veramente curiosa di sapere una cosa: come ci si sente?».

Sulle prime non ho capito a cosa si riferisse. Sono stato

costretto a chiederle di spiegarsi meglio prima di comprendere il significato della sua domanda. È sempre sorprendente realizzare che gli altri mi vedono come il figlio di una specie di rockstar che ha scelto drammaticamente l'oblio, mentre sono quasi vent'anni che non faccio che considerarmi semplicemente una specie non così originale di orfano.

Ho scosso la testa, come a volerle far intendere che non comprendevo la natura della sua domanda e sul suo viso un candido rossore è affiorato, evidenziando un imbarazzo annebbiato dall'alcol. Mi ha chiesto ripetutamente scusa per la domanda sconveniente. Le ho mostrato il mio sorriso migliore.

«Ma no, stai tranquilla».

«Scusami davvero, non so perché ti ho fatto questa domanda. Non volevo assolutamente essere sconveniente. Scusami, scusami, scusami».

«Non devi preoccuparti. Semplicemente non avevo capito la tua domanda perché, come dire, non ci avevo mai pensato. Penso tu sappia che non ero in ottimi rapporti con lui. A dir la verità, non è che non fossero ottimi, proprio non ce n'erano. Sono cresciuto in Francia con mia madre e non ho mai avuto sue notizie».

Un'espressione sorpresa le si è dipinta sul volto. Possibile che non ne sapesse nulla?

«Oh mio Dio, adesso mi sento anche peggio».

A quel punto la mia curiosità è diventata più forte. Le ho chiesto, visto che non conosceva un particolare così importante della vita di Jean-Luc, di cosa si occupasse nell'organizzazione della mostra. È venuto fuori che la tesi le era stata caldamente "suggerita" dal professore, che aveva bisogno di manodopera non pagata per l'allestimento e che aveva scoperto il "vero" lavoro di mio padre tre anni prima, semplicemente stando a contatto con i due dottorandi. All'inizio aveva preso la proposta con scetticismo ma poi aveva ceduto alle pressioni del professore. Aveva seguito il corso, sprofondando nelle sue lezioni, e da lì della sua vicenda biografica, della sua immagine pubblica, si era completamente disinteressata, immersa com'era nella concezione idealistica dell'arte che prescinde dalla vita reale di ogni artista. La delusione iniziale, perché non potrò conoscere i particolari che cercavo di quei fogli, ha lasciato a quel punto spazio a una nuova idea. Cercare di comprendere i momenti salienti della sua carriera lavorativa. Sarebbe comunque un passo avanti nella mia ricerca.

Ha iniziato a parlarne, e mi sono reso conto di quanto poco sapessi effettivamente di quell'uomo. Conosco a malapena la vicenda di Berlino, *della foto*, per altro completamente ribaltata dalle sue confessioni, quando ha iniziato a enumerare una massa abnorme di momenti, luoghi, e soprattutto uomini e donne, immortalati in poco più di dieci anni. Roberta non ha fatto altro che sciorinare collaborazioni, presentazioni, spot. A quanto pare, Jean-Luc ha collaborato con marchi importantissimi, celebrità nostrane e internazionali, collezionato copertine su fior fior di giornali. Praticamente si è trasformato in uno status symbol. Farsi ritrarre da lui, alla fine degli anni Novanta, era diventata quasi un'abitudine modaiola che ha portato attori, modelle, imprenditori, a ricercare lo scatto d'autore per poter essere considerati al top. Più raccontava delle feste alle quali aveva partecipato, dei flirt attribuitigli, presunti o reali, più comprendevo le ragioni dell'allontanamento di mia madre. Considerando la sua educazione e il suo modo di essere, non avrebbe mai accettato di far parte di quel mondo così superficiale.

Ho cominciato a intravedere nelle espressioni di Roberta una forma di disapprovazione. Ho puntato su quel tasto e lei ha fatto per avvicinarsi al mio orecchio. Potevo avvertire l'odore alcolico del suo alito, ma non mi sono sottratto alla sua richiesta.

«Posso dirti la verità? Per quanto fossero lavori impeccabili e magistrali, il suo essersi "prostituito" in questo modo mi aveva fatto perdere il rispetto che avevo nutrito nei suoi confronti in seguito alle foto di Bari. Ecco perché all'inizio non volevo fare la tesi su di lui».

Credo di aver scosso nuovamente la testa, e si è resa conto che ignoravo completamente ciò di cui stava parlando.

«Tu non sai nulla della serie di ritratti che scattò a Bari nel 1991?».

Le ho risposto, con una certa dose di vergogna, che no, non ne ero a conoscenza.

«Tuo padre…».

«Preferisco lo chiami Jean-Luc».

«Sì, hai ragione. Insomma, Jean-Luc è nato come

reporter d'azione ed è sì diventato conosciuto grazie alla foto di Berlino. Ma ciò che lo ha messo definitivamente sulla mappa dei fotografi più bravi della contemporaneità è stato quello che ha realizzato allo sbarco della nave Vlora a Bari, finché non ha deciso di ritirarsi dopo Genova».

Ancora Genova, nuovamente ritorna quella città. Ho preferito non continuare su questa linea, lasciando che mi raccontasse di Bari.

Si trattava di un'imbarcazione con all'interno ventimila tra fuggiaschi, profughi, migranti di ogni tipo, provenienti dall'Albania e in fuga dal proprio Paese. Migliaia di corpi strabordati da quell'imbarcazione, stipati all'inverosimile, e che sui propri volti portavano il peso delle vessazioni, delle umiliazioni e della disperazione alle quali erano stati condotti dalla corruzione del Governo e dall'imperversare di microcriminali che avevano ridotto il loro Paese in una polveriera in preda all'anarchia. Ho segnato mentalmente le date, in modo da poter perfezionare la ricerca una volta tornato solo con il diario, lasciandomi cullare dalla descrizione appassionata e sempre più incandescente dei visi che era riuscito a immortalare e a lasciare in eredità ai posteri. Nei giochi di luce di una torrida mattina di agosto, che avrebbero scoraggiato ogni fotografo professionista, lui era riuscito a fissare definitivamente quegli occhi strabuzzati, carichi di una gioia insperata. Li aveva presi così com'erano arrivati, esausti, stremati, con indosso tute acetate, magliette sporche di grasso e ridotte a brandelli, riproduzioni illegali di divise calcistiche. Avevano trascorso la notte stipati come animali in un carro bestiame, ammucchiati gli uni sugli altri, con il sogno di arrivare nel Paese dei balocchi tanto ammirato nei loro apparecchi televisivi. A pochi chilometri di mare, migliaia, se non milioni, di albanesi, cercavano consolazione nelle trasmissioni di Rai Uno che portava nelle loro abitazioni fatiscenti e diroccate lo sfarzo e lo splendore di un Paese in pieno sviluppo. Donne bellissime in abiti intriganti che stuzzicavano le fantasie di uomini abituati a ben altro; la Serie A con i campioni che guadagnavano allora milioni di lire per tirare calci a un pallone; e poi ancora i film e gli sceneggiati, i telegiornali, le immagini di una penisola dal fascino millenario. Avevano così imparato la lingua per poi, alla prima occasione, imbarcarsi cercando fortuna oltre mare. Da lì a pochi anni un esercito di albanesi sarebbe poi sbarcato sulle coste pugliesi per poi espandersi a macchia d'olio in Europa, quando avevano scoperto di essere stati buggerati da un'illusione. Essere riuscito a cogliere quel momento storico, a raccontarlo non usando parole ma solo le espressioni di giubilo di quegli istanti, era valso a Jean-Luc la considerazione internazionale per la capacità di estrarre da un evento così drammaticamente cruciale la poesia della fotografia innalzata indiscutibilmente allo stato di Arte. Un moto di orgoglio si è fatto strada tra le viscere che lottavano contro anni di rancore indigesto. Le pagine che avevo letto mi sono a quel punto giunte in soccorso e per un attimo sono rimasto immobile, turbato dalle incongruenze.

Le ho chiesto come mai, visto che nel 1991 viveva a Milano da anni, Jean-Luc si trovasse nuovamente a Bari, ma lei non è riuscita a darmi una risposta chiara, se non abbozzando riferimenti al fatto che nel capoluogo pugliese ci fosse la famiglia alla quale era estremamente legato. Se avesse letto quello che avevo letto io, non ne sarebbe stata così sicura. Era stato lo stesso Gianluca a definire la sua permanenza nella città natale quasi insopportabile, solo un anno e mezzo prima di quello sbarco. Che fosse accaduto qualcosa? Ancora una volta fremo dal desiderio di conoscere il contenuto di quelle pagine rimosse, procedere nella lettura, ma adesso ho nuovi dettagli su cui soffermarmi nella ricerca.

Le parole del professore hanno interrotto il nostro discorso.

«Noto con piacere che il fascino della famiglia è confluito nell'erede. Non si dia troppo da fare, la nostra Roberta è impegnata».

Quell'affermazione così fuori luogo ha frantumato in modo irreparabile l'atmosfera della cena. Mi sono accorto a quel punto di come uno dei due dottorandi, il cui sguardo è caduto più volte su di noi, stava evidentemente ribollendo da quando si era reso conto che, così attratto dalla figura di mia madre, si stava perdendo la lieve sbornia della propria ragazza che aveva escluso il resto della tavolata per dedicarsi al sottoscritto. Roberta ha risposto con un increspamento imbarazzato delle labbra, aggiungendo che era giunto il momento di recarsi alla toilette. Mi sono fatto prendere dalla spavalderia, ispirato dallo sguardo borioso del professore e da quello furente del dottorando.

«Nessuno ci prestava attenzione e ci siamo limitati a fare altrettanto».

Credo proprio che se fossimo stati in un contesto diverso mi sarei sicuramente beccato un cazzotto, ma lui ha fatto buon viso a cattivo gioco, con un sorriso stiracchiato e smorzando i toni. Al suo ritorno, Roberta ha trovato il proprio posto occupato dall'altro dottorando, accomodandosi di fronte a me, ma accanto al suo fidanzato. Per il resto della serata, ci siamo limitati alle solite chiacchiere tra sconosciuti.

Dopo averli congedati, ho guardato mia madre, temendo una scenata alla quale ero pronto a ribattere, forte della mia assoluta innocenza. Mi ha osservato di sottecchi per poi scoppiare a ridere. Mi ha abbracciato stretto senza dire nulla, ma so quello che avrebbe voluto dirmi. Gliel'ho letto negli occhi: "Sei tutto tuo padre".

Mi è sembrata provata dai giorni milanesi e delle leggere occhiaie, mai viste fino ad allora, erano comparse ad appesantirne lo sguardo ma nonostante la stanchezza era in vena di parlare. Mi ha ragguagliato su quanto non avevo ascoltato durante la cena. La mostra sarebbe stata rimandata a data da destinarsi ma ormai il lavoro fatto e gli accordi erano stati fissati e la macchina organizzativa non avrebbe potuto far altro che partire, prima o poi, per non far perdere ai finanziatori i soldi investiti e a loro il tempo impiegato nel corso dell'anno precedente. Ha poi aggiunto di aver scoperto particolari sugli ultimi anni di Gianluca che ignorava completamente. Lei credeva fosse completamente solo, segregato in quell'appartamento dal quale diceva di uscire poco o nulla, mentre aveva tenuto corsi, lavorato assiduamente ma senza riprendere in mano la macchina fotografica. L'ho lasciata raccontare, perdersi nei ricordi. Se lo merita uno scampolo di libertà dopo esser stata catapultata in quel mondo dal quale era scappata e nel quale è stata costretta a tornare improvvisamente. Ha trattenuto a stento le lacrime. È questo il momento che ho aspettato.

«So che da sempre ti ho chiesto di non parlarmi di lui e fino a una settimana fa ti avrei bloccata di fronte a ogni riferimento. L'hai sempre capito e l'hai sempre rispettato».

Ha provato a interrompermi, ma con un gesto della mano l'ho bloccata sul nascere.

«Lasciami finire. Dopo la scenata di ieri, ho iniziato a pensarci su e mi rendo conto di quanto infantile sia stato il mio comportamento. Ho vent'anni, non posso continuare a fuggire dalla realtà. Abbiamo già rotto il muro del silenzio. A questo punto anche io avrei qualcos'altro da chiederti».

«Dimmi pure».

Presa.

«Mi hai confessato di aver amato Gianluca a modo tuo e può anche andarmi bene. Sono affari che non mi riguardano. Mi hai sempre detto che è stato lui ad andar via e stasera, grazie a quella povera anima pia, credo di averne anche compreso alcune delle ragioni, per quanto le ritenga ancora di una crudeltà inammissibile. Però adesso, a mente fredda, non posso che fare le dovute addizioni e sottrazioni e mi ritrovo a realizzare che il vostro rapporto non è durato che un anno e mezzo, giorno più o giorno meno».

«Tuo padre non è mica andato via proprio quando sei nato» mi ha fermato, interrompendo i miei calcoli.

«Certo, non intendevo dire questo. Però mi hai sempre detto che sei tornata a vivere in Francia quando non avevo compiuto neanche un anno e io non ho nemmeno un frammento della memoria che mi indichi di essere stato con lui, anche solo un attimo».

«Siamo andati via nell'autunno del '91, o forse era già arrivato l'inverno. Certamente eravamo già dai miei per Natale».

«Quello che però mi chiedo è questo: sicuramente l'avere un figlio, visto come poi è andata a finire, dev'esser stato un passo affrettato. E allora mi domando su che basi abbiate preso questa decisione, considerando quanto fosse già incerta e provvisoria la vostra condizione. A meno che…».

«Non dirlo neanche per scherzo» mi ha risposto, dandomi una pacca sul braccio ma non riuscendo a celare la sua contrarietà.

«Dai, volevo fare una battuta» ho provato a giustificarmi, con scarso successo.

«Sarebbe stata di pessimo gusto».

Dopo un attimo di silenzio, ha ripreso.

«Sì, col senno di poi potrei dirti che siamo stati incoscienti a desiderare di averti, ma non mi sono mai pentita, neanche per un secondo, di aver preso quella decisione».

«Ma stavate insieme da pochissimo. Quanto, sei mesi?».

«Vero, ma come detto, non esistono tempi certi, regole ben definite e fasi obbligatorie nella storia tra due persone. Stavamo insieme da pochi mesi quando abbiamo deciso che volevamo avere un figlio. Vivevamo un momento di empasse, come la risacca che segue l'onda sul bagnasciuga. Come ti ho accennato stamattina, ci vedevamo molto poco e sempre per tempi limitati, per via degli impegni di entrambi. Subito dopo le vacanze di Natale siamo stati tempestati da proposte, incarichi, che ci portavano a essere in treno in lungo e in largo, ma quasi mai nello stesso luogo. Ci ritagliavamo dei fine settimana incrociando le nostre direttrici o facendo in modo di condensare gli impegni milanesi a ridosso del fine settimana per poterci chiudere in casa e stare soli, io e lui. Poco prima dell'estate del '90 iniziammo a parlare di andare a vivere insieme, per poter tornare entrambi nello stesso posto. Da lui o da me, non avrebbe avuto importanza. Come detto sarà stato anche prematuro, ma io non ce la facevo più. Avevo bisogno di tirare il fiato e staccare dal lavoro che ormai era diventata una vera e propria dipendenza. Lui sembrava reggere molto meglio di me quei ritmi infernali ma io avevo sempre più bisogno di arenarmi su qualche spiaggia immaginaria. Credevo non si sarebbero dimenticati di me nel corso di una maternità. Non potevo neanche immaginare quanto mi sbagliassi. È stato allora che a tuo padre è venuta l'illuminazione: tornare a Berlino, dove tutto, più o meno, è cominciato. Avremmo lavorato, ma insieme, e soprattutto lontani da tutti. Ed è stato lì che abbiamo deciso di volerti».

Non sono riuscito a trattenermi, dovevo provare l'azzardo.

«Ma cosa è successo allora dopo Berlino? Perché tutto quello che mi stai raccontando, seppure abbia senso, sembra mancare di un pezzo. Mi hai detto che il vostro non è stato un amore come quelli che esplodono dalla combustione di una scintilla, ma non posso credere che non sia accaduto nulla che abbia, in tutto o in parte, dato un'accelerata alla vostra relazione. Hai detto che siete passati dall'essere amici a cercare di trovare punti in comune pur di vedervi. Credi davvero che sia successo senza una ragione pur minima, minuscola, invisibile agli occhi, avvenuta in quei giorni?».

Nessun sorriso questa volta. Nessun cenno di imbarazzo o segno di cedimento. Solo la sua testa che si muove in direzione opposta a dove sono seduto, tradendo la difficoltà di sostenere il mio sguardo. Ha tirato su il bicchiere dal tavolo, sorseggiando lentamente l'amaro ormai annacquato dal ghiaccio e ha pronunciato a labbra strette, laconica, solo una parola: «Nulla».

## Milano, 25 luglio 2011

Rimasto nuovamente solo ho avuto il tempo per riassettare i pensieri in vista di quella che probabilmente sarà l'ultima notte in città prima di ripartire. Le pagine strappate, ormai ne sono certo, nascondono qualcosa, ma ho troppo poco tra le mani per poter abbozzare un'ipotesi. L'unica novità sono le piccole schegge che cominciano a scrostarsi dall'imperturbabile maschera di mia madre. Probabilmente il soggiorno a Milano deve averla scombussolata. Così preso dalla ricerca, ho quasi rimosso che stiamo sempre parlando dell'uomo che ci ha abbandonati, che a quanto pare si è limitato a osservarci da lontano, trattenendo un rapporto esclusivamente pragmatico con la donna che riteneva di aver amato in quel modo così travolgente e che non aveva esitato un attimo a tenere lontana. Quanto deve aver patito quella lacerazione, le incombenze da gestire da sola: un figlio, una casa da mandare avanti, e intanto lui… Lo aveva amato? A suo dire meno di quanto abbia sempre pensato, ma a quel discorso ho dato poco credito. Conosco le ragazze e le donne: è tutta una questione di orgoglio. Difficile ammettere certe cose. Non mi bevo affatto la storia delle varie forme d'amore. Ci sono cascato, in principio, e in cuor mio ne sono rimasto profondamente deluso. Ma stasera, il suo silenzio, il suo sguardo vacuo, assente, hanno detto ben altro. A volte i genitori pensano di poter rivoltare i propri figli come e quanto vogliono. Quanto sono ingenui.

In compenso Roberta mi ha consegnato, con estrema facilità, molte informazioni preziose che ignoravo. Adesso però mi tocca affrontare ciò che all'inizio ho semplicemente rimandato ma che, in fondo, non ho ancora realizzato avrei incontrato nella lettura del diario: me stesso.

Tirando un profondo respiro, ho ordinato una bottiglietta d'acqua naturale. La sala dell'hotel è pressoché deserta e io ho salutato mia madre, promettendole che salirò a breve. Attorno a me ci sono un paio di famiglie e una coppia che sorseggia del vino bianco senza proferire parola. Ho ripreso dallo zaino il diario, non temendo invasioni. Conosco le abitudini di mia madre. Una volta giunta nel letto non tornerebbe mai nella hall. Ho incrociato le gambe per riprendere da dove avevo interrotto. Ho usato un fazzoletto come segnalibro, riponendolo sul tavolo, prima di immergermi nuovamente in quelle pagine. Cosa ci troverò?

Non tremo, non sudo, ma fatico a girare le pagine. Continuo a prendere in mano una bottiglietta d'acqua, sorseggio, respiro, la poso e poi immediatamente avverto la necessità di ripetere questi semplici gesti. Cosa mi spaventa? Non ne ho idea, ma a volte la paura e l'ansia nascono proprio dal non sapere. Fino a questo momento mi sono ritenuto completamente immune. Quanto può deludermi ancora un uomo che, sin da quando ho memoria, ha rappresentato l'inconsistenza? Per un attimo ho preso in considerazione l'idea di buttare tutto all'aria. Cosa sto facendo? Per quale motivo, con quali prospettive di guadagno personale dovrei volere qualcosa che si può rivelare così spiacevole? Chi me lo fa fare. Potrei, anzi, dovrei semplicemente ignorare quel diario. Che senso ha? Ormai è morto, crepato, stecchito, *kaput*! Nessuna possibilità di resurrezione, nessun incontro a metà strada lungo un ponte o un prato. Nessun discorso strappalacrime per tentare una pacificazione dal sapore di pentimento. Nessuno potrà mai sanare l'imbarazzo provato di fronte a quella sensazione perenne di incompletezza ogni qual volta mi toccava asserire che no, neanche questa volta mio padre sarebbe venuto all'incontro con gli insegnanti, mentre tutti erano sempre smaniosi di conoscerlo. Nessuna pagina, neanche una parola, potrà mai addolcire il vuoto che con il passare del tempo si è fatto più buio e profondo, fino a diventare talmente enorme da darmi le vertigini. Allora per quale motivo farmi del male in questo modo? L'inespresso non troverà mai soluzione a posteriori.

In questi attimi di debolezza, per l'ennesima volta, ho incolpato me stesso di essermi fatto trascinare in un percorso senza alcuna via d'uscita, dando l'ennesima possibilità a chi, in vita, non ne aveva cercata mezza. Ma come posso non farlo?

Glielo si può spiegare in mille modi, ma credete davvero che un figlio non sogni, anche odiandolo, di incontrare suo padre?

Mi odio, visceralmente. Odio questo me stesso che dietro lo spavaldo menefreghista ha nascosto un marmocchio in cerca di attenzioni e bisognoso di sapere la verità. Ma quale crosta, ma quali difese. Io voglio sapere, voglio sapere perché, e voglio che mi chieda scusa, che implori il mio perdono. Vorrei che mi dicesse di avermi sempre amato e vorrei un'ottima ragione per cui non ha potuto far parte della mia vita. Che ne so, una malattia contagiosissima mi basterebbe. Tutta colpa di quelle foto. Doveva esserci un'impellenza, un ostacolo, altrimenti come spiegare tutti quegli scatti, in tempi diversi, e quella specie di macabro santuario. Eppure non riesco a smettere di maledirmi. L'attesa è durata ancora un attimo prima di riaprire il diario. Ciò che mi sono trovato di fronte non era ciò che mi aspettavo.

Ho preso dal tavolo tutto ciò che c'era e, cercando di dare meno nell'occhio possibile, ho lasciato la mia postazione, dirigendomi verso l'uscita.

Pochi passi e mi sono seduto sulla panchina di un giardinetto. Ero solo e solo allora me lo sono concesso: ho pianto. Gli spasmi mi hanno sorpreso mentre per le mani rigiravo quella che, stando alla grafia posta sul retro, era l'esito della prima ecografia. La mia.

Mi sarei aspettato di leggere qualche frase, il racconto della giornata. Invece, accanto alla data del 3 agosto, ho trovato soltanto quest'immagine che ricorda molto le polaroid che abbondavano in casa quando ero bambino. L'aveva conservata, gelosamente, per più di vent'anni. Ed è bastata per farmi esondare. Le lacrime sono venute giù e io non ho potuto fare diversamente, se non abbandonarmici come un poppante non ancora in grado di comunicare le proprie necessità. Il petto che si gonfia, tremulo. Tutto mi appare così inarrestabile e così necessario. L'eco di sentimenti sepolti. Non ho fatto neanche caso alla possibilità di aver svegliato qualcuno, nonostante abbia visto un paio di luci accendersi e poi rispegnersi. Chiunque si fosse affacciato avrebbe visto un ragazzo, solo, disperato, circondato da cespugli mal tagliati e le fronde di pioppi e cipressi che spiccano nel mezzo di quel minuscolo tentativo di rinverdire un quartiere ingrigito dal cemento.

Ho ripreso fiato in un tempo che non riesco a quantificare. Potevano essere passati cinque secondi come venti minuti e ho riposto l'ecografia esattamente dove l'ho trovata. In due decenni quella piccola istantanea ha protetto una porzione di foglio dall'ingiallimento e quindi ho potuto reinserirla perfettamente nei suoi bordi. Non so più a cosa tenermi pronto. Mi ritrovo ingarbugliato in un reticolato senza schema di disegni, progetti, nuove date e nuovi incontri e ancora, probabilmente, nuove partenze e nuovi ritorni. Non ci ho messo molto a realizzare che gli schizzi delle pagine dopo altro non sono che progetti di come sistemare una stanza per un bambino. Ci sono numeri che probabilmente indicano le dimensioni in metri e le diverse possibili disposizioni di una culla, un fasciatoio e un box. E poi ancora numeri di telefono con nomi che rimandano quasi sicuramente a negozi per l'infanzia, prezzi confrontati. Finché non ho trovato anche, per la prima volta, il nome Andrès. Non è stato il primo nome proprio che ho incontrato, ma non ci ho fatto molto caso. Non si trattava dunque di persone da incontrare, sono proposte. Alcune dal sapore folkloristico, come Vito o Pasquale; altri nomi un po' più antichi e quantomeno arditi, come Ottaviano o Enea; altri più eccentrici, come Laio, Sami e Yuri. Non ci sono invece indicazioni cronologiche. Le cose sono due: o li ha scritti quando era già a conoscenza del sesso, oppure ci ha preso in pieno. Sono tornato sulla pagina in cui è comparsa la scritta "Andrès" e ci ho trovato delle linee. Ritornando sugli altri nomi, e sulle loro sottolineature, ho dedotto che ogni linea di colore diverso, probabilmente, poteva indicarne il gradimento: pochi hanno una linea rossa, meno ne hanno una rossa e una verde, pochissimi anche una in blu. Andrès è sottolineato in tutti i modi possibili, cerchiato più volte e circondato da altri simboli incomprensibili.

È stato lui.

Lui ha deciso il mio nome.

Ho sempre dato per scontato che fosse stata mia madre a sceglierlo, ma in fondo non mi ero mai posto una domanda simile. Perché avrei dovuto, per me esisteva solo lei.

Ho continuato a girare solennemente, l'uno dopo l'altro, questi fogli, ma non ho trovato altro che la riproposizione in formule diverse dello stesso stile. Sarà anche vero quanto detto da Roberta, ossia che il successo di Gianluca sia arrivato dopo i ritratti di Bari, ma certo è che anche prima doveva esser stato sovraccarico di lavoro. Per tutti i mesi della gravidanza gli appuntamenti si sovrappongono e via via che procedo, le pagine non fanno che infittirsi, con sempre più numeri, sigle, prezzi che però non comprendo. Ho preso dallo zaino un foglio e una penna, cominciando a segnarmi delle possibili domande da fare a Roberta, se la incontrassi prima della partenza.

A un tratto sono apparsi sulle pagine messaggi diversi, anticipati da una dicitura: “Memo”.

- Portare fuori Martina;
- Fare sentire musica al bambino;
- Fare di più in casa per aiutare Martina;

Un sorriso si è istintivamente stampato sulla mia espressione, mentre immaginavo perfettamente la scena: durante qualcuno dei suoi viaggi, mentre segna appuntamenti di lavoro o chissà quale altro impegno, si rende conto delle sue mancanze e si mette ad annotarle sull’agenda. Non so se provare imbarazzo o commiserazione per la tristezza di quei promemoria. Mi chiedo se davvero fosse necessario metterli nero su bianco o se lo stesso atto di farlo fosse un modo per dire a se stesso quanto gli sarebbe piaciuto essere più presente durante la gravidanza. Ma a queste domande ormai solo mia madre potrebbe, forse, dare una risposta.

Sto giusto per segnare una seconda domanda da porre a Roberta, ossia a cosa stesse lavorando Gianluca durante il periodo della gravidanza, quando è stato lui a darmi, per lo meno in parte, una risposta con un pensiero datato novembre 1990. Ma quando ho cominciato a leggere mi sono reso conto che la questione lavoro non era la più impellente. Nelle sue parole ho trovato ben altro:

*Dio quanto non li sopporto!*

*Quanta superbia, quanta spocchia, ma prima o poi so io dove ve la spedisco quella vostra aria da "lei non sa chi sono io". Quante altre volte dovrò sopportare i loro sguardi carichi di biasimo nei confronti della loro povera e sciocca figlia, che gioca a fare la rivoluzionaria per stare con questo figlio della classe operaia finito casualmente in paradiso? Quante altre volte dovrò digerire le parole, il tono supponente di suo padre, che le si rivolge con sprezzo, come se si trattasse di una fase da affrontare e da superare: dopo il periodo orale, quello anale, e quello genitale, ecco quello della scoperta dei bassifondi.*

*Sarei pronto a incassare anche di più per lei se non fosse che, appena siamo con loro, Martina si trasforma. Da donna decisa, risoluta, macinasassi che calpesta ogni ostacolo, regredisce al livello infantile, incapace di contraddire, controbattere. E finché non recide questo cordone ombelicale posticcio io ho ben poca voce in capitolo. Ogni volta che siamo con loro si fa comprare da mancette di cui non abbiamo bisogno. Ormai il lavoro c'è, perfino troppo. Continuano a chiamarmi ovunque. Il telefono squilla in continuazione e tutti che cercano Gianluca Auterri. Auterri di qui, Auterri vieni lì. Memo: ragionare su questo cognome, pensare a un nome d'arte. Dove ero rimasto? Ah, sì, con tutto il lavoro che mi si sta rovesciando addosso non abbiamo certo bisogno della loro elemosina, dell'elargizione di un obolo per sopperire alle mancanze della nostra principessina Martina Dörner unt regina der Bratwurst. Ne ho fin troppi di impegni, anzi, dovrei cominciare a dire qualche no, per poter passare più tempo con lei, a casa, magari sul divano, accarezzando quella pancia che si fa prominente, sussurrando a quella meravigliosa creatura, leggendogli qualcosa di interessante, facendogli ascoltare musica classica. Dicono che renda più intelligenti. Probabilmente i miei avranno ascoltato Nilla Pizzi quando mi aspettavano, perché in questo momento non mi sento affatto così brillante.*

*Non ce la faccio a esser costantemente messo di fronte all'evidenza di un divario che so benissimo di non poter ridurre neanche vivessi mille anni. E ciò che rende più atroce tutto è la coscienza del fatto che in fondo hanno perfettamente ragione. Cosa ci faccio, io, con una come Martina? Se ci fossero due punti su un planisfero, il più distante possibile, sarebbero quelli in cui siamo nati e cresciuti noi. È solo un caso, un puro caso, se ci ritroviamo, in questo momento, ad aspettare un bambino. Se non avessero questi modi di superiorità altera, avrei anche cercato di comprenderli. Gli avrei detto: avete ragione ad avere timore. Ogni genitore vuole per il proprio figlio il massimo, non certo il nascituro dei bassifondi, affascinante solo quando resta lontano, da osservare come in uno zoo. I genitori, per loro natura, desiderano il meglio. Chissà quanto hanno lavorato al fine di maritare Martina con un avvocato di grido, un imprenditore in rampa di lancio che eredita la fabbrichetta di famiglia. E invece la ritrovano non sposata, incinta, e per di più con un perdigiorno che pensa di poter assicurare a un figlio un futuro radioso facendo il fotografo. Vorrei anche poter provare empatia, cercare di rassicurarli sul fatto che farò di tutto per smentire le loro perplessità, ma poi mi squadrano dall'alto in basso, e mi si annebbia la vista, perdo la ragione e finisco con lo straparlare e dover continuamente moriscarmi la lingua per non mettere in imbarazzo Martina che per tutta risposta non fa nulla, niente. Non dice mezza parola per ribattere, non emette suoni che non siano di accondiscendenza passiva o di accettazione supina. E io impazzisco per l'impotenza. Non importa che io possa essermi fatto un nome, una posizione. Loro continuano a presagire un futuro fatto di difficoltà, inadempienze, ponendosi come necessari riequilibratori di una condizione destinata al fallimento.*

*Non so per quanto ancora potrò andare avanti così. Fortuna vuole che ci fosse un treno diretto a Roma ad attendermi e non dovrò tornare a casa, almeno stasera, con Martina. Non avrei retto la sua tristezza. Lo so, sono un codardo. Ma per fortuna ne sono cosciente.*

Ho dovuto posare il diario, in sovraccarico di informazioni. Che i miei nonni potessero apparire così arcigni non mi ha sorpreso. Per me erano stati due genitori aggiuntivi, un surrogato in grado di annientare in mille occasioni il mio spaesamento. Ho richiamato alla mente tutte le volte in cui nonno Lothar ha nei fatti sostituito Gianluca. Dagli spalti delle prime partite di basket alla compagnia nell'acquisto di un pantalone o una camicia. Certo, devo riconoscere la loro superbia, ma non li avrei mai creduti capaci di tanto astio.

Una leggera brezza si è alzata, facendo tintinnare le foglie e le fronde degli alberi. Conosco bene la loro espressione di delusione e sprezzo. Alle superiori mia madre aveva deciso di iscrivermi a un istituto statale, per non isolarmi in un mondo che non apparteneva né a me, né a lei. Il guaio era stato l'imbarazzo fastidioso verso i miei nonni mentre si rivolgevano con quei modi a madri e padri di compagni che non volevo perdere, che abbassavano intimoriti il capo, in ossequioso rispetto di chi, a differenza loro, poteva vantare, più che alberi genealogici, querce secolari dai rami d'oro, cortecce intarsiate, barocche, e fronde rigogliose di smeraldi. Tante volte mia madre si era premurata con loro di avere rapporti meno ingessati, ma la natura non si piega alle esigenze di nessuno, tantomeno quelle di un bambino che, a detta loro, necessitava di un surplus di attenzione. Io però non è che vedessi tutto questo disagio, ma loro restavano irremovibili.

Questi pensieri ancora una volta mi hanno spinto a prendere le parti di Gianluca. Ormai non so più come gestire questo minestrone sensoriale ed emotivo.

A intristirmi è però la consapevolezza di quanto avessero avuto ragione loro, e non lui. In fondo tutti i loro timori si sono rivelati esatti. Appena nato io, era fuggito, preferendo non assumersi responsabilità e obblighi, demandando ad altri la potestà di un figlio che millantava di volere così tanto e del quale sosteneva si sarebbe preso cura cercando di non fargli mancare nulla. Ironico no? Difficile far ascoltare musica classica non essendo fisicamente presenti, non trovi? Imporsi di soddisfare i bisogni di qualcuno sparendo completamente. Ottimo piano, sergente.

Mi chiedo per quale motivo, poi, scriverlo su un diario. Che non avesse ancora realizzato la propria inadeguatezza o incapacità? Probabile. Magari, travolto dall'entusiasmo, non aveva ben preciso in mente ciò che l'avere un figlio comporta: pannolini da cambiare, notti in bianco da trascorrere, urla da calmare. Irritazioni, raffreddori, pappette, poppate, senza poter ridare indietro il prodotto con la scusa di non essersi resi conto delle controindicazioni previste. Procedo tra pagine che mi appaiono illeggibili successioni di segni. Più mi avvicino al giorno del mio compleanno, il 23 di febbraio, più avverto una lieve tachicardia, come quella che ti assale quando sai che nella stanza c'è la persona che desidereresti vedere e temi di essere colto di sorpresa dall'incrocio dei vostri sguardi, senza possibilità di nasconderti. Con lentezza ho accarezzato i bordi di questi fogli. Non trovando nessun messaggio celebrativo dei giorni di gennaio dell'anno precedente, mi sono reso conto di una possibilità della quale non ho tenuto assolutamente conto. Per non guastare il possibile percorso cronologico del diario mi sono impedito di guardare fin dove si spingono i fogli scritti. Da quando è cominciata quest'avventura, ho completamente rimosso la possibilità che a un certo punto il testo potesse finire, lasciandomi nel bel mezzo di un naufragio, senza alcuna scialuppa di salvataggio. Ormai è troppo tardi per tirarmi indietro e non posso fare altro che sperare che giunga almeno a un punto.

Ho letto svogliatamente le pagine di gennaio. Sono sfoghi relativi al lavoro.

Poi, finalmente, ho incontrato la data: 23 febbraio.

## Milano, 23 febbraio 1991

È nato.
La bellezza è qualcosa di estremamente semplice.

## Milano, 18 marzo 1991

Ti ho tenuto in braccio e l'orologio ha arrestato il suo millenario percorso. Le lancette si sono sovrapposte deragliando e non credo che ricominceranno a girare come prima.

Ho accarezzato la tua pelle levigata, trasparente, sotto la quale ho scorto nitidamente i dossi creati da minuscole vene e ossa e ho temuto di tutto, perché ho realizzato il significato delle parole "fragile", "indifeso", e ho scoperto per la prima volta cosa voglia dire essere preoccupato. E ne sono così drammaticamente spaventato che a un tratto le mie ginocchia hanno dato segno di cedimento e ho avuto bisogno di sedermi.

Mi sono assicurato che fossi ben coperto, tenendoti in braccio come si fa con una reliquia sacra, che richiede l'attenzione degli occhi di milioni di donne e generazioni di nonne, per custodire, per sempre, il ricordo del tuo profumo, e ho fatto mio il significato delle parole "amare da morire". Perché per la prima volta, ho compreso di poter dare la mia vita in cambio della tua, senza alcuna remora o promessa di redenzione.

Ti ho detto «Ehi» e non sono stato in grado di articolare altro, perché la lingua si è ritratta, la saliva si è prosciugata, le corde vocali rinsecchite e il fiato si è rintanato nei bronchi. Ma ho capito che la voce non è l'unica via di comunicazione possibile quando, lo giuro, ti ho visto sorridere cullato dal mio cuore che è passato dal battere come un forsennato a ticchettare ordinatamente e senza eccessi, per poi affievolirsi fino a diventare un sonnifero per il tuo.

Ho sfiorato le tue mani, rugose, purpuree, e ho avvertito il tuo aggrapparti disperato all'esistenza e mi sono reso conto che sei tu l'incredibile tesoro in cui avrei trovato tutte le energie per affrontare d'ora in avanti il mondo. Non avrei mai potuto concedere a me stesso di disperdere quel soffio vitale, l'arrogarsi il diritto di essere, comunicato dalla tua prima stretta con cui mi hai chiamato, mi hai chiesto di osservarti, di capire che ci sei.

Ti ho coccolato, avvertendo la consistenza del tuo corpo, immaginando di osservarlo crescere, e mi sono reso conto di quanto non esistano unità di misura sufficienti per indicare la portata di un essere umano su di un altro, l'impatto generato sul lungo periodo e l'inevitabilità delle conseguenze, ma anche che non esiste macigno che sia più lieve.

Ti ho osservato minuziosamente, inquadrato da diverse angolature, cercando di fissare in modo indelebile la mia prima immagine di te, così da poter avere uno scatto mentale personalissimo, da non condividere con nessuno e riporre gelosamente nel mio album fotografico privato.

Ho sincronizzato i nostri respiri, attorcigliato come attorno a un fuso la successione fatta di inspira ed espira, inspira ed espira, col tuo pancino che si riempie e si svuota, e finalmente ho compreso che cosa significa essere padre: vedere l'unione di ciò che hai faticato a essere e ciò che hai conquistato a unghiate fondersi senza perderne le peculiarità, conscio del fatto che in ogni momento dovrai sapergli dare risposte, fornire certezze, soluzioni, ed essere imbattibile. Significa essere, giorno per giorno, un supereroe, nascondendo dubbi, esitazioni, perplessità, rendendoti migliore.

Ti ho posato tra le braccia di tua madre e ho avvertito una sensazione nuova, come se qualcuno avesse appena aperto uno squarcio nel mio costato, immerso la mano ed estirpato dal cuore una sezione che ignoravo di possedere, ma della quale, da quel momento, non avrei potuto fare più a meno. Ho provato una sensazione di abbandono nuova, un distacco traumatico, una separazione sanguinolenta.

Ho incrociato i tuoi occhi e ora non valgo più nulla senza di te.

## Milano, 25 luglio 2011

Bugiardo.

L'hai detto anche tu che sei stato soltanto un impostore, un imbroglione, un ciarlatano fraudolento, un millantatore. Come hai potuto scrivere certe cose e poi sbrogliarti da questo legame come un attaccante che imbecca una finta, come la teglia di vetro appena insaponata, e svanire nel nulla? Lo so io perché, vanesio figlio di puttana! Perché hai preferito per anni mostrarti e dipingerti seguendo esclusivamente l'egocentrico e narcisistico desiderio di essere migliore di quanto non fossi. Questo diario non è lo scrigno dei tuoi pensieri più intimi, ma la raffigurazione edulcorata di una realtà distorta. Eh no, caro mio, questa volta non mi fotti. Io non mi faccio imbrigliare dalle tue sciocchezze e dalle tue scuse, perché la verità l'ho avuta sotto gli occhi per troppi anni.

Quanto ti sarà piaciuto specchiarti nei vorticosi giri di parole, nelle smancerie attorno alle quali ti arrovelli per esalare un profumo che non ti appartiene. E pensare che sarebbe bastato pochissimo per cadere nella tua trappola. Ci sei riuscito benissimo con mia madre e, lo ammetto, ci sei andato molto vicino con me. Ma questa volta l'hai fatta grossa.

Mi rendo sempre più conto di quanto artificioso possa

sembrare, dall'esterno, il tutto. Come quando si compie un'azione più per l'impressione positiva che per il piacere tratto dall'azione stessa. Non faccio che ripetere a me stesso, come un pappagallo, quanto sia stato sciocco a fidarmi di lui. Ma l'ultima pagina, nella sua smisurata esagerazione, mi è valsa come uno schiaffo dritto sul volto.

Ho riposto il diario, rientrando con molta calma nell'albergo ormai completamente deserto, per dirigermi verso la stanza. Cercando di non fare rumore, ho aperto la porta con cautela, anche per impedire che all'interno della stanza buia prorompesse un fascio di luce impertinente che avrebbe potuto svegliare mia madre. Sempre facendo attenzione a non sbattere contro il letto mi sono trascinato a piedi nudi sulla moquette verso la finestra, dalla quale proviene l'eco della scarsa illuminazione del parco nel quale mi sono fermato a leggere. Ne ho approfittato per muovermi con maggiore velocità, aiutato dalla riacquisita visibilità, e per spogliarmi e infilarmi sotto il lenzuolo di fine cotone. Ho sentito la sua morbidezza sulla pelle nuda, provando a rilassarmi, ma come accade puntualmente quando desidereresti soltanto chiudere gli occhi e spegnere il cervello, non mi è stato possibile. E allora prima è l'orecchio a prudere, e poi la fodera del cuscino che si raggrinzisce a ridosso del naso e ti tocca sprimacciarlo ma intanto hai perso la posizione della spalla. E le mani. Le braccia. Come si mettono? Sotto il cuscino, sì ma poi il collo si pone in una posizione innaturale. E allora mi rannicchio in posizione fetale. L'ho fatto per tutto l'inverno, ma adesso no, non è possibile, perché avverto le ginocchia sfregarsi e una patina di sudore cominciare a inumidire la pelle. Pancia sotto, così va meglio. Finalmente. Adesso bisogna solo aspettare. Aspettare. As-pettare. Aspetttttare... Potrei provare a cullarmi pensando a qualche sciocchezza, ma a cosa? Magari di incontrare di nuovo Roberta e fare qualcosa di stupido, in fondo non ha mica opposto resistenza alle mie attenzioni. Ero così concentrato sul mio piano che non mi sono neanche reso conto dell'aria assassina che aveva assunto il suo ragazzo. Non mi sento in colpa. Probabilmente, tornati a casa, hanno litigato, discusso. Lui l'avrà accusata di essere superficiale e di non averlo sostenuto. Lei, certamente, ne avrà notato il disinteresse e la fascinazione subita da una donna più grande di lui. Avranno cominciato a mettere in piedi una di quelle sceneggiate in cui si ripropongono, come un pasto mal digerito, tutti i ne riparleremo e i finti perdoni, le questioni chiuse sulla carta e quelle mai veramente affrontate. Si saranno guardati, sfiniti, devastati, e avranno finito col dormire dandosi la schiena, chiedendosi per quale motivo si trovano ancora invischiati in una storia senza alcuna passione. Il giorno dopo, una volta svegli, si saranno chiesti scusa, impietriti dal timore di restare soli, poi baciati, e nessuno dei due sarà veramente felice. O magari si saranno fatti semplicemente una sana scopata, lei vinta dall'alcol, lui per riportarla sotto il proprio controllo. Non sarebbe durato molto. Non mi è sembrato il tipo capace di sostenere performance considerevoli. Anche perché lei non ha l'espressione di una donna soddisfatta. Dannazione, sto divagando. Avrei dovuto bere anche io, magari adesso avrei uno di quei bei mal di testa che ti invogliano a prendere sonno. In fondo sono stanco. La giornata è stata così piena che sento il cervello cominciare a friggere e dare evidenti segni di cedimento, ma manca lo scatto finale. Su, uno sforzo.

Non pensare, non pensare, non pensare a quel figlio di puttana.

Ho serrato le palpebre tanto da farmi male alle tempie, nel tentativo di forzare il sonno a calare come una saracinesca, ma senza risultato. Nel frattempo, nel cinema d'essai della mia mente, scorrono diapositive sfocate, sfilando tra vicoli tortuosi e surreali che si incrociano senza dar peso alle leggi della fisica. Ciò che mi ha fatto più effetto, magari non sul momento ma nel corso della cena, è stata l'ammirazione incondizionata che quei quattro hanno verso Gianluca. Sembrava parlassero veramente di un uomo incredibile, speciale. Di certo mi ha sorpreso scoprirlo in versione filantropo dei giorni nostri che tiene lezioni universitarie senza mai menzionare se stesso, senza che il proprio nome appaia da nessuna parte, senza dare risalto alla notizia. Non sembra affatto l'atteggiamento di chi ha fatto della propria figura, del proprio nome, un marchio e una ragione di vita più che valida per mettere in secondo piano il resto. Vero è che qualcosa doveva esser cambiato in lui visto che, sempre a sentire quanto detto da Roberta, erano praticamente dieci anni che non scattava foto, che non accettava lavori di sorta. Una mutazione simile necessita di un momento cruciale, un punto di svolta, un trauma, ma nessuno è stato in grado di dare spiegazioni e lui stesso ha sempre rimandato al mittente ogni domanda volta a svelarne le ragioni. Eppure, più mi addentro nelle sue vicende, più credo di arrivare a un quadro più compiuto della sua figura, e più mi scontro con la bipolarità delle informazioni, la schizofrenia dei due personaggi, quello pubblico, sfacciato, sfrontato, fino al momento in cui ha deciso di sparire; e quello privato, ingenuo, sentimentale, sensibile, che, almeno nelle ultime righe lette, aveva finito col diventare poco credibile, visto col senno di poi. Che uomo era? Chi cazzo era? Come poteva affermare certe cose e poi sparire completamente? No, non era concepibile. Sì, ma a che pro? Che avesse già immaginato, un giorno, di poter far leggere a qualcuno quel diario?

Tra le tante chiacchiere scambiate con Roberta, le ho chiesto informazioni su possibili fonti dirette consultate durante l'allestimento. Magari delle lettere, delle memorie, agende, programmi didattici. La sua risposta è stata risoluta malgrado i primi singhiozzi istigati dall'alcol: «No». Niente di niente. A quanto pare la stitichezza artistica si accompagnava a un atteggiamento altrettanto restio verso la scrittura. E questo non fa che avvalorare l'ipotesi che nessuno fosse a conoscenza dell'esistenza del diario. Allora mi sono soffermato su un'eventualità ancora non scandagliata e che mi è parso strano che affiorasse alla mia mente. E se fosse stato riscritto a distanza di tempo? Da quando l'ho avuto per le mani ho istintivamente pensato a un uso quotidiano contemporaneo agli eventi e la forma degli appunti sembrava darmi ragione. Ma se l'avesse scritto a posteriori? No, i numeri dei treni, gli orari, le combinazioni. No, non può averlo redatto in un secondo momento. E allora che senso ha modificare la descrizione degli eventi? L'unica motivazione plausibile, per quanto ottocentesca, può essere quella del diario destinato a me da sempre, per farmi rivivere, una volta diventato grande, la storia dei miei genitori, la mia nascita. Ci sto perdendo la testa.

Il sonno infine è arrivato, trovandomi impreparato e sempre più avvinto dalle contraddizioni.

## Milano, 26 luglio 2011

Quando ho riaperto gli occhi, la sensazione di stanchezza, se possibile, non solo non era sparita, ma mi è sembrata peggiorata. Mi sono tirato su lentamente, staccandomi dalle lenzuola con la fatica di chi sta sradicando un albero dalle radici, con la mano sinistra sul ginocchio e la destra sul volto sgualcito. Le spalle protese verso il basso e la gravità che non lascia scampo. Ho trascinato il mio scheletro verso il bagno, come se stessi trasportando un ferito incapace di reggersi sulle proprie gambe, e allo specchio ho visto un lugubre ritratto: guance incavate, palpebre livide, pelle itterica e la nausea di una donna incinta. Dimostro il doppio della mia età e una trasandata ma sempre florida storia di passione per le droghe pesanti. Più che un sonno ristoratore, il mio è stato un tentativo di rianimazione terminato con un fallimento. Mi sono infilato nella doccia, con il desiderio che quel temporale artificiale continuasse a isolarmi dal mondo esterno al quale non ho intenzione di rivolgermi, almeno per adesso.

Tornato in camera ho realizzato l'assenza di mia madre. Quale novità? Di solito sono io a svegliarmi per primo. Istintivamente ho controllato la presenza del diario, nascosto sotto una pila di magliette e pantaloni, trovandolo al sicuro al suo posto. L'ho infilato nello zaino prima di dirigermi verso la hall per la colazione.

Mi sono fatto prendere dall'ingordigia, nonostante la sensazione di fastidio provata al risveglio, posizionando sul vassoio ogni sorta di ben di Dio, sapendo che ne avrei toccato al massimo la metà. L'ho cercata con lo sguardo ma senza successo. Mentre addentavo una fetta biscottata appena imburrata mi ha raggiunto un cameriere con un biglietto semplice. Era la sua grafia: mi chiedeva di raggiungerla nel palazzo in cui si sarebbe tenuta la mostra dedicata a Gianluca. Era successo non so quale casino ed era dovuta correre.

Ho continuato la celebrazione di quella eucarestia laica senza farmi prendere dalla fretta, ma lasciando gran parte di quanto preso intatto. Indossati un bermuda e una polo leggera, sono uscito in strada, pregando il portiere di fermarmi un taxi. Non ci abbiamo messo molto, anche per via della quasi totale assenza di traffico. In un baleno mi sono ritrovato di fronte a una costruzione razionale, fatta di giochi di luci, pareti in vetro, piante che sbucano da ogni dove e una sagoma sinusoidale che non ho capito come sia in grado di reggersi in piedi. Si tratta di una specie di hub, un centro polifunzionale nel quale lavorano, interagiscono, espongono artisti emergenti e vengono organizzate mostre principalmente di fotografia, ma anche di arte concettuale e postmoderna. Gli spazi esterni sono pieni di sculture dalle forme complesse, installazioni comprensibili solo dagli addetti ai lavori e gittate di colore su oggetti comuni, quasi a rappresentare l'esigenza dell'arte di destrutturare la banalità del quotidiano, superarne la concettualità meccanicistica e capitalista per abbandonarsi alla riscoperta dell'espressione che si fa colore... almeno questo diceva una delle targhe apposte in calce a uno di questi insopportabili aborti.

All'entrata il pavimento lascia spazio a rivoli artificiali, laghetti posticci, ricolmi di una vegetazione di plastica e ponticcioli illuminati anche di giorno. Giungere alla porta d'ingresso e richiudere alle mie spalle quella giungla digitale è stato un sollievo. Ho chiesto di Martina, con la speranza di nascondere la mia identità, ma è stato inutile. Lo sapevano perfettamente. A lunghi passi mi sono diretto verso l'area destinata all'esposizione dove ho visto, impegnati in una conversazione concitata, mia madre e il professore, circondati da Roberta, che mi ha sorriso rigidamente, e i due dottorandi. Accanto a loro, due uomini ingessati e azzimati. Ad attrarmi, però, è stata la potenza di alcune delle fotografie appese alle pareti e a dei pannelli mobili posti strategicamente, in grado di realizzare un groviglio labirintico nel mezzo dello stanzone. Mi è stato facile, questa volta, riconoscere l'ormai celebre foto di Berlino, che però ha un taglio diverso dal solito. È infatti riconoscibile il viso di mia madre, al lato di quello che era stato il dettaglio rimbalzato sulle copertine dei giornali. Attorno ci sono quelli che immagino siano i ritratti di Bari, alcuni scatti di musicisti e attori immortalati in un presunto momento d'intimità quotidiana e altri mai visti. È stato il primo faccia a faccia col suo lavoro e, devo ammetterlo, si è trattato di una scoperta inattesa. Ho trovato, nei volti immortalati dalla macchina fotografica di

Gianluca, brandelli di umanità che esondano dalla bidimensionalità come schiocchi di vitalità che non paiono voler accettare la condizione di prigionia su tela. I lineamenti ruvidi, marcati, segnati da chissà quale pena sopportata per un tempo infinito. Gli sguardi profondi, intensi, baratri nei quali svanire. Osservandoli, ne sono rimasto sconvolto, e per un istante ho dimenticato fossero opera sua, lasciandomi trasportare in un mondo in cui noi non siamo noi, ma solo due sconosciuti: l'artista e l'osservatore. A raggiungermi è stata Roberta, prendendomi per il braccio, per guidarmi in una sezione all'angolo opposto all'entrata. Mi ha detto soltanto «Seguimi», e io ho acconsentito senza alcuna resistenza. Mi ha raccontato di quanto sia stato difficile selezionare soltanto duecento fotografie per realizzare la mostra e lasciar fuori molti dei soggetti impressi su pellicola nei quasi dodici anni di lavoro di Jean-Luc. Alcuni, seppur meno appariscenti, avrebbero meritato di essere presenti perché in grado di raccontare l'uomo, prima dell'artista.

Mi ha tenuto la mano, la sua era morbida, delicata, fino a quando non ci siamo ritrovati di fronte al ritratto di un bambino. Non ci ho messo molto a realizzare che quel bambino ero io. Potevo avere, che ne so, sei, sette anni, forse qualcuno in più, ricordo perfettamente quel momento. Ero vestito di tutto punto. L'espressione imbronciata per un abbigliamento inadeguato per un bambino, ma necessario per l'occasione. Si trattava del matrimonio di un collega di mia madre. Sembravo insofferente, e probabilmente lo ero. Ma nel complesso, nonostante conosca perfettamente la natura della mia espressione, risulta uno scatto di una dolcezza estrema che fa risaltare la contraddizione tra il desiderio naturale di un infante e l'obbligo formale imposto dalle esigenze degli adulti. Poi, il buio.

Lui era lì, era stato lì. Così vicini. Ormai ho perso il conto, considerato quanto visto negli ultimi giorni, di quante volte abbiamo passato il tempo negli stessi luoghi senza avere alcun contatto. E se all'inizio mi è apparso semplicemente inquietante, adesso acquisisce la forma di un'abitudine inconciliabile con l'ipotetico disinteresse da sempre sostenuto da mia madre. Se era vero che non aveva mai dimostrato l'intenzione di assumersi la responsabilità di padre, educarmi, sgridarmi, rimbrottarmi, per quale motivo rincorrermi in quel modo? L'interpretazione dei suoi gesti come gli sbalzi sconnessi di un inconscio schizofrenico comincia a evidenziare delle incongruenze. L'idea che usino un mio ritratto, senza chiedere il permesso, qualche giorno fa mi avrebbe fatto uscire di senno, ma ora è passata in secondo piano. Tutto si sta relativizzando e non sono più in grado di dare un valore agli eventi.

«Leggi il titolo della foto» mi ha sussurrato Roberta, sfiorandomi l'orecchio con le labbra. Ho anche pensato che stesse flirtando con me.

Ho abbassato lo sguardo.

*The Unknown and the Regret.*

Un titolo che non dice nulla dello scatto, ma molto di noi. Probabilmente i visitatori non comprenderanno, lo classificheranno come l'ermetica chiosa per confondere gli spettatori. Ma io no, non posso.

«Mi sembra una confessione a tutti gli effetti» ho risposto freddamente.

«Dici?».

«Non vedo ulteriori possibilità. Lo dice chiaramente: lo sconosciuto e il rimpianto».

«Sai che la parola "regret" può significare sia rimpianto che rimorso?».

«E che differenza fa?».

«Tutta la differenza del mondo».

I contorni che si frantumano lasciano spazio a sfumature indefinibili a occhio nudo, perdendo di oggettività. La sensazione più forte è quella di spaesamento. Nelle ultime ore il mio mondo ha preso a calci tutte le certezze sedimentate in vent'anni e ormai tutto mi sembra così poco stabile. Nessuna indicazione cartografica capace di darmi suggerimenti per orientarmi.

Raggiunto il resto del gruppo, mi sono messo ad ascoltare i loro discorsi.

«Le pressioni sono sempre più forti. Chi ha investito in questo progetto spinge per cavalcare l'onda. Stiamo arginando quanto possibile ma non sono in grado di assicurare i due mesi previsti per il rinvio. La prego di comprendere e di credermi, Martina» stava dicendo uno dei due sconosciuti.

«Ma il professore, ieri...».

Il professore non sapeva dove nascondere il proprio volto, paonazzo, con l'espressione di chi si trova tra l'incudine e il martello.

«Purtroppo, non dipende da noi» ha aggiunto il dottorando borioso, il compagno di Roberta, senza apportare al discorso nulla di nuovo, ma soltanto per darsi delle inutili arie.

Senza scomporsi più di tanto, mia madre si è limitata ad annuire e a passare in rassegna le immagini scelte, ponendo domande sull'allestimento e obiettando quando riteneva una sezione imperfetta.

Rimasto indietro con Roberta, ne ho approfittato per chiederle dove fossero le sue ultime opere, gli scatti di Genova. Ancora una volta mi ha osservato come fossi un alieno, non comprendendo come sia possibile che non sappia davvero nulla dell'uomo che mi ha messo al mondo.

«Ma non ci sono! Semplicemente non esistono. Né stampe, né rullini. Ha buttato tutto. E tutto questo non ha fatto che avvolgere ancora di più nel mistero il suo ritiro, la decisione di smettere di fotografare. Nessuno ne conosce il motivo».

Ho continuato a porle domande al riguardo, cercando di apparire meno interessato di quanto non sia in realtà. Stando alla ricostruzione fatta dal professore, raggranellata tra le parole pronunciate dopo qualche bicchiere di troppo e subito lasciate a morire nell'aria, Jean-Luc era andato a Genova per seguire da vicino le manifestazioni del movimento no global durante il G8. Il suo progetto era di mescolarsi alla folla per ritrarre i manifestanti, per la normalizzazione di una protesta che, a suo dire, era vittima di una mistificazione volta a demonizzare i protagonisti di una rivendicazione legittima da parte di gente comune. Si era fatto ospitare da una famiglia di conoscenti per trascorrere in quella città che era diventata fantasma i giorni caldi dell'evento. Tornato a casa aveva ridotto a brandelli il materiale e aveva detto addio alla professione. Non aveva rilasciato interviste, non aveva proferito parola. Aveva scelto l'oblio, rintanandosi nel suo appartamento. Da allora aveva annullato ogni uscita pubblica, ogni impegno e per qualche anno non si erano più avute sue notizie, questo avveniva prima che cominciasse a collaborare con l'università. Gli stessi che lo avevano ospitato si erano rifiutati di rispondere alle domande dei giornalisti che, puntualmente, finivano col fare un buco nell'acqua. Adesso nessuno può più sapere la verità.

Ho incrociato lo sguardo di mia madre, immobile di fronte al mio ritratto. Questa volta non ho potuto esimermi dal parlarle. Il silenzio sarebbe stato certamente sospetto. Nell'avvicinarmi, nessuno dei due ha distolto lo sguardo dalla foto, almeno questo ci ha permesso di non guardarci negli occhi.

«Vuoi farmi qualche domanda?» mi ha anticipato. L'impressione è stata quella di chi vuole tenere sotto il proprio controllo il dialogo, evitando scenate. Non era né il tempo, né il luogo adatto.

«Cos'altro dovrei chiederti? Mi sento spaesato e un po' preso in giro. Adesso siamo di fronte a un altro momento in cui lui era lì, dov'ero io. Eppure non lo sapevo. Forse ci ho persino scambiato una parola». Ho percepito le mie parole come se fossero pronunciate da un altro, calme, misurate.

«Non credo. Non ho mai permesso ti si avvicinasse a più di qualche metro».

«E posso sapere per quale motivo non hai mai preso in considerazione l'idea di dirmelo?».

«Non sai quale gioia e allo stesso tempo fatica sia essere genitore. Ma soprattutto non sai la responsabilità. Lui era già fuggito, più di una volta. Non gli avrei mai permesso di fare con te ciò che aveva fatto con me: sparire senza lasciare traccia».

«Eppure era lì».

«Bisogna dirlo. A tuo padre non è mai mancata la tenacia. Ogni volta implorava di potersi avvicinare a te, ottenendo immediatamente la stessa risposta: dammi prove della tua costanza e allora ne riparleremo».

«E ovviamente…».

«E ovviamente lui si presentava sempre. C'era a ogni tua piccola grande prova. O almeno c'era per un po', e poi svaniva. E ancora, e ancora. Sempre la solita solfa. Inutile aggiungere che puntualmente, per affetto o per desiderio di scommettere su di lui, ero tentata di dargli una possibilità. Ma il tradimento, anche se non intenzionale, era una parte del suo essere, quasi quanto l'incostanza. Non gliene ho mai fatta una colpa, ma solo finché si trattava di noi due. Da quando sei arrivato tu è cambiato tutto. Non avresti avuto gli anticorpi necessari e neanche io avrei potuto sanare le tue ferite».

«Avresti dovuto parlarmene. Non dico immediatamente, è evidente».

«Avrei potuto, certo, ma ho preso la mia decisione e

sono sicura che se tornassi indietro rifarei le stesse scelte. Ho pensato esclusivamente a proteggerti».

Come posso fargliene una colpa? Ho assecondato l'impulso di abbracciarla, percependone il respiro profondo, capace di scrollare la tensione accumulata negli ultimi giorni. Ho avvertito il suo petto riempirsi di ossigeno e svuotarsi, ma i suoi muscoli sono rimasti tesi. Le ho posato una mano alla base della nuca, prima di darle un bacio sulla fronte, complice l'altezza che mi permette di superarla di qualche centimetro.

«Sarebbe stato incredibilmente più semplice, se avessi avuto qualcuno al mio fianco a cui affidarmi quando ne avessi avuto bisogno. Ma non cambierei mai ciò che abbiamo vissuto».

«Non serve aggiungere altro» l'ho interrotta.

Abbiamo lasciato la sala espositiva così come abbiamo sempre affrontato tutto, stringendo le nostre braccia in una catena. È l'ultimo giorno a Milano, domani partiremo. Ho ancora molto da leggere ma non l'abbandonerei neanche se mi avessero puntato una pistola alla tempia. È stata invece lei a sciogliersi da me una volta giunti in camera. Un ultimo impegno improrogabile l'attende, ma ha voluto risparmiarmelo. Si tratta di definire alcuni aspetti relativi alla sistemazione del feretro nel cimitero. Ho provato a oppormi ma ha insistito affinché restassi lì.

Una volta solo, ho preso posto nella verandina, sistemandomi comodo e mettendo i piedi su una sedia, e sono tornato alla lettura.

## Milano, 12 giugno 1991

Come si fa? Qualcuno, per favore, mi dica come! Come si fa a bloccare il tempo, imbrigliarne il corso? Perché ne avrei urgente bisogno. Passo ore a organizzare le mie giornate in modo da ritagliare momenti per Andrès e Martina, ma puntualmente sforo e rimetto piede in casa quando dormono entrambi e vado via quando non sono ancora svegli. Non sono un compagno, non un padre. Sono praticamente un inquilino, di quelli silenziosi che tutti adorano perché non intralciano, non disturbano e non occupano il bagno quando si va di corsa. Sto perdendo ciò che non tornerà più ma per quanto mi sforzi di non fissare appuntamenti oltre un certo orario, continui imprevisti mandano all'aria le buone intenzioni. Martina mi ripete: «Ricorda, lo stai facendo per noi», e in fondo è vero, ma cosa ho ottenuto arrivato a questo punto? Non so niente di Andrès. Riesco a malapena a tenerlo in braccio, sempre per pochissimo, il necessario per avvertire un tarlo conficcato nella gola che non si smuove ma che mi rosicchia dall'interno e assume sempre più forza e consistenza. Pratica, mi serve solo pratica, dico a me stesso. Ma per quanto mi sforzi di deglutire, quella bestiaccia resta lì, impassibile. Sono settimane che mi stendo, stremato e spossato, sul letto dove Marti già dorme e non riesco a prendere sonno, avvolto da una coltre sulfurea di domande che rimbalzano nel buio della stanza sprigionando luminescenti scie che compongono reticolati inestricabili. Sono capace di badare a lui? Sto facendo la cosa giusta? Negli ultimi giorni sembra che anche lui avverta questa mia incertezza. Non fa che piangere appena lo tiro su dalla culla e sono costretto a svegliarti per farlo quietare. E mi sento sempre più un losco figuro che appare a tratti e finisce con l'agitarlo. Se di punto in bianco mi ritrovassi a dover gestire da solo quella minuscola creatura così esile, delicata, cosa sarei in grado di fare? L'entusiasmo e la gioia ci sono ancora, ma cominciano a essere oscurate dalle mie paure. Mi terrorizza l'idea di potergli fare del male. E se mi cadesse dalle mani? Quelle piccole ossicina non resisterebbero alla caduta. E poi c'è quella dannata fontanella. Vi pare mai possibile dire a un padre che il proprio figlio non ha ancora il cranio definitivamente formato! Praticamente la testa di mio figlio è un formaggio svizzero. E poi ci sono i pannolini da cambiare, perché la pelle non si arrossi e non si irriti. E le pappette da preparare, i vestiti da comprare, i pianti da capire. «Sarà il bambino a educarvi» ci hanno detto quando era appena nato. Ma ti pare? Io muoio a ogni starnuto e vorrei prendermi una laurea in Pediatria solo perché so che prima o poi il nostro medico cambierà il numero di telefono se continuo di questo passo. Mi dico che per fortuna c'è il fine settimana. È deciso, questo lo passerò in casa con loro. Ma c'è la spesa da fare, la casa da riassettare mentre loro riposano. E lavori da terminare, telefonate da fare, e nonni da visitare, mobili da acquistare per la sua camera. E domenica sera io l'avrò visto sì e no per qualche minuto, di sfuggita, a pranzo, mentre sonnecchia, perché le sue poppate sono sfasate rispetto ai miei orari. Se mi affidassi all'esperienza diretta, direi che mio figlio dorme ventiquattro ore al giorno. E se è sveglio mi piange addosso. E il tarlo cresce. Se poi non mi dicessero sempre «Ma come lo tieni, non è mica un giocattolo», «Lascialo stare, non vedi che vuol dormire?». Ma come? Sono l'unico genitore al mondo che non si lamenta per le levatacce? Sto disgraziato praticamente è in letargo primaverile. Non è un bambino, è un procione. Se mi chiedessero, così, su due piedi, di che colore ha gli occhi, non saprei cosa rispondere. So solo, e di questo sono certo, che sì, ha le palpebre.

Eppure, solo qualche mese fa, era tutto così semplice. Il primo mese è stato favoloso. Ho potuto staccare dal lavoro senza che nessuno muovesse obiezioni. Il primo figlio, si sa, dà diritti che non credevi di avere. Pacche sulle spalle, colleghi disposti a terminare ciò che rischiavi di lasciare in sospeso. Ma poi d'un tratto, tutto è svanito ed è iniziata la corsa. Sembrerà egoista, ma non mi sono mai sentito così solo. Martina e Andrès sono così in simbiosi che mi sento inutile. E in fondo lo sono, visto l'apporto che do al loro benessere. È vero, lo sto facendo per loro, ma io?

Ho cercato il confronto con qualcuno, perché mi rassicurasse. Ma sembrano tutti così sicuri e capaci di gestire ogni minimo sbalzo di umore. Io invece mi sento come sorpreso da un inatteso temporale estivo. Ho sgobbato come un mulo per tutta la gravidanza, ossessivamente ripetendo come fosse un mantra "È solo una questione di tempo". E invece mi ha giocato un tiro mancino, 'sto maledetto tempo, che vola e resta immobile per uno spettatore che si chiede quale sia il suo ruolo. Devo attendere, e poi tutto si assesterà. Ma intanto il sonno non arriva, l'ansia sale e questo maledetto tarlo sta piazzando le tende.

## Milano, 23 giugno 1991

Sto valutando l'ipotesi di individuare in oggi la giornata più brutta di sempre, al pari di quella in cui mi aveva piantato in asso per un ritardo di neanche mezz'ora, quando ci frequentavamo da pochissimo. All'epoca pensai mi avesse addirittura lasciato, dopo che mi aveva riversato addosso tutta la sua rabbia. Mi aveva dato dell'inconcludente e dell'inaffidabile. Ero rimasto basito, incapace di argomentare risposte e rimandare al mittente le sue accuse. Forse oggi è andata peggio. Decisamente, senza il forse.

Ho passato l'intera giornata seguendo Marco, ritraendo questo o quel politico, per poi scoprire di aver sbagliato a inserire il secondo dei rullini usati. Un disastro di dimensioni cosmiche che ho risolto grazie a qualche telefonata azzeccata e a qualche aperitivo e cena da offrire alle persone giuste, ma che mi ha portato via gran parte del mattino e metà del pomeriggio. Questo ha fatto slittare di ore tutto il resto delle incombenze e ho completamente dimenticato di passare dalla farmacia per comprare non so più cosa servisse al bambino. Ovviamente me ne sono ricordato proprio quando ho messo piede in casa e Martina mi ha accolto con quella che è la sua espressione costante di questo periodo e che sembra dire “Ti sembra l’ora di rientrare?”. Ammessa la dimenticanza e appurato che a quell’ora le farmacie erano definitivamente chiuse e che quella di turno era troppo lontana, mi ha ripetuto: «Sei il solito. Non posso mai contare su di te». Da lì è stata una discesa negli inferi e non ricordo più neanche come sia andata. Le ho semplicemente risposto che era stata una giornata orribile e che ero realmente amareggiato e lei ha abbassato lo sguardo, sollevato le spalle e ha fatto per tornare in camera. A quel punto non ci ho visto più e sono esploso. Ma ti pare?

Le ho detto che avrebbe potuto anche alzare il sedere dal divano e andarci lei, considerando il fatto che non lavora da mesi e che io mi ammazzo dalla mattina alla sera per poter dare da mangiare al bambino. Sul suo volto si è dipinta un’espressione tra il basito e il contrariato. E poi è successo. Mi ha fissato con quello sguardo, lo stesso che hanno i suoi genitori, sempre, per ricordarmi quanto sia fortunato ad avere l’onore di sedermi alla loro stessa tavola. Credo sia stato allora che le ho detto una qualche cattiveria su sua madre. Non ricordo esattamente ma penso di averle detto: «E togliti quel ghigno del cazzo che hai preso da quella stronza di tua madre». Non so perché gliel’abbia detto. Cioè, sì, lo so perché gliel’ho detto. Semplicemente perché sua madre è una stronza. Ma avrei potuto trovare un’occasione più congrua per questa confessione. E lei continuava a mantenere la stessa espressione, impassibile, inamovibile. Quasi che le mie parole non l’avessero neanche toccata. Mi ha soltanto risposto di abbassare la voce per non svegliare il piccolo.

Inutile aggiungere che a quel punto ho volutamente alzato il volume delle mie parole, col chiaro intento di svegliare Andrès, perché in casa mia parlo quanto e come voglio. Anche se, teoricamente, la casa in cui siamo andati a stare è la sua, anzi dei suoi. Dettagli. Ma a quel punto avrei avuto finalmente la possibilità di stare un po' con mio figlio, visto che lei lo ha completamente monopolizzato e che la sera siamo sempre troppo sfiniti per poterci comportare come una famiglia vera. Ci siamo intimati di smetterla a vicenda ma continuando a mettere sul piatto puntate sempre più considerevoli. La mia assenza e la sua eccessiva presenza. Le attenzioni che aveva smesso di riservarmi e le distanze che avevo posto tra noi. La sua puntigliosità e le mie disattenzioni. Il suo rigore e le mie distrazioni. Poi abbiamo perso contatto con la realtà e siamo andati a sollevare tappeti, aprire ante, riversare per terra tutto quello che non avevamo avuto la dignità di dirci per paura di ferirci ma che sembrava assolutamente necessario vomitarci addosso. Credo di averle anche dato della tedesca del cazzo, ma in questo momento non saprei dire se l'ho realmente detto o se l'ho solo pensato intensamente. Abbiamo perso la cognizione del tempo e del significato delle parole. Non ci siamo lanciati stoviglie contro, non un bicchiere infranto, non è il nostro stile. Ma è come se ci fossimo scagliati un'intera faretra di frecce impolverate ma affilate e dalla punta avvelenata. Non fatali, ma letali se non si interviene con l'antidoto giusto e si lascia incancrenire la ferita.

Ho cercato di calmarmi, con il mio stomaco che desiderava soltanto rivendicare nutrimento per sé, dopo una giornata di digiuno. Volevo una tregua e speravo la volesse anche lei. Mi ha risposto di andarmi a prendere qualcosa da asporto perché si era fatta bastare un po' di avanzi. Ormai sono solo un'appendice. Sono stato un semplice donatore di sperma per lei? Non facciamo l'amore da mesi e la freddezza con cui accoglie i miei baci ha del surreale. Allora sono diventato davvero il suo coinquilino, e temo addirittura di non starle neanche troppo simpatico. L'ho accusata di evitarmi volutamente ma lei ha sminuito come al solito ogni mia legittima protesta. Inutile dire che di aperto c'era ben poco e che credo di aver ingurgitato carne di animali che non esistono in natura. Non volevo tornare, non volevo affrontarla. Ho solo aspettato il tempo necessario a far sì che la trovassi già in camera. Ho preparato il divano per la notte e ho cominciato a scrivere, per rendermi conto che vorrei, forse, soltanto sparire.

## Milano, 29 giugno 1991

Sono un essere immondo. Uno spregevole ammasso di carne, grasso e ignobiltà. Alla fine Martina si è decisa a raggiungere i suoi genitori ad Arenzano e si è portata dietro Andrès, per fargli respirare l'aria di mare e io, be', io ho appena passato una mattinata meravigliosa. Mi sono alzato presto, irradiato dal sole che ha riempito la stanza. Evento raro, visto che lei non sopporta la luce di prima mattina perché la rende nervosa e intrattabile, e da quando è arrivato Andrès ha una motivazione in più a supporto della sua causa. Sono andato a fare colazione al bar, ordinando un cappuccino e due cornetti. Ho persino comprato un pacco di sigarette e ne ho accesa una subito dopo il primo sorso di caffè. Non fumavo da quando è nato Andrès. Ho inalato il fumo che poi ha abbandonato la mia bocca, senza alcun aiuto, ma solo grazie a leggi della fisica delle quali ignoro completamente il funzionamento. Mi sono soffermato a leggere qualche pagina di un romanzo che a furia di restar sul comodino aveva acquistato un fascino vintage.

Ho pagato e ho cominciato a vagare per il vicinato, senza alcuna meta, ma per il puro gusto di poter rallentare. In questo caso Milano è stata clemente, irretendomi con dolci sospiri e intorpidendo le mie ossa, in un abbraccio docile. Ho parlato di politica con il giornalaio, soffermandomi su posizioni qualunquiste, solo per l'illusione di un'empatia a breve scadenza. Ho attraversato incroci attendendo che scattasse il verde al semaforo. Sono entrato, in successione, in un forno per il pane, da un'ortofrutta per due pesche e due melanzane, e poi in un minimarket per l'occorrente per i successivi due giorni. Mettendo piede in casa ho selezionato dalla libreria un vinile di Otis Redding e ho cominciato a prepararmi una pasta alla Norma muovendomi come un *crooner* americano degli anni Cinquanta, trascinando un piede dopo l'altro, procedendo prima verso destra e poi al contrario, e usando i contenitori di spezie come microfoni improvvisati. Ho dedicato le varie canzoni a chiunque mi capitasse a tiro: dalla giornalista sullo schermo della televisione ammutolita ma le cui immagini mi davano un senso di compagnia difficile da spiegare senza mettere a repentaglio la mia salute mentale, alle teiere poste in bella vista nella vetrina del soggiorno, e anche alle foto di amici di Martina mai neanche visti. Ho spadellato pennette avvinghiate a listarelle di melanzana e a pomodorini in un'orgia santificata dal basilico e dall'olio portato dalla mia Puglia, muovendo il bacino con una flessuosità ammiccante e un po' riprovevole. Ho apparecchiato per uno, e senza troppi convenevoli. Piatto, forchetta, un tovagliolo di carta, una bottiglia d'acqua e un tozzo di pane. Fanculo i bicchieri. Sono a casa mia, bevo a canna. Ho affondato la forchetta e ho assaporato il gusto di una tranquillità non intaccata dai sensi di colpa, schiacciati sin da subito da un perentorio: me lo merito.

Ho stappato persino una bottiglia di vino rosso, per accompagnare quel pranzo. Solo per lei ho recuperato uno di quei calici da sempre ben visibili ma mai utilizzati. Troppe volte si rimanda a occasioni migliori, per poi trovarli impolverati e inutilizzati. Quando ci vuole, ci vuole. Mi sono sistemato sul divano. Ho esagerato: mi sono persino avvolto in una copertina leggera e mi sono lasciato cullare dal tepore e dalle voci della televisione che aveva dato il cambio a Otis.

Quando ho riaperto gli occhi una leggerissima sensazione di umidiccio all'altezza delle labbra, sul lato destro della bocca mi ha confermato l'epica riuscita della pennichella, rara riproposizione di una di quelle pratiche tipiche delle mie zone. In fondo, sono uno che ci tiene alle tradizioni. Anche perché in Puglia, dopo un pranzo del genere, in un sabato di giugno, dove vuoi che abbia senso andare? Posando la moka sui fornelli ho goduto del silenzio di una città intorpidita. Ho versato l'intero contenuto della caffettiera in una tazza e mi sono riaccomodato sul divano, allungando le gambe sul tavolino. Non ho idea di quanto sia stato in quella posizione, sorseggiando, inspirando, espirando, senza proferire parola. Ho continuato a guardarmi attorno, nell'appartamento immobile. Non mi aspetto nulla di diverso, eppure ho insistito nel voltarmi da un lato e dall'altro. Ho acceso un'altra sigaretta che ho aspirato per metà. Il resto lo ha consumato l'attesa. Ho ripreso in mano il libro, ma a differenza di questa mattina non ho la giusta tranquillità per immergermi nella lettura. Una sensazione di incompiutezza si è insinuata col trascorrere dei minuti. Sono combattuto tra la pacatezza serena di una giornata dedicata a me stesso e la percezione di un'assenza. Sono grato di quest'altare allestito per glorificare l'egoistico desiderio di una pausa dalle responsabilità, eppure non posso arrestare questo senso di inutilità che si ripropone di fronte alla realtà oggettiva. Senza Martina e Andrès, che senso ha il mio essere qui, a Milano, in questo preciso momento? È vero, il lavoro procede a ritmi inimmaginabili, ma come quantificare il valore di un successo se non si ha nessuno con cui condividerne ansie e gratificazioni?

Ho provato a comporre il numero di telefono dei suoi, ma non ho ottenuto alcuna risposta. Avrei voluto sentire la sua voce, anche solo per ascoltare l'elenco cronologico degli avvenimenti della sua giornata. Mi sarebbe bastato. A questo punto è tornato il tarlo a farsi sentire, nelle melliflue sembianze di domande e dubbi. Come sono arrivato a tutto questo? Come sono giunto a un grado di dipendenza tale da trovarmi completamente spaesato dopo neanche dieci ore di isolamento autoindotto? È accaduto tutto così in fretta. I miei genitori hanno atteso quasi quattro anni prima di sposarsi e quasi altrettanti per avere un figlio. Certo, si erano conosciuti che la maggiore età era un traguardo vicino, ma non acquisito. Ma ne avevano passati comunque otto insieme, prima di mettere al mondo una creatura. Nel mio caso tutto non era durato che quanto, un anno? Non ho avuto modo di ragionarci, di prepararmi. L'ho deciso anche io, almeno credo. Ho ricordi estremamente confusi di quei giorni. Ma forse sono stato un po' avventato. Insomma, non esistono regole che definiscono come e quando si è pronti a una cosa del genere. Non mi sono mai chiesto cosa potesse andare storto, visto che avevo al mio fianco la donna più incredibile che abbia mai conosciuto. Eppure mi ritrovo adesso, steso su un divano, a chiedermi se sia stato un azzardo. Amo entrambi, non avrei potuto fare diversamente, ma questo non mi impedisce di avvertire sulle mie spalle il peso di questa realtà che non posso eludere. Si può amare e allo stesso tempo non sentirsi pronti? Dovrei attingere da quel fagottino tutta la forza necessaria e invece avverto solo l'umiliazione di una bruciante defezione, come fossi nel bel mezzo di una salita senza capire se continuare nonostante la sofferenza o scendere e accettare il fallimento, abbandonandosi al pubblico ludibrio e al bruciore dei muscoli. Avrei bisogno di te, Marti, ma sembri non far caso al mio vacillare, pugile suonato da montanti che non vedo neanche partire ma che sembrano aver trovato alloggio sul mio viso tumefatto, arso dal sudore che mi acceca e mi rende bersaglio ideale per ulteriori ganci, diretti, e anche qualche bel colpo ben assestato al costato. Come puoi non avvertire le mie difficoltà? Ti credevo capace di delimitare le tue attenzioni e le tue cure, dividendole equamente, ma mi sbagliavo, e io comincio a essere fin troppo stanco di accontentarmi o di attendere che le cose cambino.

Vorrei avere una pausa, un time out come negli sport

americani. Giusto il tempo di tirare il fiato, riposarmi un attimo. Non mi servirebbe molto. Sono stato in campo più degli altri e ho sparso il mio sudore su ognuno di quei stramaledetti fili d'erba. Perché nessuno se ne rende conto? Perché nessuno mi rende il giusto merito? Sembra quasi sia dovuto, ma non è così. Non è da tutti sacrificarsi in questo modo, decidendo di eclissarsi per il bene comune. E invece tutti che puntano il dito contro, per quell'errore o quella dimenticanza. Datemi una bottiglia d'acqua e lasciatemi un po' con la testa sotto l'asciugamano.

La sera è calata e io sono ancora qui, fermo, a metà tra l'idea di aver sprecato un intero pomeriggio e la coscienza di essermi meritato quest'ozio indolente. Ho messo su una lavatrice, spazzato per terra, raccattato indumenti seminati lungo tutte le stanze e poi mi sono fermato, sopraffatto dalle ulteriori necessità della casa alle quali non avrei avuto la forza di badare. Penso di esser uscito affranto dalla visione degli aloni sui vetri delle finestre che mi hanno quasi fatto scendere una lacrima. E meno faccio, meno ho voglia di fare. Alla fine mi sono ordinato una pizza, arrivata fredda, ho acceso la televisione, e sono rimasto imbambolato per un paio d'ore, facendo una pausa solo per andare in bagno e per prendermi per un paio di volte una birra dal frigo e sono andato a dormire. Sono da poco passate le undici di sera e continuo a sentirmi su un'altalena arrugginita che mi fa ondulare tra un senso di inutilità e il bisogno di prendermi una pausa. Perché in fondo, magari non per tutta la giornata, ma per gran parte di essa mi sono sentito libero, sereno e schifosamente felice. Lo so, sono una persona orrenda. Ma datemi questa cazzo di bottiglia d'acqua e lasciatemi in panchina per un po'.

## Milano, 6 luglio 1991

Dormo poco, o dormo male. A volte poco e male. Comincio ad avere dolori ovunque. Sento la schiena anchilosata e avverto formicolii lungo i miei presunti tricipiti e ai polpacci. Non sono mai stato ipocondriaco ma comincio a preoccuparmi perché mi capita di avere dolore in zone che non hanno senso, tipo dietro l'orecchio. In più stanotte mi è sembrato di sentire il rumore del cuscino di pelle di un divano che cade per terra. Ma in casa non si è mosso nessuno e, vista l'ora tarda, sarebbe stato lecito attendersi che anche gli inquilini degli appartamenti circostanti fossero a letto. Ci ho rimuginato qualche secondo e ho continuato a fare a pugni con la mia insonnia. Di giorno le cose non vanno meglio. Mangio molto, mangio male. Il più delle volte molto e male. Credo di aver calato nel mio esofago ogni genere di animale sotto forma di hamburger. In un ristorantino arredato come un postribolo di Bangkok, mi è stata servita carne di alpaca, una specie di lama ma dall'espressione decisamente più graziosa. Il mio mostruoso appetito ha fagocitato la mia etica, la mia morale e anche una parte del disgusto. Non ho preso chili, sono loro che si sono accomodati sui miei fianchi, firmando un contratto a tempo indeterminato, quattro più quattro. Stanno già arredando e facendo conoscenza. Parlano di riprodursi, come tutte le coppie che acquistano casa. Inizio a essere preoccupato.

Un paio di volte ho atteso il pianto di Andrès. Questa volta sarei stato pronto e avrei detto a Martina: tranquilla, vado io. Avrei riscaldato il latte, lo avrei versato nel biberon, come nelle scene di quei film americani che ogni tanto trasmettono in televisione, col padre impacciato ma simpatico che goffamente arriva a nutrire il piccolo, svegliando tutti, inciampando tra vestiti che sbucano da ogni dove e rimasugli di cene mai smaltite. Ma quel poppante non piange, non urla, non strilla, non chiede nulla. Una sera, per dispetto, mi sono alzato e sono andato verso la sua culla. Riposava serenamente, quel disgraziato. Ho cominciato a fissarlo intensamente, bisbigliando «Svegliati, svegliati, svegliati», e quello nulla. Non uno sbuffo. Non ha neanche cambiato posizione. A un certo punto ho persino sospettato gli fosse successo qualcosa. Ma respirava. Lo si vedeva dal pancino che si gonfiava e sgonfiava. Che sagoma che è questo qui. Perché poi, in quelle rare volte in cui siamo insieme, mi ammazzo dalle risate con lui. Non faccio che ridere per qualsiasi cosa lui faccia. Sbava? Rido. Apre la bocca e rimane incantato? Rido. Si guarda le mani e poi sorride senza motivo? Rido ancora. Non sono così sicuro che abbia idea di chi sono. In quelle poche volte che siamo insieme, quando riesco a non rincasare tardi, in attesa di cenare, lo prendo tra le mie braccia e provo a bisbigliare cavolate, a scambiare pareri, ma lui mi osserva con fare circospetto. Ha capito che dal mio petto non ci guadagna molto. L'ha tastato con perizia e una certa professionalità. Alla fine mi ha osservato con un cipiglio strano, del tipo "strano essere privo di mammelle distributrici di latte, qual buon vento ti porta a disturbare la mia quiete? Se non sei qui per detergermi il sedere o sfamarmi, riponimi cortesemente e con cura nella mia regia dimora".

Eppure vorrei di più. L'ho osservato, trovandolo incredibile, perfetto, futuro calciatore, viste le gambotte tornite.

E allora perché sto così male? Perché non riesco ad arginare quest'ansia che mi corrode l'anima? Vivo come se fossi costantemente in apnea. Ed è estenuante. Provateci voi. Avete presente quando incastrate troppi impegni nello stesso giorno e per tutto il tempo non fate che controllare l'orologio per assicurarvi di avere il tempo di fare tutto, ma perdendovi il gusto di ciò che state facendo? Ecco, io mi sento esattamente così. Ho provato qualsiasi cosa, dalle tisane serali ai bagni rilassanti. Ma appena mi stendo nella vasca, la mia testa comincia a imporre al corpo: "Su, rilassati. Su! Su! Non abbiamo mica tutto il tempo del mondo! Hai un'ora per rilassarti, vogliamo cominciare? E cos'è quest'acqua fredda? Apri il rubinetto. Ma non troppo, non vorrai mica versarla sul pavimento. Oh, sono passati cinque minuti e non ci siamo ancora rilassati". L'ultima volta che ci ho provato avevo persino preparato un libro, lo stesso di qualche giorno fa, e un calice di vino. Sono uscito dopo venti minuti, tutto intirizzito, con un mozzicone bagnato che non ho fumato, una bottiglia aperta e la sensazione di aver sprecato un'occasione.

Oggi ho persino perso la testa al lavoro, quando una

ragazza di un altro ufficio mi ha chiesto qualcosa. Credo di non aver neanche sentito cosa mi stesse domandando e le ho risposto come in preda all'isteria: «Cosa ne posso sapere io? Tutti che chiedono e nessuno che fa nulla per me». L'ho vista allontanarsi sconcertata. Ma cosa ci posso fare? Mi sento costantemente inadeguato, impreparato, giudicato. Non riesco a portare a casa una serata in cui non abbia dimenticato un compito, non abbia rimandato all'indomani scadenze, commissioni, telefonate. Mi sento così oppresso dal numero di incombenze che vorrei solo chiudere gli occhi e chiedere a qualcuno di prendere il mio posto. Che poi, a voler esser onesti, la maggior parte di questi obblighi si risolve in pochi secondi. A volte anche meno. Ma non è il tempo necessario che mi manda fuori giri. È il loro numero.

Ieri mi sono addormentato che quasi albeggiava. Sono andato di fronte allo specchio e ho realizzato cosa ha provato Dorian Gray quando ha rivisto il proprio ritratto. Dio santo, quanto faccio schifo. Ho abbinato una camicia a quadrettini a un jeans chiaro, sperando non esaltasse il cadaverico colorito del mio viso. Mi sono infilato in ascensore e non ho avuto il coraggio di guardarmi. Sono uscito e per poco non spaventavo una vecchina che non si aspettava che dal palazzo uscisse il nipote cosmopolita di Dracula. Mi sono diretto al lavoro e ora sono seduto a una scrivania che non è la mia, mentre scrivo, fermo, perché non ho idea di cosa ci faccio qui, visto che è sabato e io, il sabato, non lavoro.

## Milano, 12 luglio 1991

Signori della corte, mi rimetto alla vostra clemenza. Vi osservo, impassibili alla vostra sbarra, e ci tengo affinché prendiate la decisione più giusta, sereni e illuminati dalla grazia di Nostro Signore, ma vi rinnovo l'invito a valutare le attenuanti che incidono inevitabilmente sulla vicenda che vado qui a esporvi.

Ammetto, dinnanzi a voi, la mia colpevolezza. Avevo promesso che sarei andato alla festa di compleanno del padre di Martina. Ho seppellito la proverbiale ascia di guerra e ho chinato il capo di fronte alle incombenze che una relazione seria, matura, solida, mi portano ad avere. I miei buoni propositi, considerando i precedenti, erano sinceri, frutto di una devozione partorita dalla nuova condizione di *pater familias*. Ciò che però, per amor di verità, occorre sottolineare, è l'inattesa successione degli eventi, che ha causato la mia assenza alla suddetta commemorazione genetliaca. In primo luogo, il lavoro, quale più nobile ragione ci può essere?

Lor signori storceranno il naso. Occorre scindere la sfera professionale da quella familiare, mi intimeranno, forti di una consuetudine che è divenuta sapere della comunità. E su questo, nessuno osa darvi torto. Ma è necessario saper anche cogliere i momenti in cui tali affermazioni hanno più valore. Quest'oggi, in particolare, a un anno e mezzo di distanza da quello che si può definire l'apice della mia carriera, quella in cui, senza peccare di vanagloria, sono assurto agli onori della cronaca tra i fotografi più promettenti della nostra generazione, non ho potuto esimermi dall'incontrare due eminenti giornalisti, che per questioni di segretezza chiameremo Gino e Lino, esperti di affari europei, che mi hanno scelto, tra migliaia di candidati, per una di quelle opportunità che capitano una sola volta nella vita. Ci si incontrava per concordare gli ultimi aspetti di una pubblicazione che unirà alle loro analisi storico-politiche, fondamentali per comprendere tempi così complessi, le migliori fotografie tra quelle scattate durante i fatti di Berlino. Si tratta di un incarico che ho portato avanti negli ultimi dieci mesi, fatto di viaggi faticosi, riunioni interminabili, treni in ritardo e taxi presi al volo e che non si estinguerà se non con l'impegno di un nuovo viaggio a Berlino da realizzare nel prossimo novembre. Tale mastodontica e fondamentale avventura editoriale costituirà, a tutti gli effetti, non solo un trampolino di lancio, ma un introito necessario al nostro nucleo familiare. Si parla di traduzioni in almeno dodici lingue, presentazioni nelle maggiori università del continente e chissà cos'altro il buon Dio ci riserverà. Capiranno certamente, senza dover insistere troppo, che rimandare un incontro così cruciale, a pochi mesi di distanza dall'uscita prevista, è inaccettabile, inammissibile, per non dire suicida.

Ma questo, onorevoli signori, è solo una, e non la più

importante, tra le ragioni che mi hanno reso colpevole, ahimè, di tal affronto.

A mia difesa infatti porto una prova inconfutabile, che da sola basterebbe certamente a redimere la mia persona di fronte ai vostri onesti occhi, e che potrebbe rivalutare completamente le vostre convinzioni, acquisite solo attraverso la voce e il dito puntato da parte della mia carnefice, della mia accusatrice: lo scooter.

Una volta terminata la sfibrante giornata lavorativa, accintomi all'accensione del mio mezzo, mi sono reso conto che il suddetto emetteva rantoli degni di un degente che necessita interventi di rianimazione fondamentali. Il metallico tintinnio di ignota provenienza ha suscitato il mio sgomento, considerando che stiamo parlando dell'unico strumento a mia disposizione per svincolarmi dal traffico della nostra amata ma caotica città, imprescindibile per riuscire a svolgere le mansioni di fotografo e di padre nel momento in cui mi si richiede di guadagnarmi gli onori con oneri tutt'altro che trascurabili. Potete solo figurarvi l'urgenza avvertita di soccorrere il compagno di tante salvifiche scorribande e il contestuale tempo trascorso in sala d'attesa, con il groppo in gola e l'agitazione che solo chi prova un affetto scevro da doppi fini può comprendere. Mi si obietta il fatto che avrei potuto cercare un modo per comunicare con la mia aguzzina, nell'attesa. Ma come abbandonare, così, senza alcuna certezza, il capezzale? Lo avreste fatto voi? Sarò forse un romantico, un nostalgico, ma signori, non sarei arretrato di un passo senza quello che non mi vergogno di definire fraterno destriero.

Ma si sa, l'accusa sa plasmare le situazioni e piegarle alla verità che più le aggrada. È abitudine collaudata che, nell'ultimo periodo, sta perfezionando con abilità insospettate. E, a questo punto della ricostruzione, è stato fatto notare che qualcuno, qualcuno così ignobile da non essersi palesato sul momento, avrebbe visto il sottoscritto conversare amabilmente con una collega, come vogliamo definirla, dall'aspetto piacevole? Dalla bellezza oggettiva? Descrivetela come volete, ma resta una collega, in un bar nei pressi della propria abitazione. È qui, miei signori, che più subdola e pruriginosa si fa l'interpretazione degli eventi. Perché le voci di paese, si sa, si fondano proprio sul fraintendimento delle migliori delle intenzioni possibili e, soprattutto, è notorio che nulla è più vorace della lingua abituata a intrighi e maldicenze.

Signori della corte, ebbene sì, ero in compagnia di una persona di sesso femminile di mia conoscenza. Ma mi preme chiedervi: quando vi siete ritrovati nei momenti più bui delle vostre esistenze, nelle condizioni nelle quali ero io, spossato dopo l'intensa sessione lavorativa, in pena per il proprio fedele ronzino, consapevole di essere in ritardo per un impegno precedentemente preso, come non accettare l'apprensione di un cuore puro che si accorge della vostra fragilità, del vostro bisogno di conforto, e si prodiga affinché possa regalarvi il ristoro temporaneo che rinfranchi l'anima sofferente? Con uno spritz? E sia, con uno spritz. Non tutti vogliono essere consolati con un tè caldo. Costei, anima pia, non ha fatto altro che tacere rispettosamente, ascoltando le pene del sottoscritto, nell'attesa del responso del mastro meccanico, intento a operare l'infermo. Mi si accusa di non aver comunicato con la mia vessatrice per aggiornarla delle vicissitudini intercorse proprio mentre iniziava la festa alla quale, ignara di tante peripezie, si apprestava a incensare il proprio genitore, non priva di un certo pensiero inquieto, in merito alla mia localizzazione. Lo ammetto. Sì, avrei potuto. Ma come arrestare un cuore sofferente che si sta aprendo tra le mani di una caritatevole soccorritrice per una pratica così fredda come la comunicazione telefonica? No, signori, non mi pento affatto di non aver interrotto questo pacifico e assolutamente non malizioso conciliabolo. Per cosa poi? Non avrei fatto che riversare lo stesso su una donna che aveva il diritto di essere felice e serena, per rendere la giusta attenzione al proprio padre. Avrei potuto trattenermi meno, una volta compreso che l'intervento di ricostruzione chirurgica di alcune delle sezioni del degente richiedeva tempi più lunghi? Signori, valga la risposta appena esposta: a volte le necessità dello spirito hanno la priorità sulle umane consuetudini.

In ultimo, chiamerei a testimoniare lei, la mia accusatrice, Martina. Sì, signori, non mormorino. Perché è in parte anche sua mancanza il fatto di non aver fatto nulla per evitare la concomitanza di tali improrogabili eventi. La festa per un compleanno, l'ennesimo, neanche multiplo di cinque, non aveva il diritto di porsi alla pari di un incontro non rimandabile, dal quale dipendono direttamente le fortune della nostra famiglia. Per non parlare dell'opera di sfinimento iniziata settimane prima, perdurata nonostante l'evidente incongruenza tra i contesti e terminata con una serie di moniti volti a ricordare, nelle ultime quarantotto ore, la necessità di almeno un rapido saluto, una fugace comparsata. No, non si può agire in modo così infido di fronte a chi si è addossato responsabilità e obblighi senza possibilità di recessione, portando con sé, come bagaglio unico ma sufficiente, tutto l'amore di cui è capace, per quanto ancora così imberbe.

Mi rimetto dunque a voi, onorevoli signori della corte. E siate clementi.

Ma a chi la do a bere. Io, lì, a fare l'ipocrita tra convenevoli e smancerie con persone che mi ritengono la nullità che ha mutato lo status della figlia da astro in ascesa a Madre Coraggio, trasportata da un futuro di yacht, tornei di golf e brunch domenicali a un presente fatto di pappette, partite di canasta e cucina approssimativa. Cosa ci andavo a fare? A far la figura del cretino? No grazie. Mi spiace di più per le duecentomila lire da dare al meccanico.

## Milano, 14 luglio 1991

In ultimo è giunto, greve, inevitabile, il silenzio, e io non faccio che domandarmi come diavolo abbiamo fatto a ridurci così. Sono due giorni che non mi rivolgi la parola, quasi fossi invisibile, se non per darmi la lista delle incombenze relative al bambino e gli orari che sai che non rispetterò. Non ti interessa neanche più conoscere le ragioni dell'ennesima tirata lunga in ufficio o del perché abbia sbagliato a comprare quello o dimenticato di prendere quell'altro. Ti muovi nell'appartamento come fossi l'unica inquilina, senza bisogno di comunicare, interagire. Se inizio un discorso, lo abbandoni alla cura dell'eco, allontanandoti dalla stanza o prendendo da una libreria una cornice e spostandola altrove, trascinandoti indolente lungo binari che sembrano non incrociarsi mai con i miei. Non fai che spolverare, riassettare, imbastire e ricominciare. In compenso casa non è mai stata così pulita. L'altro giorno per poco non ci lasciavo un menisco per quanta cera avevi riversato sul pavimento. Tornata dalla festa di tuo padre hai proferito quello che a tutti gli effetti sembrava un epitaffio e poi hai smesso di parlare: «Lo sapevo». Quanta ferocia, quanta brutalità in due sole parole. Eppure comincio a nutrire sospetti.

Che tu sia enigmatica, imperscrutabile e a volte persino

fastidiosamente taciturna al limite dell'afonia, l'ho sempre saputo. Ma mi sono illuso che col tempo le cose potessero cambiare. Una volta incrinate le barriere che da sempre hai opposto ai nuovi incontri, confidavo nell'esondazione di un fiume in grado di fertilizzare i campi e lasciare dopo il suo passaggio germogli variopinti. Quale madornale errore, cedere alla convinzione che i sentimenti possano nobilitare gli uomini, rendendoli migliori di quanto non siano in partenza. Ci affidiamo alla nostra forza credendoci capaci di migliorare e innalzare l'altro, ignari del fatto che se c'è un animo sul quale possiamo realmente incidere è esclusivamente il nostro.

Per quasi due anni ho provato a forgiare quella che ritenevo fosse la tua considerazione di me, stando sempre al tuo fianco, assecondando ogni malumore, seguendoti e sorreggendoti. Ho creduto di essere per te granito sul quale fare affidamento quando la quotidianità ti volgeva contro il suo riflesso peggiore. Ho coltivato l'illusione di sentirmi sempre più necessario, cruciale, ma soprattutto insostituibile. Mi sono sentito indispensabile e ho creduto di poterlo far pesare sul mio piatto della bilancia per creare un legame indissolubile in grado di reagire di fronte alle intromissioni esterne. Ma a quanto pare si è trattato soltanto di un esperimento di autoipnosi finito in tragedia.

L'illusione di essere compagni d'armi, pronti a farsi scudo a vicenda e disposti a dare anima e corpo in difesa dell'altro; due fuggiaschi, scapicollati, che sognano di raggiungere una velocità tale da potersi non fermare solo perché incapaci di farlo, per essere sempre qualche passo avanti agli altri, che non avrebbero mai potuto capire. Due complici di un reato contro l'ordinario, il consueto. I protagonisti di un *West Side Story* all'italiana, franchi tiratori rispetto a chi per loro, o almeno per lei, aveva progettato ponti dorati e strette di mano vigorose. Avrò visto troppi film in questi ultimi anni? Forse. Ma diciamo la verità, chi non ha mai reinterpretato la propria storia su una pellicola? Magari in bianco e nero, per conferire nuovi apici di tensione, colpi di scena e ritorni a effetto? Che fascino avrebbe una storia iniziata senza alcun ostacolo, continuata senza nessuna apparente opposizione e terminata in un lieto fine scontato e banale? Vogliamo mettere quanto più appagante è una vicenda dai contorni oscuri, risvolti ambigui e dubbi, in cui i due protagonisti (mi vedrei bene interpretato da Kirk Cameron, ma so che finirei con essere impersonato da Scott Baio) si affrancano dal contesto di appartenenza e sfidano, non privi di dubbi e ripensamenti, la volontà di chi ha già deciso per loro? Struggenti pianti sotto torrenziali piogge e corse a perdifiato lungo il naviglio grande, mentre sfumano i titoli di coda sulle note di *There Is a Light That Never Goes Out* degli Smiths; il tutto condito da monologhi esistenziali fissando intensamente la telecamera e sceneggiate incentrate su gestualità eccessive e tensione massima. Ed è un po' così che avevo immaginato sarebbe proceduta la nostra storia, dopo la fuga a Genova, pronti a scommettere su noi stessi, contro tutto e tutti, destinati a fonderci sempre più con l'arrivo di un figlio. Ma le cose non sono andate poi proprio come le avevo figurate. Avevo ammantato la realtà di un abito più bello. Siamo scivolati senza accorgercene in una normalità convenzionale. Cene in compagnia di coppie, viaggi con altre coppie, cinema e teatro con ulteriori coppie, e poi l'arrivo di Andrès e un baratro che ha cominciato a dividerci e ora, immersi nella nebbia calata improvvisamente, non sappiamo più quale direzione prendere. Nessuna stella polare, niente muschio sulle pareti, solo funi basculanti annodate a pali piantati nel niente. E un silenzio corposo che ci schianta alle pareti.

## Milano, 16 luglio 1991

Lorenzo si sposa, tra poco più di tre settimane. «Ma ti pare normale darmi così poco preavviso?» gli ho detto, prima di travolgere il ricevitore di imprecazioni in dialetto in preda alla gioia. «Te l'ho detto un anno fa, a settembre» mi ha risposto. Ma figurati. Me lo sarei ricordato.

In fondo, anche se come al solito le nostre comunicazioni finiscono con l'essere estremamente rarefatte, è ancora una tra le mie amicizie di più antica gestazione. La sua voce era strana, monotona. Gli ho chiesto cosa avesse ma non voleva dirmelo. Ma tra noi anche il tono ha un suo preciso significato. Alla fine me l'ha confessato. Si vergogna. Non della futura moglie, ma del contesto e dell'intera faccenda. Lorenzo si sposa con Viviana, la fidanzata delle superiori. L'unica e la sola. Si sono conosciuti nell'età in cui la padronanza della sessualità è tutt'altro che acquisita e le conoscenze si strappano come pagine dai giornaletti scandalosi che trovi, ancora appiccicaticci, tra i calcinacci delle abitazioni iniziate e mai terminate, o dalla tonante, sicura e tronfia orazione del cugino più grande che, impettito dall'autorità conferita dall'età, racconta delle sue prime illegittime intromissioni nel mondo dei grandi. L'educazione sessuale, quando non hai ancora ben chiaro quali impulsi conducano a scoprire il tuo corpo, è qualcosa di agghiacciante, rivista col senno di poi. Qualsiasi parola usassimo nascondeva un maschilismo atroce e gettava un'aura di violenza inusitata su ciò che avremmo poi capito essere tutt'altro. Pungere, spingere, menare, sbattere, erano intercalari necessari alla manifestazione di una virilità ancora sopita. E proprio per sfuggire alla villania dei nostri sfottò Lorenzo, quando conobbe Viviana, fece ciò che facevano un po' tutti. Sparì. Si volatilizzò nel nulla. Non per sempre, ma quasi sempre tra le sei e le otto di sera. Io sapevo dove andava, perché mi diceva sempre tutto, ma non ebbi mai il coraggio di portarci gli altri. L'avrebbero sicuramente preso in giro e lui non mi avrebbe perdonato il ruolo del delatore pentito. In quelle ore sgraffignate alle reciproche compagnie i due avevano scoperto i propri corpi, assecondato le acerbe pulsioni, spingendosi fin dove nessuno era ancora arrivato, da veri precursori, quando la carne si fa tremula per l'ansia e il pericolo di esser scoperti, il battito cardiaco si fa sospeso in una dimensione nuova d'attesa. Infreddoliti o accaldati in base alle stagioni, indomiti, scoprivano giacigli nascosti di una città sempre viva. Cortili apparentemente chiusi ma con ingressi liberi, celati da un'edilizia fantasiosa; giardinetti dove le fronde aggrovigliate creavano giochi di luci e ombre tali da renderli invisibili agli occhi disattenti. Sempre in piedi, o magari appoggiati contro le pareti gelide dei palazzi di periferia, ostinati e cauti nell'incontro con limiti che non conoscevano. Il che li aveva portati a vivere una relazione ancor prima che arrivasse il desiderio di averne una. La prematura scoperta aveva reso il loro cammino, almeno per i primi anni, tremendamente agevole per la semplice assenza di aspettative, pretese, di sogni da rispettare e fantasie alle quali si sarebbe giurata fedeltà. Quando l'età delle scoperte li aveva abbandonati senza alcun preavviso, si sono ritrovati ad appartenersi con la forza dei sopravvissuti e quel legame è diventato, per quanto privo dell'ardente passionalità dei primi tempi, insolubile. Loro, che erano andati oltre, osservavano noi comuni mortali, alle prese con le bizze e i capricci quotidiani, come cuccioli da seguire, allievi ai quali impartire lezioni di chi ce l'ha fatta, seduti sullo scranno dei vincenti, idolatrati e invidiati per le loro certezze.

A quel punto, lo sapevamo tutti, si trattava solo di una questione di tempo. Il tempo di sistemarsi, si dice sempre. Di trovare il lavoro giusto, preparare la casa. Entrambi, subito dopo il liceo, avevano trovato la propria collocazione nel mondo degli adulti. Commessa lei, meccanico lui. Non ho neanche idea di quante volte, con la scusa del posto fisso, ha contribuito a movimentare le mie serate. Una birra, il biglietto del cinema, persino l'anguria a Parco 2 Giugno alle tre di notte, di ritorno da una serata balorda. E adesso che è arrivato quel momento, la sua voce monocorde non sembra affatto quella di un futuro sposo, quanto quella di un condannato prossimo al patibolo.

Ha aggiunto: «Scendi presto, che tieni da fare delle cose», in quell'italiano dialettizzato che utilizzava da sempre, nonostante lo sapessi in grado di selezionare parole e sintassi ben più articolate di queste. È stato lì che ho capito le ragioni del suo imbarazzo. È il pudore di chi è consapevole di aver scelto l'inedia, e l'abitudine, rispetto a chi ha scelto di esplorare le possibilità offerte dal mondo prima di trovare la propria strada. Quella forma amorfa di orgoglio per la propria scelta e di terribile rimorso per il non essersi dato alcuna pena di crearsi un'alternativa.

La nostra conversazione non è durata più del necessario, come sempre, fatta eccezione per le volte in cui ci arrovellavamo sui problemi della nostra città o quelle in cui, da ragazzini, discutevamo su chi fosse più forte, se Pulici o Graziani. Io amavo l'estro e la potenza del primo, lui la generosità e l'agonismo del secondo. Ma sono stati sufficienti i silenzi, le pause, più significativi di ogni parola.

Ha bisogno di me, e questo è evidente. Ma come posso lasciare Martina, Andrès e partire? E per quanto tempo poi? Dovrei andare solo alla cerimonia e al ricevimento? Figuriamoci. Per lo meno devo andare da lui qualche giorno prima, assicurarmi di mostrare la mia presenza. Potrei usare il matrimonio e la messa a punto degli ultimi preparativi come scusa per una discesa.

«Non puoi mancare, ci saranno tutti. Pure un sacco di gente che manco conosco». Non posso mancare. Devo dirlo a Martina, nonostante il cortocircuito comunicativo nel quale siamo piombati. In fondo una pausa ci potrà far bene. Avremo il tempo di far sedimentare la rabbia. Magari, osservare Lorenzo e Viviana attraversare insieme la navata della chiesa, mano nella mano, compirà l'ennesimo miracolo.

Anche questa notte dormirò sul divano. Ormai non sento più neanche troppo dolore alla schiena quando mi sveglio.

## Milano, 19 luglio 1991

Temo di non sapere più quale sia la mia collocazione, qui, in questo momento. Se si entrasse in casa e si osservasse la scena, si vedrebbe una madre con un figlio e alle loro spalle uno strano figuro che si aggira, non sapendo cosa fare, nel soggiorno, altalenando il desiderio di rendersi utile alla rassegnazione alla propria condizione di complemento d'arredo ingombrante e decisamente di cattivo gusto. Sempre secondo nel capire le esigenze del bambino. L'atroce dubbio di esser superfluo, o persino d'intralcio, s'insinua sempre più ad alimentare le fattezze di quel maledetto tarlo che oramai è sempre più a suo agio nel mio sterno, ben sistemato, in panciolle. Gli mancano solo una poltrona e una pipa. In più, quel fottuto tarlo ha suggerito al mio cervello, passando da canali interni che non avrei potuto frenare, che forse, non solo non sono utile, ma addirittura che loro due, soli, senza il sottoscritto, potrebbero star anche meglio. Facciamo due conti:

L'appartamento è dei genitori di Martina, per i quali la mia presenza è fondamentale quasi quanto quella di un tosaerba, tenendo presente che non abbiamo un giardino. È vero che la maggior parte delle spese le stiamo sostenendo grazie al mio stipendio e ai lavori che mi sono piombati addosso nel giro di un anno, ma le sostanze di suo padre potrebbero tranquillamente assicurare a entrambi una vita molto più che agiata, fino a quando Martina non riprenderà la propria carriera.

La presenza con il piccolo: be' mi sento un po' come uno di quei calciatori che vengono costantemente fatti scaldare ma che poi non scendono mai in campo, se non per gli ultimi scampoli di gara, per far rifiatare la squadra e che alla fine lasciano il campo senza neanche aver sudato la maglietta. E diciamo la verità, riesco pure a sbagliare quella miserevole occasione che mi è stata concessa. Marca di pannolini sbagliata, crema idratante in luogo di quella lenitiva. Persino il passeggino comprato spendendo una cifra spropositata si è rivelato difettoso. Piuttosto che un sostegno, sono praticamente la componente caotica della loro esistenza. Andrès non sta crescendo anche grazie a me, credo stia crescendo nonostante me. Non doveva andare così, non era così che lo avevo immaginato.

Sono ore che non riesco a riaddormentarmi. Mi ha svegliato la sua voce. Ho detto a Martina di andare a riposare, che ci avrei pensato io questa volta, nonostante le sue comprensibili remore. L'ho tirato a me, e gli ho accarezzato con cura il capo. Ho avvicinato il naso alla sua pelle, per sentirne la fragranza, croccante e calda come quella di un forno di prima mattina. Ha continuato a singhiozzare e ho provato a dondolarlo lievemente, cercando di assecondarne gli spasmi. Ho canticchiato canzonette orecchiabili, ma senza alcun successo. Non sono riuscito neanche a godermi quell'istante e ho cominciato a viaggiare con la mente. Cosa succederebbe se, invece di me, sparisse Martina? In quel momento, come un'epifania, mi sono reso conto di quanto impari sia l'apporto che siamo in grado di fornire. Mettiamo la situazione attuale: e se non smettesse di lagnarsi? Cosa farei? È ora di mangiare, di cambiarne il pannolino? Ho annusato il suo sederino per poi realizzare che non sono sicuro di riuscire a capire se l'abbia sporcato o meno. Chi l'ha mai fatto? È un po' come quando i genitori ti mettono la mano sulla fronte per capire se hai la febbre e tu ti fidi, ma in realtà non solo non hanno idea di quale sia la tua effettiva temperatura, ma la modulano in base alle esigenze: se ti vogliono mandare a scuola, non hai assolutamente nulla. Se devono accompagnarti al parco, sei devastato tanto che cominciano a suggerirti di redigere le tue ultime volontà. Andrès ha continuato nel suo concerto per un ulteriore quarto d'ora, alternando diversi generi, dalla lirica al cantautorato raffinato, per poi approdare al rock: voce raschiata, lasciava andare la gola piuttosto che modulare il diaframma. Ha poi terminato il tutto con una *ballad* romantica che si è spenta nel silenzio del pubblico in visibilio. Ho adagiato il corpo esausto nella sua culla e sono andato da Martina. Le ho rivelato di essere preoccupato. Il bambino aveva pianto per quasi venti minuti e temevo ci fosse qualcosa che non andasse. Non ha neanche aperto gli occhi. Mi ha solo detto: «Quanto credi che pianga, quando mi sveglia e tu riprendi a dormire?». Se mi avesse tirato un cazzotto tra i denti e mi avesse spezzato due incisivi, probabilmente mi avrebbe fatto meno male.

Sono due ore che non penso ad altro, se non a quanto sia d'intralcio, senza giungere ad alcuna conclusione. E sono qui che scrivo per mettere ordine, come ho sempre fatto, e ogni parola sembra soltanto rendere più opaco e intricato il disegno finale. Dove sono finiti tutti quei progetti e quei sogni fatti durante la gravidanza? Avevamo pianificato tutto, predisposto ogni aspetto, ridisegnato assetti, ma quando è arrivato Andrès abbiamo cominciato a improvvisare e sono finito fuori tempo, fuori scala, fuori gioco, fuori giri, insomma, fuori. Non sono riuscito più a rimettermi al passo perché intanto gli altri aumentano d'intensità e velocità e tu, che avevi memorizzato la successione logica dei passi, sei sempre con quell'attimo di ritardo che ti rende ridicolo. Solo che non si può fermare tutto e dire: "Scusate, non lo sapevo. Mi aspettavo altro. Per favore, possiamo ricominciare?". Perché è questo che vorrei dire a Martina, ad Andrès.

Credevo di esser pronto, e non lo sono.

Mio padre mi aveva sempre detto che, con i figli, "come fai, sbagli". Ma non credevo di poter sbagliare sin da subito e così tanto.

Credevo di esser capace di accogliere con pacatezza e serenità i contraccolpi e gli imprevisti, e invece non riesco neanche a seguire la quotidianità. Non conoscevo neanche l'entità della durata dei suoi pianti notturni, figuriamoci se, che ne so, si fosse fatto male, o avesse iniziato a tossire. Io odio la tosse. Almeno se ti tagli lo vedi, sai dove agire. Ma se tossisce? Potrebbe essere di tutto. Da un po' di polvere alla tubercolosi. E no, non so se è stata debellata o no, ma ho letto abbastanza romanzi per sapere che è veramente una infame 'sta cazzo di tisi. E se tossisse e piangesse contemporaneamente, cosa dovrei fare? Chiamare i miei genitori? Quelli mi hanno curato a patate (chissà perché sempre 'ste benedette patate. Se fossero veramente miracolose, non costerebbero così poco, non credi mamma?), ma io non ho intenzione di trasformare Andrès in un'orata da servire accompagnata da un calice di bianco lievemente mosso a temperatura ambiente. Potrei sempre rivolgermi al nostro pediatra, se solo sapessi il suo nome. In fondo Marti, però, anche tu potevi insegnarmi due o tre segreti, qualcuna delle tue mosse, dei tuoi trucchetti magici. Perché per te è così normale prenderti cura di lui. Ma io? Io, già, io. Perché non te l'ho chiesto? Non avevo il tempo. Non ne avevo le forze. Ma a chi la do a bere. Marti, diciamocela tutta, mi sa che forse, un po', non è che proprio... Sì, insomma... Hai capito no? No? Vuoi proprio che lo scriva? E va bene, megera di una trangugia *kartoffen*, la verità è che porcaputtana ho paura di aver fatto una cazzata e di non esser pronto. Sono ancora un casino io, che mi sento figlio e non padre, che se forassi una ruota chiamerei mio padre, nonostante viva a migliaia di chilometri da casa. Io che non mi sento capace di badare a me stesso, io che non so dire no e sovrappongo appuntamenti e confondo nomi e lascio la caffettiera sul fuoco per poi andarmi a lavare i denti e dimenticarmene. Perché abbiamo affrettato tutto, perché non ci siamo dati il tempo di capire e conoscerci realmente? Sei mesi, a malapena sei mesi, e io non ho mai avuto il coraggio di dirti di aspettare. Pur di averti, pur di condividere con te un'avventura fantastica, non ho fatto i conti con me e ne sono stato decisamente travolto.

Credevo che col tempo le cose si sarebbero assestate, e invece non hanno fatto che ingarbugliarsi.

Credevo di diventare insostituibile, ma mi sbagliavo. Anzi.

Forse, andrei veramente sostituito. Magari persino lasciato andare.

Cosa potrei dare ad Andrès, cosa potrei darti? In questo momento temo soltanto delusioni e sconcertanti problemi.

E se domani sparissi?

E se domani lasciassi questa vita a voi e io andassi per la mia strada? Magari abbandono Milano, il lavoro, e torno a casa a godere delle luci di quello che ha avuto il suo momento di gloria. Posso chiudermi in uno scantinato a scattare le fototessere o mettermi in proprio per realizzare servizi per i matrimoni. La giusta punizione per autoflagellarmi e irretire ogni velleità illusoria. Potrei mai farlo? Quando ho cominciato a scrivere non credevo di arrivare a tanto. Ma a volte le parole che lasci sul foglio dopo il passaggio della penna non sono quelle che ti aspetti.

## Milano, 25 luglio 1991

Quando Martina ha cominciato a piangere ho avvertito una strana sensazione. La stessa che si prova nel momento in cui ti scivola la tazzina regalata da una zia che si frantuma nel lavandino. In quella frazione di tempo sei in preda a un miscuglio di pentimento per la superficialità con cui l'hai maneggiata e rabbia per non esser riuscito a evitarlo. E quindi il desiderio di riportare indietro il tempo e porvi rimedio, ma non resta che lo spazio per inutili imprecazioni.

Sono rientrato in casa, come al solito, troppo tardi per cenare e presto per andare a dormire. L'ho trovata seduta sul divano, con le gambe stanche appoggiate sul tavolino. Andrès dormiva già. Accanto ai piedi accavallati, un calice di vetro e una bottiglia appena stappata. Le immagini trasmesse dalla televisione apparivano confuse e il volume basso, come un rumore di fondo necessario soltanto a non avvertire la solitudine.

Mi ha chiesto come fosse andata la giornata. Non lo faceva da giorni. Abbiamo cominciato a parlare del più e del meno, con un calore che sembrava avesse abbandonato i nostri corpi. Ho cominciato ad armeggiare con padelle e arnesi vari per cuocermi una fettina di carne alla griglia e un itterico uovo strapazzato. Lei si è alzata e mi ha raggiunto davanti ai fornelli, annuendo alle mie polemiche sulle lungaggini burocratiche con le quali ho avuto a che fare per l'intera mattinata per poter pubblicare alcuni scatti, e chiedendomi di quel collega che è appena arrivato e di quello con il parrucchino che continua a non comprendere quanto orribile sia il suo toupet. Mi ha versato del vino mentre continuava a domandare, senza quasi lasciarmi il tempo di terminare le mie risposte. Abbiamo riso, discusso animatamente delle beghe tra democristiani e socialisti, rielaborato teorie e rivangato gloriosi ideali ormai oscurati dai nuovi personalismi e progetti pornodemocratici. Ci siamo seguiti, sfiorati. Abbiamo ceduto il passo per meglio districarci dietro ai fornelli e alla fine accomodati a tavola, senza impaccio, quasi come avessimo piallato in un solo colpo la superficie posta tra di noi, senza sollevare schegge, ma facendo sparire in un istante tutte quelle ondulazioni che ci impedivano di osservarci per ciò che eravamo. Abbiamo perso il conto dei minuti che scorrevano alla stessa velocità con cui rabboccavamo i bicchieri e sarebbe stato magnifico così se non si fosse riavvicinata al tavolino accanto al divano e si fosse rabbuiata di colpo, quasi si fosse accorta solo in quel momento della persistenza dei fantasmi dei giorni trascorsi. Ed è allora che è successo. Si è rannicchiata, raggomitolando le gambe e posando il mento sulle ginocchia, come una ragazzina alla quale hanno vietato di raggiungere le proprie amiche a una festa alla quale teneva e ora, imbronciata, resta in silenzio per il tempo necessario a farti sentire in colpa.

Le ho chiesto cosa le prendesse e non ha risposto. Continuava a guardarsi attorno, spaesata, come non riconoscesse il luogo nel quale si era aggirata, perfettamente a suo agio, fino a qualche secondo prima. Finché non ho visto baluginare sulle sue guance sottilissime scie che ne hanno rigato il volto.

Ho provato ad avvicinarmi ma è rimasta immobile.

Mi ha chiesto di risponderle sinceramente, se fossi felice o meno. Avrei dovuto risponderle immediatamente che "sì, ero felice, come potevo non esserlo", ma credo di aver titubato quel secondo di troppo.

Ho aggiunto allora che certo, ho esitato un attimo prima di rispondere, ma chi si sarebbe potuto aspettare una domanda simile? Ma neanche questa volta devo esserle sembrato convinto. Ho aggiustato il tiro. Certo, le cose non stavano procedendo esattamente come avevamo ipotizzato prima della gravidanza, ma doveva assolutamente trattarsi di un normalissimo periodo di assestamento, necessario quando si stravolge la propria esistenza, mettendo al mondo una creatura che assorbe attenzioni ed energie. Le parole sono fluite incerte, incagliate in un tono di voce artefatto, quasi stessi recitando un copione senza il trasporto necessario. Un'interpretazione meccanica e priva di pathos, mentre avvertivo un ispessimento delle corde vocali.

Dopo aver negato la veridicità delle mie parole è passata al contrattacco. Ha continuato a piangere ma adesso le lacrime si sono addensate, gli occhi arrossati e la pelle del suo collo si è tesa, scossa dagli spasmi.

«Allora sono io che sono infelice, ora, qui, così».

Non le ho neanche chiesto di motivare le sue parole, sarebbe stato ipocrita. Mi sono limitato a chiederle cosa volesse che facessi ma non era assolutamente in grado di rispondere, in uno stato di confusione che ormai ci aveva pervasi senza scossoni.

Per un momento mi sono ritrovato fuori da me a osservare la scena come uno spettatore di fronte a un film di Woody Allen in cui, a un certo punto, l'isteria ha lasciato il posto a un silenzio corposo non scardinabile a parole.

Ci siamo fissati per un po' e poi ho preso le chiavi di casa e sono andato via, senza neanche salutarla. Sono sceso in strada senza avere alcuna idea di cosa fare e di come sentirmi. Cosa dovrei essere? Arrabbiato? Frustrato? Mi dovrei sentire sconfitto, abbattuto, distrutto, e invece mi sento apatico, svuotato da ogni forza e passione. Per un attimo mi sono persino spaventato di così tanta freddezza, quasi che le sue frasi non avessero sortito alcun effetto, ma cosa posso farci? L'inadeguatezza della mia reazione si è già palesata in tutta la sua triste consistenza. Anche l'uscita di scena non è poi altro che una ritirata di fronte alla constatazione di non avere armi, né la voglia di usarle. Ho provato soltanto un accenno di vergogna e allo stesso tempo un lievissimo senso di liberazione dall'oppressione di un momento che stavamo soltanto procrastinando, incapaci di mettere sul piatto le nostre puntate e preferendo lasciare ogni mano rischiosa. Lei ha aspettato e infine ha fatto la sua giocata. E io, pur avendo le carte per andare a vedere, ho preferito lasciar stare e abbandonare il tavolo, vigliacco come sempre. La cosa più incredibile è che non credevo potesse lasciarmi così indifferente. Solo un anno fa, di fronte alla possibilità di perderla, sarei sprofondato in uno stato comatoso depressivo che mi avrebbe lasciato tachicardico e in preda al panico puro. Oggi invece non sento nulla.

Ho continuato a camminare senza alcuna destinazione, imponendomi di pensare a una soluzione, che fosse un modo per riappacificarsi o per dirsi addio. Mi sono costretto a definire la natura delle mie emozioni ma non riesco ad afferrarne neanche una. Non è questione di non sapere da dove cominciare, quanto l'accorgersi di non essere circondato che dal vuoto.

E ora?

Tra auto parcheggiate sui marciapiedi e pedoni notturni, distratto dalle luci fluorescenti di nuovi locali, non riuscivo a focalizzare il punto da cui iniziare. Estenuato dall'attesa, privato di ogni pulsione. Dove è finito tutto? Dove sono finito?

Sono entrato in un locale e ho ordinato un calice di vino, e ho continuato a non avvertire nulla, neanche sforzandomi. Di fronte al fatto che è infelice dovrei strapparmi i capelli, colmare i polmoni d'aria e annaspare, implorare in ginocchio, e invece sono andato via, e non perché necessario, ma perché, mi sono detto, in questi casi è così che si dovrebbe fare.

Sarebbe il caso di andar via davvero? Non come questa

sera, ma facendo le valigie, acquistando un biglietto per una destinazione lontana, ricominciare da zero lontano da tutto. Sì ma il lavoro? Oddio, quello potrei farlo ovunque. In questo periodo, poi, andare a Roma sarebbe l'ideale, visto ciò che sta succedendo. Al giornale non faticherebbero certo a trovarmi una collocazione. Ok, vada per il lavoro, ma i miei amici? Già, gli amici. Quali? Sono in questa situazione assurda da mesi e non ne ho parlato con anima viva. Ogni volta che apro bocca, tutti pronti a ripetermi «Ma va, che tu hai fatto 13 al Totocalcio». Sì, lo so da me di averlo fatto. Quindi amici e lavoro non sono un problema, ma Andrès? Ah, lui sì che non sarebbe sostituibile. Ma forse sono io a esserlo per lui. Però, l'assenza di un padre comunque si nota. Cioè, è vero che ci sono padri che lavorano giorno e notte, ma almeno un figlio sa di averlo ed è quell'ammasso di ossa e stanchezza che ritorna devastato in casa per dormirci. Non averne proprio uno è tutta un'altra storia.

Però,

però sarebbe strano, ricominciare da zero, ripartire completamente senza essere già compagno e padre. Oggi che ho possibilità e prospettive opposte a quelle che avevo quando ho conosciuto Marti, chissà come sarebbe. Non sono più quello scapestrato che spilucca denari a giornali diversi, raccattando scatti in giro, senza avere alcuna certezza. Sgraziato, mal vestito, lievemente ingiallito dallo smog della grande città e dalle abitudini alimentari discutibili. Adesso ho sempre la stessa dieta, ma il mio nome comincia a girare tra i fotografi più promettenti d'Italia e sta per uscire un libro con le mie fotografie. Ho uno stipendio più che dignitoso e vesto sempre male, ma meno di prima. Ho ricevuto avances. Ben due. Le ho rifiutate, sia chiaro. Ma in entrambi i casi ho perso almeno qualche minuto fantasticando come sarebbe andare a letto con loro. Giulia mi aveva incuriosito, ma mi sembra troppo grande e matura per cose simili. Invece per Luisa avevo imbandito una di quelle scene piene di dettagli e luci soffuse. Ho immaginato le sue gambe attorcigliarsi alle mie, appoggiato sul muro in sua attesa. I seni che premono sotto il tailleur scuro. Gli uffici deserti del dodicesimo piano sarebbero stati lo scenario perfetto. Insomma, sì, sarebbe tutta un'altra storia e chissà quante Luisa e Giulia potrei incontrare, affascinare con i miei racconti di Berlino, per poi portarle in appartamenti subaffittati e lasciare spazio a fugaci passioni, scomode, ammiccanti e prive di un domani, ma dense di demoni. Addolcito da questi pensieri ho finito il mio vino e sono rimasto a fissare il nulla finché non mi ha riscosso il gusto amarognolo della consapevolezza che, di fronte a tutto quello che avrei dovuto fare per rimediare a una vera rottura, non ho fatto altro che immaginare vite parallele, relazioni fedifraghe e vie di fuga.

Forse è questo ciò che il mio cervello mi suggerisce in questo momento. Magari non andare via, né a Roma, né tra le gambe di qualcun'altra. Ma forse lasciare casa, rifugiarmi ovunque, preferibilmente lontano da Milano per qualche tempo, sarebbe un'idea accettabile.

Lei dorme e io mi sono sistemato nella stessa situazione di quando sono entrato. Ho recuperato dal ripiano inferiore del tavolino in soggiorno il mio giornale di bordo e ho cominciato a scrivere, raccontare per capire, come sempre. Non so se è la cosa giusta, ma domani prendo un biglietto per Bari. Lorenzo saprà cosa fare di me.

## Milano, 28 luglio 1991

Tra le mani stringo un biglietto sgualcito da un paio di giorni di ripensamenti. Le ho detto che sarei partito e non ha proferito parola. Non che mi aspettassi una tragedia in cinque atti, anzi. Ma credevo almeno che di fronte all'ineluttabilità di una distanza fisica che avrebbe dato corpo a quella emotiva ormai divenuta presenza concreta, mostrasse segni di insofferenza o di reazione. Nulla. Le ho dato la notizia senza alcun trasporto e allo stesso modo lei ha recepito l'informazione, come le avessi appena detto di aver acquistato un nuovo tipo di calzini. Ha continuato a giostrarsi tra le sue incombenze senza alcuna incertezza. Ha preso tra le sue braccia Andrès, mi ha informato del fatto che sarebbe andata dai suoi e poi ha lasciato l'appartamento.

Ho preparato lo zaino infilandoci jeans e magliette senza alcuna connessione stilistica, e per un tempo indefinito. Non so quando tornerò. Fissare una data di ritorno richiede uno sforzo che non sono in grado di gestire. In fondo non mi è ancora chiara l'accezione da dare a questa partenza.

Sono arrivato in stazione con largo anticipo, non avendo nulla di meglio da fare, e solo allora mi sono reso conto di non aver neanche salutato mio figlio. Mi ha lasciato pietrificato l'impassibilità con la quale ho assistito all'uscita di casa di quelli che solo pochi mesi fa erano il centro pulsante della mia esistenza.

Sono rimasto in piedi per circa una mezz'ora, ascoltando lo sferragliare metallico dei treni in arrivo, lo sbuffare delle frenate, osservando i passi incrociati, le pause e le riprese di suole che si sollevano dal pavimento. Ho recepito a malapena il flusso sfumato di colori che attraversa il mio campo visivo, finché non ho messo a fuoco l'immagine di un uomo, sulla cinquantina, in un abito di lino lievemente consunto ma dall'eleganza antica. Tra le mani rigirava uno sparuto numero di fiori avvizziti dal caldo e tenuti insieme da un fiocchetto dorato. Continuava a spostare il proprio peso da una gamba all'altra, alternando il movimento al ripetuto controllo dell'orologio al polso sinistro, irrequieto e frenetico. L'ho osservato per una decina di minuti finché non gli si sono illuminati gli occhi all'arrivo sul binario del treno atteso. Si sono aperte le porte e ha cominciato a ondulare il capo. L'ho visto vacillare e poi voltare la testa da un lato all'altro: ondeggiava come il mare, finché non si è fermato di fronte a una donna estremamente imbarazzata. Sguardo basso, rialzato e subito riabbassato. Lentiggini leggerissime che quasi spariscono nel rossore delle guance. I passi corti, incerti. Si muovono come dei mimi su un palco che con la gestualità trasmettono il proprio repertorio emotivo. La loro regressione a un'adolescenza sopita e mai del tutto estinta è invidiabile. L'imbarazzo iniziale, il goffo saluto di chi non riesce a definire quale sia la linea da non oltrepassare e allo stesso modo non vuol mostrarsi impassibile o distaccato. Il mazzo che ondeggia tra i palmi, spalle che attendono braccia che anelano spalle. Osservarli così, quasi fossero in un acquario, mi ha pietrificato. La loro abilità nello sparire all'interno di quel caos rappresenta un sogno. I due amanti passeggeri, in questo senso, mi hanno messo sotto gli occhi la dura realtà di ciò che con Martina non abbiamo mai effettivamente raggiunto. Non posso togliermi di dosso l'idea che nessuno ci ha mai guardato con la stessa tenerezza, la stessa disposizione d'animo e la convinzione di quanto adeguato fosse il nostro essere una coppia.

Salire sul treno è stato semplice. Sono rovinato su uno scomodo sedile di finta pelle e ho appoggiato la testa al finestrino. Piuttosto che lo straniamento melancolico, ho percepito solo la freddezza del vetro e i sussulti del treno.

Sono salito pronto alle tante ore di viaggio, che comunque mi spaventano meno di quello che sto lasciando. Accanto a me hanno preso posto storie ed esigenze, problemi e soddisfazioni che non avrei conosciuto. Ho provato a immaginarmi le ragioni del loro viaggio, provare a tessere trame nascoste da un semplice dettaglio, in un gioco che amavo fare da bambino.

Un anziano canuto tiene sulle proprie ginocchia un pacchetto con un fiocco rosa a circondarlo, avvolto in una carta regalo rossa, può essere un libro. Un regalo per chi? Dai colori, posso ipotizzare una nipote, di una dozzina di anni. Calcoli alla mano, sarebbe stato plausibile. Nato all'inizio degli anni Venti, ha vissuto l'ascesa del regime fascista e a vent'anni è partito militare per la Seconda guerra mondiale. Al suo ritorno, a venticinque anni suonati, ha sposato, in preda all'euforia da scampato pericolo, la fidanzata rimasta in attesa per tutto il periodo del conflitto, alternando alla cieca fiducia scoramento e afflizione. Dopo qualche tentativo, hanno avuto una figlia, per la quale ha scelto un nome che è apparso a sua moglie privo di senso, Anna. Ma a lui avrebbe ricordato il calore di notti trascorse all'addiaccio, temendo di morire, abbracciato a una donna con la quale ha condiviso per mesi il terrore di perdere la vita e il desiderio di celebrarla facendo l'amore in modo sovversivo. La sua è stata un'esistenza semplice. Operaio in una di quelle grandi fabbriche rinate dopo la ricostruzione, dal nome pieno di consonanti, giurando che non avrebbe mai permesso ai suoi figli di patire quello che aveva patito lui. Dopo litigate infinite e urla con le quali avrebbero rinnegato se stessi, Anna, figlia del boom economico, sarebbe riuscita a convincere i genitori della bontà della decisione di continuare gli studi e alla fine si sarebbe sposata con un avvocato di provincia che l'avrebbe condotta a vivere fuori dalla città e dalla loro relazione sarebbe nata la destinataria del suo regalo. Vederlo scendere dopo neanche un'ora di viaggio ha conferito maggiore forma alle mie strampalate supposizioni. Rasserena la mente credere che possa essere tutto così semplice, così lineare.

Di fronte a me ho una donna di una quarantina d'anni, salita a una delle stazioni successive, ha trascinato una valigia enorme e mi ha chiesto di aiutarla a metterla sopra, sulla rete portabagagli. Ho provato a dare anche a lei una storia, ma proprio mentre stavo per ricamare una nuova vicenda strappalacrime, mi sono addormentato.

Ho sonnecchiato fino alle prime luci dell'alba, quando ho dato un morso a una banana che mi sono portato come unico alimento sostenibile durante il viaggio.

Stringo ancora il biglietto e la penna, e osservo il panorama che prende vita nella luce rosea dell'alba. Quanto osservo mi disorienta. Rivedo me stesso quindicenne, arroventato dall'ansia. Senza alcuna connessione logica ripercorro momenti della mia infanzia pensando a quanto avrei potuto comportarmi diversamente. Cosa succederebbe se potessi almeno modificare uno di quei momenti? Probabilmente non sarei qui, su un treno, in fuga. Paradossale, a pensarci, l'idea che quanto più siamo vicini all'orizzonte, tanto più ci ritroviamo accerchiati da certezze che soffocano e in astinenza di obiettivi. Siamo fatti per essere in tensione verso nuove conquiste, e quando arriviamo in prossimità della vetta cominciamo ad avvertire le vertigini. Assurdo realizzare di non esser fatti per arrivare quanto per andare. Ingiusto prendere atto di non esser capaci di godere, quanto solo di aspirare. Fuggire solo per inciampare e poi riprovare. E ricominciare ancora.

Le striature del panorama scorrono a velocità lineare dandomi il senso del movimento. La bocca impastata dal prolungato silenzio. Incrocio gli sguardi degli altri passeggeri ma non ho più la forza di immaginare per loro delle vite e non voglio neanche pensare alla pioggia di domande che mi si riverserà dritta sul collo al mio arrivo.

Potessi, sparirei da tutti, cercando una solitudine confortante. Ma so già che dovrò gestire i miei genitori, spiegare le ragioni di un viaggio improvvisato, giustificare l'assenza di Andrès e Martina. E poi Lorenzo, che attende che faccia qualcosa per lui quando vorrei facesse lui qualcosa per me. Qualcuno impedisca a questo treno di fermarsi.

## Bari, 30 luglio 1991

«In fondo si tratta soltanto di capire ciò di cui hai realmente bisogno e fare il necessario per ottenerlo» mi ha detto, con la solita litania monocorde con cui affronta discussioni simili, quasi stesse sfogliando tra le mani una sorta di Vangelo della condizione umana dalla quale attingere la risposta adeguata.

«E ti pare poco?».

«Non ho mica detto che è poco!».

Il cielo d'alabastro appesantisce parole che mi sembrano già pesanti come chianche, pronunciate incoscientemente su quel lembo di terra e rocce che s'incunea e sprofonda in un mare testimone secolare di dubbi e rimorsi.

Si è alzato con un movimento ampio, sgraziato, sgranchendo le giunture intorpidite dal lungo riposo e si è avvicinato sempre più al limitare degli scogli. I suoi passi sono sicuri come se non avesse mai camminato su una superficie diversa da questa. Nessun ripensamento. Un salto, un unico slancio e giù nell'acqua. L'ho seguito immediatamente. Tra quei flutti cercavo riparo, una sordità che mi avrebbe reso distante da tutto, al di fuori di tutto e dentro il tutto. Con foga di naufrago ho sollevato migliaia, milioni di piccole lacrime che per un attimo hanno accarezzato l'idea di raggiungere ciò che per una vita avevano ritenuto essere la propria nemesi, per poi infrangersi tra le infinite sorelle che prima e dopo di loro avevano ardito a tal azzardo.

Una, due, tre bracciate e respiro. Una, due, onda, ripeto, una, due tre bracciate e un respiro. Una, due, tre bracciate. Il salino sulle labbra, il corpo avvolto nella primordiale sensazione di essere al sicuro.

Poi il ritorno a riva. Il corpo che si stende, i capelli che sgocciolano su una forma fisica non del tutto ritrovata.

«Il problema è tutto lì. Capire cosa ti rende veramente felice, ciò di cui senti di avere bisogno e far sparire tutto il resto. Cosa succede quando ti poni degli obiettivi, li raggiungi e scopri di non riuscire a dirti felice?».

Non abbiamo mai avuto bisogno di darci confini che limitassero il nostro fluire di pensieri. A dir la verità non so neanche esattamente come siamo arrivati a discuterne, so solo che, arrivato in stazione, Lorenzo non mi ha dato neanche il tempo di passare da casa. Mi ha caricato in auto, mi ha dato un costume e un telo e siamo finiti in una di quelle spiagge, chiare e accecanti, sperdute nel nord barese. Dove il turismo di massa non è ancora arrivato con il proprio abbraccio soffocante. Con Lorenzo è così. Ci si vede e si riprende come se nulla fosse accaduto.

«Felice? Bella cosa la felicità Gianlù, e tu credi che sia questa la felicità?».

«Non so, magari puoi dirmelo tu. Tra qualche giorno ti sposi!».

«E quindi?».

«Be', si presume che tu abbia capito cosa ti rende felice».

«La fai facile tu, eh? Solo perché uno si sposa allora è felice?».

Ha scrollato la testa, riavviandosi i capelli con pollice e indice, e si è sdraiato sullo scoglio ruvido sul quale aveva adagiato l'asciugamano con la mascotte dei Mondiali persi in casa l'estate scorsa. Mi pare trascorso un secolo.

Dopo qualche attimo di silenzio, ha cominciato a parlarmi nel suo solito incrocio tra dialetto e italiano, come sempre fa quando parla di pancia e vuole mettersi al riparo da ogni possibile fraintendimento.

«Gianlù, t'arrcurd a quann iev'm p'ccnin e stemm tutt u timb a p'nzà a c cos ptemm fa? Tann stemm bun!»[1].

Non mi ha detto nulla che già non sapessi, ma l'ha fatto nella lingua che ho imparato da bambino ed è stato un colpo di frusta alla schiena.

«Cosa credevi ti avrei chiesto quando ti ho detto che tenevi da fare delle cose? Tu devi convincermi che non sto a fare una cazzata».

Altro colpo di frusta, questo sul costato.

«Ma che stai a dire? Come te ne esci con questa cosa? Piazzi una bomba così?».

«E se non lo chiedo a te, a chi lo chiedo? Sei tu quello che se n'è andato, che ha fatto strada. Vivi a Milano, hai già un figlio con una ragazza straniera, viaggi, vedi, cono-

1. «Gianluca, ti ricordi quando eravamo piccoli e passavamo i giorni a pensare a tutto ciò che avremmo potuto fare? Allora eravamo felici».

sci, sai. Io sono rimasto qui e tutto mi è sembrato così naturale che non mi è passato neanche per l'anticamera del cervello che non fosse la scelta giusta. Finire la scuola, lavorare, fidanzarsi. Il mercoledì al bowling, il sabato in pizzeria. Ogni tanto al cinema, ma mai nel week-end, che poi c'è la fila. Il Natale da lei, a sentirsi ripetere Che bella coppia, Quando lo facciamo un figlio? E allora metti i soldi da parte, fai regali sempre più costosi, metti su qualche chilo e pensi che ormai ci stai insieme da così tanto che ti passa pure la voglia di fare lo scemo con qualche altra. Casomai si sapesse in giro. E allora sei lì, scimunito di fronte alle vetrine delle gioiellerie, mentre lei ti suggerisce quale pietra vorrebbe vedere al proprio dito, o di fronte alle agenzie di viaggio per la luna di miele, e poi succede e non sai più se ciò che ti sta accadendo lo hai voluto tu o se stai andando avanti ad assecondare le aspettative di genitori, amici, annessi e connessi. Ti hanno condizionato le voglie, i desideri, capisci? Tu mi parli di felicità. E chi lo sa che cos'è. Potrebbe essere esattamente quello che ho. Non posso mica dire che sono infelice, ma chi mi dice che questo sia il massimo? Chi me lo assicura? Io non ho mai viaggiato, non ho mai avuto altre donne, non ho vissuto in un'altra città, mai fatto un lavoro diverso. Che ne posso sapere io? Io so solo che ci stanno giorni in cui mi addormento abbracciato a Viviana, e non tengo pensieri. E altri in cui mi chiedo come sarebbe se fosse andata diversamente. Ecco, tu mi devi assicurare che non sto a fare una stronzata, perché sennò fermo tutto e me ne vado in America».

Il suo sfogo, partito puntando il naso verso il cielo e terminato con gli occhi dentro ai miei, con la serietà con cui ha sempre preso di petto tutto. L'altra faccia di una medaglia che solo poche ore prima, nel treno, cucita su misura dell'anziano passeggero, mi era sembrata così seducente.

Non sapevo cosa dirgli. O forse sì. Sai Lorè, sto messo pari pari come te. Ma non l'avrei mai fatto. Mi ha anticipato.

«Mi sa che stiamo inguaiati».

La sera siamo finiti sbronzi e doloranti sulla panchina di un parchetto sporco, pieno di cartacce e rifiuti, isolati dal traffico e da urla in una lingua che anche a noi sembra dolce e sconosciuta.

La memoria non viene in mio soccorso e non ho chiaro cosa ci siamo detti prima di congedarci. Temo però di aver detto qualche sciocchezza visto che ho impresso nella mente lo sguardo di delusione con il quale Lorenzo è tornato a casa. Si aspettava da me delle conferme, e io altrettanto da lui. Ma forse le sue aspettative erano più alte delle mie. Tornato a casa sono crollato con la fresca sensazione della pelle a contatto con le lenzuola pulite e profumate, e mi sono addormentato con i vestiti ancora addosso. Almeno così mi sono svegliato, senza sapere se il mal di testa fosse dovuto all'alcol o alle questioni rimaste insolute.

L'ho trovato a casa, in boxer e canotta, e a quel punto, forse l'alcol forse no, ho spento il cervello assecondando sparute connessioni illogiche che la notte aveva sedimentato senza darmene notizia.

«Sai che ti dico Loré? Ti dico che non stai a fare una cazzata. E se anche lo fosse, sarebbe la migliore che tu possa fare. È vero, non hai viaggiato, non hai conosciuto, e non sai se esista una dimensione parallela nella quale tu sei diversamente felice da come sei, ma fossi in te mi reputerei fortunato. È il paradosso delle scelte: quante più ne hai, tanti più rimorsi creano. Rimpianti, alternative, soluzioni diverse, non fanno altro che rendere ogni passo meno certo e ogni decisione una botola oscura che ti costringe ad abbandonare qualcosa. E una volta che sei andato, non puoi tornare indietro, ricostruire la tua ingenuità, recuperare l'innocenza. Qual è la mia casa? Ovunque io sia avverto la mancanza di qualcosa, di qualcuno. Qual è la mia famiglia? Ora che sono lontano, Martina e Andrès mi mancano da togliermi il respiro, mentre due giorni fa mi sentivo soffocare dalle pretese e dagli obblighi. Tu dici che non sai, e forse è vero. Non esiste una formula magica. Non facciamo che scommettere costantemente in un contesto in cui non abbiamo sufficienti informazioni, affidandoci al caso e alla fortuna. Siamo costretti a puntare tutto ciò che abbiamo, tempo limitato ed energie residue, a una roulette che ci offre, se va bene, due possibilità opposte, potendoci solo augurare di sfangarla ancora una volta, senza alcuna assicurazione di riuscita e con probabilità di vincita sconosciute. E procediamo per tentativi, con il rischio di vedere, da un momento all'altro, senza alcun preavviso, svanire tutte le nostre fiches. Basta una cattiva scelta in amore, nel lavoro, nelle amicizie, e vediamo volatilizzarsi anni di investimenti emotivi, di promesse, per ricominciare più vecchi, più stanchi, più cinici e soprattutto terrorizzati. E allora mi chiedo se la felicità non sia solo far attenzione a farsi meno male possibile piuttosto che la realizzazione di tutti i sogni e le ambizioni. Il che sarebbe onestamente devastante. Ieri mi hai detto che ci sono notti in cui, tra le braccia di Viviana, tieni il mondo al di fuori e ti concedi il lusso di non pensare. Credo che sia la cosa più simile alla felicità che io abbia mai sentito dalla voce umana perché, di provarlo, non se ne parla proprio. E no, non ho le soluzioni che mi hai chiesto, non posso assicurarti che tu non stia facendo un errore, ma, inguaiati come siamo, questa mi sembra la scelta con il margine migliore per non fallire».

«Tanto mi basta. Sennò chi la sente a Viviana».

## Bari, 6 agosto 1991

Alla fine Lorenzo ce l'ha fatta e anche io sono riuscito, nel mio piccolo, a sopravvivere: i matrimoni in Puglia somigliano più a una prova per stomaci forti che per cuori innamorati e impavidi.

Sono arrivato in prossimità del sagrato cercando come al solito di apparire invisibile, ma finendo con l'ottenere l'esito opposto. Da trafelato a impacciato il passo è breve. Attento a porre un passo dietro l'altro senza dare troppo disturbo, sono riuscito a mimetizzarmi come una palma in Antartide. L'ho visto in disparte, irrigidito in un abito scomodo, nell'interminabile attesa della vettura infiocchettata che porta la sposa all'ingresso della chiesa. Il suo sorriso forzato tradiva una tensione che mi sono augurato si sarebbe sciolta con l'arrivo di Viviana. Mi sono avvicinato per salutarlo e, per quanto sembrasse sotto controllo, ero pronto a tutto.

Nelle ultime sere passate insieme mi è sembrato che fosse tutto rientrato. Abbiamo parlato dei programmi per il viaggio di nozze. Sarebbero andati in Grecia, dove non erano mai stati, e avrebbero passato il tempo a stendersi al sole e a mangiare frutti di mare. In Grecia non si mangiano i ricci e i frutti di mare, ma pesce diverso e in modi diversi. Ma Lorenzo non può saperlo. Il discutere di programmi futuri e altre sciocchezze ci ha permesso di mettere da parte tutti quei dubbi che lo avevano fatto temere di perdere la barra. Anche io mi sono rilassato e sono perfino riuscito a chiamare un paio di volte Martina. Non ci siamo detti molto di più di come sta Andrès e di come procedono le cose lì a Milano. Non abbiamo parlato di altro, ma ogni volta che tiro giù la cornetta avverto la sensazione di voler sentire ancora la sua voce. Non gliel'ho detto, forse avrei dovuto. Ma presto torno a casa, e magari ne parliamo. Adesso sono due giorni che non riesco a incrociarla. Si sarà scordata di dirmi che magari ha raggiunto i genitori da qualche parte al mare o al lago o in montagna o in una delle loro proprietà.

La giornata è stata caldissima e nella chiesa gli uomini hanno cercato riparo dall'afa esterna e le donne si sono sventolate con ventagli multicolori, non meno fantasiosi delle loro mise. Dimenticavo, i matrimoni pugliesi sono anche i trionfi dell'eclettismo modaiolo, con possibilità infinite di accostamenti folli, improvvide fasciature, temerari incotechinamenti e ardimentose sfogliatelle di tessuti antimaterici, tenuti insieme da tiranti sottoposti a pressioni erculee.

Da buona sposa meridionale, Vivi si è fatta attendere più di mezz'ora, e io mi sono smarrito nei dedali dei miei pensieri. In particolar modo, ad accendere il flusso è stata la sensazione di passaggio all'età adulta che ho finito con l'associare a questo matrimonio. Io che ho già un lavoro, una vita nella capitale italiana della cultura, un figlio, una cintura nera di allacci di corrente e organizzazione logistica di spesa, bollette e pulizie, mi sento in una condizione di inferiorità solo perché Lorenzo sta firmando un atto pubblico? Eppure, dentro di me sento che quello che sta passando all'età adulta è lui. Non sono riuscito a darmi una risposta sensata finché Viviana non ha attraversato la navata tra gli occhi commossi di un centinaio di amici, parenti e conoscenti. Per loro, da oggi, fuggire non sarà più così semplice.

Lo so, è un pensiero codardo, ma è sbocciato quando ormai meno me l'aspettavo, nella sua semplice e cinica realtà. Come se oggi ci stesse dicendo: io, Lorenzo, mi assumo la responsabilità di quanto accadrà tra me e un'altra persona di fronte a tutti voi. In fondo, se io volessi, che ne so, fuggire domani, potrei farlo. È forse qui sta la differenza? Adulti si diventa quando si è così sicuri delle proprie idee, dei propri sentimenti, da potersi permettere il lusso di non temere di fallire e tornare indietro?

Incrociare lo sguardo di Lorenzo, rivolto a Viviana, mi è servito da parziale risposta. So che dentro di lui, fino a qualche istante prima, non c'erano quelle certezze che si presume abbia chi si dirige all'altare per giurare amore eterno a un'altra persona. Ma osservarli da quell'angolatura privilegiata, notare la cura con cui, tenendole le mani, ha provato a stemperare la tensione e l'agitazione che la sua futura moglie aveva accumulato, nel terrore che qualche particolare potesse andare storto, mi ha aiutato: per quanto ancora incerto, Lorenzo è pronto a compiere il salto, e lo ha fatto teneramente, dicendole «Sei bellissima» soltanto con le labbra, che si univano e separavano, malferme, tremolanti, come agli amanti capita nel corso di una vita.

Per il resto del tempo ho affrontato il caldo e la timidezza sventolando aria bollente contro il mio volto sempre più arrossato, in attesa di quel "lo voglio" che ci avrebbe liberati. Ho sentito gli sguardi destinati al "fotografo di Milano". Mi sono sentito a disagio perché, nonostante la maggior parte di loro non abbia riconosciuto in me l'amico d'infanzia di Lorenzo, io so perfettamente chi sono loro. Tutto il quartiere della mia infanzia nella sua versione senile e imbellettata, disposto a scacchiera vivente con il ruolo che avevo fissato loro nei ricordi di più di dieci anni fa. Il panettiere e la moglie, che si possono muovere solo in orizzontale dietro il bancone, tra focacce, trecce, quartini. Il barbiere degli anziani, il cavallo che si muove a L, da un lato all'altro della poltrona. E parla, parla sempre. «Dice i fatti di tutti» mi ripeteva mio padre, e poi è sempre unto. «A cudd 'nz'vus nan vog»[2]. E poi c'è la regina assoluta, la gelataia allo *spunto* del palazzone di casa di Lorenzo. Alta, altissima. Giunonica, prosperosa, tanta. Almeno così la ricordavo. I suoi seni, le sue minne erano leggendarie quando eravamo dei marmocchi e sapevamo che i ragazzi più grandi vi facevano tappa fissa e che lei ignorava, o forse fingeva, di essere oggetto di quelle attenzioni maliziose. Loro si divertivano con battute a doppio senso su gelati, coni e coppette e lei osservava e taceva, il che non era un male per gli affari. Oggi la osservo e vedo quella che chissà,

2. «Da quel lurido io non vado».

forse è una nonna e che all'epoca era soltanto una mamma che faceva il proprio lavoro, a cui toccava sopportare i commenti di quattro mocciosi ancora vergini e qualche presunto maschio alfa sessualmente frustrato. Avrei voluto stringerla e chiederle scusa, ma ho provato vergogna.

Terminata la cerimonia ho continuato nella mia ignominiosa attività di sparizione fisica, ottenendo risultati indecorosi. Lorenzo e io ci siamo sempre frequentati da soli o con compagni di scuola. Le persone che vede più spesso da quando sono andato via, con cui va a cena fuori, a ballare il sabato sera, a vedere le partite al nuovo San Nicola, le conosco di vista, qualcuno è pure del quartiere. Saluti vaghi, veloci strette di mano, sguardi fugaci e quantità di argomenti in comune pari a quelli che legano un pastore scandinavo e un carpentiere di Cerignola. Niente più della semplice cortesia, molto più di quanto mi interessi. Un paio di ragazze, in due diversi momenti, hanno tentato un approccio per coinvolgermi nella conversazione. Ho sorriso, risposto cauto a proposito di programmi televisivi, pettegolezzi su sconosciuti e canzoni di moda, distolto lo sguardo da scollature audaci che non ho per altro disdegnato e nominato Andrès e Martina appena ho potuto. Il desiderio di tornare a casa si è fatto ogni minuto più forte. Finché non si è avvicinata a me Viviana.

Nel suo abito bianco, sobrio, elegante, è perfettamente a suo agio, contraltare a quel disgraziato del suo novello sposo. Che sia bellissima, l'ho sempre pensato e non mancavo di ripeterlo a Lorenzo, in una delle nostre dinamiche più rodate nelle quali fingo di essere suo concorrente. Ma in questo caso ha superato se stessa. Una lieve onda bionda scivola a contornarle il viso, appena colorito da un soffio di fard. Gli occhi rilucono tra le ciglia lunghe e accattivanti. Mi ha tirato per un braccio. Ho resistito solo per un momento, fingendo di essere occupato con il terzo secondo di mare, ma alla fine ho ceduto alla sua richiesta di ballo. In fondo, sono il miglior amico di suo marito. Negli anni il nostro rapporto si è sempre assestato sulla piacevole condivisione del nostro interesse comune: Lorenzo. Nonostante la diversità di contesti d'origine e destinazione, il nostro affetto per il baricentro di quel triangolo scaleno ha fatto sì che entrambi evitassimo posizioni granitiche che se rendevano impossibili gli scontri, d'altro canto portavano a non conoscersi mai per davvero.

Mi ha preso la mano destra con la sua sinistra, stringendole come per sancire un patto segreto, e ha accompagnato la mia sinistra sul suo fianco e ha fatto altrettanto con la sua destra, a chiudermi in una morsa implacabile. Solo allora ha cominciato a parlarmi.

«Di' la verità, sei stato tu?».

«A fare cosa?».

«Non ci provare! Magari non sarò un fulmine di guerra, ma non sono la *solita* commessa, certe cose una donna le sa. E poi, guarda come sono gli amici che tiene qui a Bari. Non li vedi come sono? Gli manca solo la coda».

«Te lo giuro, Vivi, lo so».

«Nell'ultimo mese Lorenzo stava tutto agitato. Sembrava in pena, come se niente potesse tenerlo calmo. Poi sei arrivato tu, ed è tornato come sempre. E allora, volevo sapere, visto che ci sono cose che manco io riesco a fare, se potevi dirmi cosa gli hai detto».

«Vivi, se te lo dicessi, probabilmente non mi crederesti».

«Per favore. Io lo so che un conto è la moglie, un altro sono gli amici, però vorrei capire dove non sono arrivata, cosa non ho capito. Io amo Lorenzo, veramente, con tutto il cuore, e so che anche lui mi ama, altrimenti sarebbe scappato prima, visto quanto è stato complicato organizzare 'sto pandemonio. Però a volte non lo capisco e non so come comportarmi. Poi arrivi tu, due birre, un tuffo al mare e lui torna a casa sereno e in grazia di Dio, e del nervosismo dei mesi precedenti non c'è più traccia».

«Vuoi la verità? Gli ho solo detto che stiamo inguaiati tutti e due, non di più di quanto siano rovinati gli altri, non di meno».

Ha spostato la testa. Dall'essere lievemente affiancata alla mia, con le guance che si sfiorano, si è posta esattamente di fronte a me.

«Vedi? Te l'avevo detto che non ci avresti creduto. Io non ho fatto nulla, ho solo detto che stiamo tutti inguaiati, nello stesso modo, e lui ha capito che è normale avere dei dubbi, delle paure. Che siamo tutti spaventati dal futuro, che temiamo di non essere capaci, che continueremmo volentieri a demandare le decisioni della nostra vita a qualcun altro, senza assumercene la responsabilità. Che in generale a ogni scelta corrisponde una rinuncia, e che ci sono bivi ai quali non possiamo tornare indietro e ricominciare una nuova partita».

«Perché non me ne ha parlato?».

«Perché lui pensa che tu lo veda come il supereroe e in fondo vuol continuare a esserlo ai tuoi occhi. Non vuole farsi vedere debole, confuso. Io, davvero, non ho fatto niente di speciale. A cosa servono altrimenti gli amici, se non a condividere le proprie paure».

«Sarebbe bello se tu tornassi qui. Lorenzo ne avrebbe bisogno».

«Ne avrei più bisogno io» le ho risposto, riaccompagnandola al centro della sala. «E poi lo sai che se cambi idea io sono sempre disponibile».

Ho alzato volutamente il volume della voce per farmi sentire da Lorenzo che la aspettava per ballare ma che prima ha finto di tirarmi un cazzotto.

Ho approfittato del taglio della torta per lasciare la sala. Ho abbracciato Lorenzo, che mi ha chiesto di non partire immediatamente e gli ho detto che avremmo avuto ancora qualche giorno. E poi, li avrei aspettati a Milano.

Sono tornato a casa. Lorenzo si è sposato, Viviana era bellissima, Martina non ha ancora chiamato e io sono sempre più stanco.

## Bari, 7 agosto 1991

Martina ha chiamato a casa. Ha parlato un attimo con mia mamma. Dice che è dai suoi e non ha voluto svegliarmi, ma che mi invita a restare qualche giorno in più, per godermi gli amici, la famiglia. Che al ritorno sarà più bello perché avremo molto di più da raccontarci.

Non so se esserne soddisfatto, basito o incazzato. Poteva pure richiamare qualche ora più tardi, o rispondere quando ho provato io a cercarla.

Quanto mi fa impazzire quando fa così. Stasera bevo finché non svengo.

## Bari, 8 agosto 1991

Stamattina Lorenzo ha telefonato a casa da una cabina del porto, dove era andato per fare non so quale commissione col padre di Viviana. Mi ha solo detto: «Prendi la macchina fotografica e muoviti. Devi venire immediatamente, che qui sta succedendo il macello». Il solito melodrammatico.

Fa un caldo atroce. Mia madre sostiene ci siano quaranta gradi, ma per lei ci sono sempre quaranta gradi quando non ha le forze di cucinare o di mettersi a stirare. Al telefono ho solo detto: «Sì, arrivo, arrivo», senza farmi troppe domande. Quando non lo accontenti, Lorenzo è capace di diventare estremamente pressante. Ho chiesto a mia madre che ore fossero e mi son sentito rispondere prima che era l'ora di svegliarmi, poi che erano "le undici passate", con il tono di rimprovero di chi non accetta certi orari, sconvenienti e immorali. La sua capacità di generare in me, suo figlio, sensi di colpa, andrebbe studiata. Sul petto si è formata una chiazza di sudore che ho asciugato col palmo della mano sinistra, utilizzato anche per grattarmi senza alcuna ragione parti alla rinfusa del mio corpo. Mi sento intontito e appiccicaticcio. I capelli hanno ancora la forma del cuscino e la mia mobilità rasentava quella di un ottuagenario con problemi di osteoporosi. Ho chiesto e ottenuto un caffè, con la scusa che a quel punto ero di fretta e dovevo ancora andare in bagno, e addentato un biscotto mentre avevo già un piede fuori dalla porta. Lorenzo non mi ha detto molto, solo di precipitarmi lì.

Le strade sono deserte, ma in un giovedì mattina di metà agosto, chi avrei pensato di trovare? Sono tutti al mare, a Pane e Pomodoro, a Capitolo, mentre io valuto in quale giorno rifare la traversata per tornare a Milano. Mi ha dato appuntamento al Liceo Orazio Flacco, che ho raggiunto in tempo record. Anche i semafori sembrano non voler lavorare, restando verdi senza democratica alternanza. Da lì saremmo andati insieme. Non ha voluto anticiparmi nulla, ma mi è bastato che si scoprisse lo sguardo sul mare per capire quello che stava accadendo. Erano quasi le dodici e di fronte a noi c'era uno spettacolo a dir poco sconvolgente.

Una nave, ma non una qualsiasi. Una di quelle bagnarole mercantili che sembrano sgorgare ruggine da ogni bullone, con le gru per il carico e lo scarico sulla prua a minarne equilibrio e solidità e l'aspetto di chi chiede di essere rottamata e mandata in pensione. Nonostante la distanza, ho visto chiaramente una montagna di corpi. Corpi umani, di esseri umani, seminudi, sbraccianti, disidratati, accaldati, alcuni festanti, altri stremati. Pelli segnate, come terra secca, su ossa ruvide. Padri, figli, fratelli, principalmente uomini. Poche le donne. Fisionomie diverse di fratelli del Mediterraneo. Non sono greci, sono slavi, jugoslavi? Le informazioni ci sono arrivate in modo frammentato ma quasi sempre corretto. I portuali sembrano sempre saperne più di chiunque altro. «Sono albanesi, in fuga dai comunisti». «Pure loro!». Liberismo e comunismo sembrano dei sogni per chi non li vive davvero. Chiacchiere da bar, di chi dà fiato a memorie approssimative e non sa che il socialismo, in Albania, si è sciolto col crollo dell'URSS in un baratro di incertezze. «Li dovevano mandare a Brindisi ma stanno arrivando qui». Arrivati più vicini abbiamo sentito le prime cifre. Parlano di circa cinquemila persone, qualcuno di più. Cinquemila? Su quella cosa? Ma come è possibile? Avranno sparato un numero a caso. Figuriamoci. E dove li mettono cinquemila uomini su quel residuato bellico?

Mentre si avvicinano, quel numero non mi sembra così impreciso, anzi sembra una stima al ribasso.

Per più di mezz'ora Lorenzo mi è rimasto accanto, poi mi ha sussurrato che doveva assolutamente andare, altrimenti il vecchio gli avrebbe fatto storie.

«Hai visto? Quella volta ti ha portato fortuna Martina. Oggi tocca a me. Fotografali a questi, che mi sa che non è una cosa che capita così spesso. Vedi le facce che tengono? Non sono facce normali. Questi pare che sono arrivati in America. O non sanno dove stanno, oppure stavano veramente *frecati* lì».

Mi sono avvicinato alla banchina quando sono scesi i primi. Sembravano formiche che sbucano dal loro formichiere. Continuavano a venire fuori dalla stiva della nave come se non ci fosse un fondo, ammassati gli uni sugli altri, aggrappati, muscoli sfiniti, sorrisi stremati ma festanti come al termine della partita che decide il campionato. Colpi sulle spalle, cinque scambiati in continuazione, pollici in su, segni di vittoria, abbracci commossi tra compagni di sventura. Al telegiornale delle otto, sul primo canale, le autorità hanno parlato di circa undicimila uomini rinchiusi in uno spazio che non ne avrebbe dovuti neanche ospitare mille.

Nessuno, nessuno sa cosa fare di questi disperati. La Guardia costiera ha cercato di formare un cordone, almeno per definire uno spazio di accoglienza prima di capire come comportarsi, ma come bloccare un esercito di migliaia di anime? Qualcuno si è tuffato in mare, cercando di allontanarsi per paura di esser rimandato a casa. Altri hanno cominciato a protestare. Ma per almeno un paio d'ore nessuno ha saputo davvero come reagire. Io ho provato a comunicare con qualcuno di loro e ho scoperto che la maggior parte conosceva un italiano un po' risicato ma comprensibile, frutto dei sogni a occhi aperti di fronte alla televisione che racconta di un'Italia come del Paese di Bengodi. Mi sono rivolto principalmente ai ragazzi, affascinati dalla mia macchina fotografica. Probabilmente mi hanno scambiato per un operatore della televisione e hanno cominciato ad avvicinarsi citando nomi di personaggi dello spettacolo. Lorella Cuccarini è stata la più gettonata, ma non sono sfuggiti a questo elogio decontestualizzato anche Columbro e Carlucci. Quando ho fatto il nome di Baudo invece non ho ottenuto lo stesso successo. Poi sono passati ai calciatori e Baggio è diventato il nome che ha sovrastato gli altri.

Sembra che tifino tutti Milan, probabilmente per le recenti vittorie in Europa. Qualcuno veste persino riproduzioni pessime della divisa a strisce rossonere.

Non ho voluto scattare immediatamente. Ho approfittato di quel tempo e qualcuno ha cominciato a parlare. Da quel momento in poi non so come sono riuscito a non strapparmi il cuore. Ho cominciato a prendere appunti che ora sto ricopiando. Un giorno dovrò raccontare queste storie.

Arben ha diciassette anni, ma ne dimostra almeno il doppio. Sua madre e sua sorella sono rimaste a casa. Del padre non sa nulla. È stato sbattuto in cella durante una manifestazione ed è più di un anno che non hanno sue notizie. Lui ha seguito suo zio e suo cugino ieri sera. Si vociferava di una nave attraccata a Durazzo che sarebbe ripartita il giorno dopo per Brindisi. Tutti in paese sapevano che si poteva fare. Già qualche mese prima una nave aveva portato migliaia di albanesi in Italia seguendo la stessa tratta. Il tempo era buono, la nave c'era, non era una di quelle balle che giravano negli ultimi giorni. Poteva essere il gran colpo per lasciare la propria terra martoriata da un Governo duro e oppressivo. Quando sono arrivati si sono resi conto che l'informazione si era diffusa fin troppo. Dovevano essere un migliaio, invece erano più del triplo. Lui ha dormito sulle gambe dello zio. Ha trattenuto per ore ogni stimolo finché non ha finito col fare la pipì davanti a centinaia di occhi che faticheranno a dimenticare quella notte così stupenda e incredibile. Dice che sa fare il muratore, ma che all'occorrenza può fare di tutto. Vuol mettere i soldi da parte per far venire la sua famiglia in Italia. In Albania ci torna o ricco, o morto. Gli ho fatto un ritratto. Le guance scavate, gli occhi infossati che accentuano la profondità del suo sorriso contratto e teso. Le sue iridi brillano di lacrime arrestate dal proprio orgoglio. Non si può piangere, non lì. Magari più tardi, quando sarà da solo e potrà essere sincero.

Erjon ha ventiquattro anni. Fa l'attaccante. Solitamente usa la maglia numero 9 e sogna di diventare come Van Basten, a cui ha copiato il taglio di capelli. Ha giocato per anni nel massimo campionato albanese, nel Valona. Una volta, mi ha raccontato, durante una trasferta in Austria sono quasi riusciti a fuggire, ma le guardie che li scortavano, pagate dal governo, li hanno recuperati per una strada sterrata non lontano da Salisburgo, dove avevano affrontato la squadra locale. Faceva freddo e indossavano ancora le loro divise sudate. Avevano approfittato del tempo previsto per le docce per sgattaiolare via. No, diciamo che non se la passa malissimo, ma nulla può essere messo in confronto con l'idea di lasciare casa. Sua sorella è sposata con un violento che gli impedisce di vederla. È ingrassata e ha messo al mondo tre figli, tre nipoti che non ha mai visto. Vuole riscattarsi, giocare nel campionato più famoso del mondo, in modo tale da tornare e pagare qualcuno per eliminare suo cognato. In Albania, stando a quanto dice, è nel suo pieno diritto perché sa che lui la tradisce con una sguattera che lavora nella casa accanto.

Ho continuato a parlare con loro e più raccontavano,

più rimanevo sconvolto dall'assurdità di tutto. Ho cercato di immortalare quanti più volti e quante più storie, ma ho finito col perdermi completamente tra chi non ha nulla da perdere. C'è chi si è vantato dei propri kalashnikov usati per spaventare i compaesani e chi non ha nascosto un passato da borseggiatore ma che si dice pronto a cambiare vita. Qualcuno ha detto: «Non trattateci come negri, che noi non lo siamo», e un po' volevo ridere e un po' volevo piangere. Vorrei dare un'idea quanto più precisa possibile di quello che è accaduto oggi: è come se da un momento all'altro un paese di media grandezza, di quelli che qui vicino Bari abbondano, si sia imbarcato, portandosi dietro il proprio caleidoscopico catalogo antropico di lattai, fruttivendoli, rivenditori di auto usate e assicuratori, "topini", diplomati, e persino medici. Come Vasjl, che mi ha raccontato di aver rinunciato alla propria professione, consapevole che in Italia la sua laurea non sarà riconosciuta, per poter semplicemente lavorare, esser pagato e spedire la rimessa a casa, ammesso di riuscirci. Quando l'ho fotografato, ha cominciato a piangere, lui sì. Gli ho chiesto se gli dispiacesse e mi ha risposto che no, non gli spiace affatto e che è così che si sentiva e non riusciva a frenarsi. Avevo rullini a sufficienza? Fosse stato per me, avrei fotografato ognuno di loro e raccolto ognuna di quelle odissee, ma era umanamente impossibile. Mi sono lasciato guidare dall'istinto.

Sono passate ore senza alcuna informazione finché qualcuno non ha cominciato, tra le proteste vibranti, ad accompagnare quei disgraziati verso un punto di raccolta che abbiamo poi scoperto essere lo Stadio della Vittoria, recentemente abbandonato dal Bari dopo la costruzione del San Nicola per i Mondiali di calcio.

Lasciati a essiccare sotto un sole cocente, come pomodori per la conserva. Nonostante la condizione terribile e soffocante, hanno continuato a sorridere e fare segni di vittoria, hanno l'espressione di chi sa che il peggio è passato. Nessuno sa cosa accadrà. Per un attimo mi sono tornate alla mente le immagini di Berlino. Quanto è trascorso da allora? Quasi due anni. Mondi diversi, popoli differenti ma io mi sento di nuovo lì.

Sono tornato a casa e ho contattato un amico dei miei, fotografo, per chiedergli di usare la sua camera oscura. Nell'attesa ho chiamato la redazione. Non potevano crederci. Io ero lì e avevo ripreso tutto. Mi hanno chiesto di inviare tutto il prima possibile e di abbozzare qualche riga. Ho chiesto che a occuparsi di un testo fosse un giornalista scelto dalla redazione locale, nonostante una palpabile diffidenza.

Mi sono immerso nel buio e a ogni scatto impresso su carta ho sentito il magone. Cosa sta accadendo in Italia, cosa sta accadendo a casa mia? Sono tornato con la mente a Berlino e ho ripensato all'accoglienza dei cittadini della zona ovest che hanno visto l'arrivo dei loro fratelli in condizioni assolutamente improbabili. E sono miei fratelli anche loro, solo distanti qualche miglio marino. Sto facendo la cosa giusta? Non posso lasciarli così. Domani ci torno, sperando di riuscire a passare attraverso le barriere militari che sempre secondo il telegiornale hanno creato per confinare e arginare quella montagna di uomini. Non mi interessano molto i pareri dei politici. Ognuno non fa che tirare l'acqua al proprio mulino elettorale. Cattolici, comunisti, tutti. Dal Governo albanese, nulla. Neanche una comunicazione ufficiale, se non una pallida idea di accordo per un immediato rimpatrio, quasi siano merci di contrabbando. Questo è stato comunicato da Andreotti alle telecamere della Rai. Nessuno sa cosa fare e come farlo.

Ancora un 9 novembre.

E io sono di nuovo qui, nella storia.

## Bari, 11 agosto 1991

Un putiferio, un incubo. Ecco cosa sono stati questi giorni. Mentre sulle prime pagine dei giornali campeggiano alcuni dei miei ritratti, io ho cercato di penetrare le fila della polizia per rientrare in contatto con gli uomini con cui ero stato ammassato sulla banchina del porto. Mi è stato dato il contatto del giornalista locale che mi avrebbe aiutato a oliare le persone giuste per entrare allo stadio, cosa che è accaduta. Ma quello che ci siamo trovati a fronteggiare è ben diverso da quanto avevamo osservato fino a poche ore prima.

L'iniziale fervore e furore si sta trasformando in frustrazione e rabbia strisciante. Non arrivano rifornimenti di acqua e cibo e la temperatura in aumento non fa che peggiorare le cose. Il peggio non era ancora arrivato. Non si sa come, mentre quegli uomini immaginavano di essere trasferiti nelle laboriose e produttive città del Nord, o magari a Firenze, Venezia, che tanto hanno ammirato in TV, sono arrivati ordini di rimpatrio coatto per la quasi totalità dei fuggiaschi. Quando l'indiscrezione ha iniziato a prendere i contorni di una brusca conferma, si è scatenato l'inferno. I più giovani e in forze hanno cominciato ad alternare vibranti proteste a tentativi sconclusionati di evasione, provando a scavalcare le massicce mura dello stadio. I seggiolini che non erano ancora stati tolti sono stati divelti e usati come armi nei confronti della polizia, in evidente inferiorità numerica nonostante le condizioni psicofisiche più stabili. Ma dove non arriva l'energia, si sa, arriva la disperazione e la convinzione che l'interminabile notte passata su quel rottame fetido, dove molti di loro hanno seriamente rischiato di lasciarci più dei propri desideri, sarebbe risultata inutile, ha trasformato i sorrisi in ghigni di rabbia. Qualche poliziotto si è lasciato scappare l'informazione? Possibile. Non si sa come ma alla fine la situazione è precipitata e per poco non ci siamo trovati in mezzo anche noi, arrivati con le migliori intenzioni. Ho rivisto Vasjl. Questa volta non piangeva. Era fuori di sé. Non mi ha riconosciuto. Brandiva una corda, a mo' di frusta, allontanando chiunque provasse ad avvicinarsi. Ho scattato, non troppo convinto, e mi sono vergognato di quello che stavo facendo. Avevo ripromesso a me stesso di fare qualcosa per loro, e invece stavo diventando testimone di una violenza che potrebbe minare la narrazione di questi giorni. Non più esuli, ma delinquenti comuni. Sono cominciati a circolare anche coltelli, nascosti chissà dove fino a questo momento. Siamo rimasti quanto più abbiamo potuto, cercando di comunicare con qualcuno di loro che mastica meglio l'italiano. Non vogliono crederci. Non possono tornare e, se anche fossero rimpatriati, tornerebbero alla prima occasione possibile. L'Albania non è più un'opzione praticabile. La sera del nove agosto già quasi un migliaio di loro è stato rispedito al mittente e la mattina successiva, almeno secondo le comunicazioni del Ministero dell'Interno, ne sarebbero stati trasbordati altrettanti, scomodando l'esercito. I tentativi di fuga si sono moltiplicati e anche le percentuali di successo, generando una propensione all'emulazione crescente. Se due giorni fa hanno fatto a gara per esser fotografati, adesso rifuggono la mia macchina, chi con un semplice gesto della mano, chi invece inveendo in una lingua a me incomprensibile ma in un tono ben più leggibile e minaccioso. Avrei dovuto continuare a scattare, ma non ne sono stato in grado. Non ho la stoffa del reporter.

Non tutti partecipano a quelle improvvide fughe o alla guerriglia. La maggior parte, occhi sbarrati, capi chinati e spalle ricurve, si affida alla rassegnazione. Ci hanno provato, così come si acquista un biglietto della lotteria. Sai già che le possibilità sono risicate, ma se succede... Certo è deludente scoprire di non aver vinto, ma in fondo lo hai sempre saputo che era un azzardo confidarci troppo.

Ho trascorso molto tempo con loro e altre storie mi sono state raccontate. Sembrano tutte variazioni su un solo tema, identico. Il passaggio dal socialismo di stampo sovietico, disperato e iniquo che fosse, al liberalismo esasperato ha creato non poche falle e ha portato sul baratro dell'incertezza e della fame una quantità spropositata di famiglie, costrette anche a sopportare le angherie di gente armata chissà come che fa il bello e il cattivo tempo in quelle terre ormai non più oggetto di controllo asfissiante. Sono rimasto impressionato dal corpo asciutto e muscoloso di un ragazzo che, spalle appoggiate alla parete e un piede tirato sulla stessa ad altezza del ginocchio, è di una eleganza imprevista. Si chiama Ermush, è un ballerino classico. Mi ha confessato di esser scappato pur sapendo che, tanti quanti sono, sarebbe impossibile essere accolti nella loro totalità dalle autorità italiane. Eppure, nonostante le remote possibilità, salire su quella barca gli è sembrato comunque un'opzione più felice di tornare a casa e assistere al graduale deperimento di sua mamma, in lotta con un male sconosciuto solo perché non hanno soldi per una visita medica. La sua idea è di far qualcosa, qualsiasi cosa. Arrivare in Italia, chiedere asilo politico e poi immediatamente trovare un modo per farsi raggiungere. Probabilmente non riuscirà a fare il ballerino, ma è disposto a mettere da parte la sua arte pur di dare una remotissima chance a sua madre. Gli ho chiesto se potessi scattagli una foto. Ha acconsentito a patto che raccontassi la sua storia. Gliel'ho promesso e lo farò.

D'improvviso siamo stati allontanati dalle autorità che ci hanno impedito di parlare, incontrare o semplicemente comunicare con loro. Ci hanno messi alla porta, cortesemente ma con decisione. Con il corrispondente locale siamo andati a bere una birra per fare il punto della situazione. Io sarei andato a sviluppare gli scatti mentre lui avrebbe messo su i pezzi da mandare in redazione. L'ho pregato di scrivere tutte le storie che ci avevano raccontato. Ha promesso che avrebbe fatto di più, ma senza aggiungere altro.

Ora, a questo punto, mi sembra più utile rientrare a Milano che stare qui. Probabilmente non ci sarà più accordato l'accesso allo stadio. Devo tornare. Domani farò il biglietto, saluterò Lorenzo e i miei e farò ritorno a casa. Ho molto da fare, tanto da dire, anche a Martina. Soprattutto a lei, in particolare dopo aver incontrato Miklovan e suo figlio Dusan.

Miklovan ha ventidue anni. Suo figlio tre. Le sue spalle sono completamente ustionate dal sole; la sua pelle è nodosa e chiazzata come quella di un frutto eccessivamente maturo. Sono sbarcati insieme agli altri ma è stato tra gli unici a dirigersi immediatamente verso la polizia. Quando ci siamo parlati, lui aveva appena consegnato suo figlio a un agente. Avevo assistito a tutta la scena. Il bambino sembrava incosciente. Avvolto in una specie di giacca di tuta dai colori sgargianti, aveva le guance arrossate. Ciò che mi ha però attratto e sconvolto è stata la sua eccessiva magrezza. Dal suo corpo spiccavano come lame le costole e le gambe non sembravano appartenergli, apparivano quelle di un bimbo più piccolo. Miklovan mi ha raccontato che erano giorni che Dusan vomitava, quando non andava a diarrea. La notizia della Vlora gli era sembrata un miraggio, un segno del destino inatteso e provvidenziale. Con il consenso di sua moglie, che a quanto pare ha gli stessi sintomi, si è recato a Durazzo non senza una certa dose di inconvenienti. Ha persino fatto l'autostop, scelta rischiosissima in Albania. Alla fine, è riuscito a ritagliarsi uno spazio su quella nave, ottenendo da altri fuggiaschi una piccola porzione aggiuntiva per far respirare quel corpo fragile che somigliava sempre più alla bambola di un ventriloquo. Dal mio volto traspariva un misto di preoccupazione e di confusione. Se n'è accorto e ha realizzato che non ho completamente compreso la drammaticità della situazione e che forse posso valutare come eccessiva la sua fuga e l'aver affidato il figlio alle cure sì delle forze dell'ordine, ma senza avere al fianco il padre.

A quel punto si è arrestato. Il suo sguardo, due pupille di un azzurro velato di grigio, hanno preso a vibrare, effetto della rifrazione liquida. Lacrime cristallizzate e fisse sull'orlo delle palpebre. Un'unica parola:

Colera.

Pur di salvare il suo primogenito, anche lasciando la moglie presumibilmente affetta dalla stessa malattia, si è gettato in quella massa di corpi.

Mi sono sentito misero, mediocre, viziato. Ho sentito sul petto tutto il peso della mia inettitudine, di fronte al gesto eroico di un uomo normale che ha saputo, quando è arrivato il momento, fare ciò che andava fatto.

Lui non è un eroe, è un padre, solo un padre. Io, fino a ora, non lo sono stato, e chissà se lo sarò mai.

Sono tornato a casa e mi sono fermato in camera, nella camera del ragazzo non ancora uomo che mi sento.

Se è vero che il dramma più grande di qualcuno non può sminuire quelli degli altri, non posso neanche restare indifferente. Avevo finalmente ucciso il tarlo? Magari sì.

Non ho fatto che pensarci e alla fine sono giunto a una terribile conclusione: non ho fatto nulla per conoscere mio figlio, e, per quanto ne comprenda la necessità, sono lontano da Milano da non so più quanto tempo e spesso non ne ho avvertito la mancanza, travolto dagli eventi, come se fossimo estranei che hanno condiviso del tempo insieme. Miklovan mi ha colpito senza che avessi il tempo di prepararmi adeguatamente a difendermi. E ora sento di aver sbagliato tutto, di aver creduto di star facendo il mio, lavorando per lui, guadagnando per lui, mentre in realtà non ho fatto altro che fuggire per paura di non essere pronto.

Ho il terrore disperato di non essere sufficiente, di non essere abbastanza. Ho paura di deluderlo, di farlo soffrire, di ferirlo involontariamente. Perché mi sento ancora figlio e non ancora padre. Se esiste un momento di passaggio, io non l'ho visto. E mi sono ritrovato catapultato dall'altra parte della barricata.

Quanto mi sta succedendo non è stato che un palliativo. Quanto tempo perso, quante occasioni sprecate. E quante scuse devo a Martina, sperando che si renda conto che questa volta ho capito, che non commetterò lo stesso errore, o che almeno ci proverò, seriamente.

Sin da quando è nato, so di amarlo, tremendamente, più di quanto ami me stesso, eppure mi sono messo nelle condizioni di stargli quanto più lontano possibile. Ora so perché.

## Milano, 15 agosto 1991

Martina se n'è andata. Per sempre, scrive.

Ha dato le dimissioni, lascia il giornale.

Ha portato con sé Andrès.

Mi chiede di non cercarla, scrive.

Mi ha fatto i complimenti per le foto.

Dalla redazione mi hanno chiesto di organizzare una mostra, immediatamente. Non è mai accaduto per nessun reporter. Sarebbe un onore, dicono.

Martina è tornata dai suoi, scrive.

Perché è esausta delle assenze, delle incomprensioni, dei silenzi.

Io sono solo, come credevo di voler essere un mese fa, dovrei essere sollevato, penso.

Qualcuno ha deciso per me.

Poi però ho parlato con Lorenzo, poi però ho conosciuto Miklovan. Poi ho pensato, tanto, penso.

Infine ho capito, ho fallito, credo.

Ci abbiamo provato, e tutto sembrava possibile, scrive, ma per quanto possa sembrare giusta, semplice, anche la migliore delle prospettive può rivelarsi inconsistente e trasformarsi in un baratro quotidiano da cui appare impossibile uscire. E sono vuoto.

Dio, ho bisogno di chiamare qualcuno.

Ma sono solo.
Terribilmente.

## Milano, 26 luglio 2011

È stata lei. L'ha deciso lei!

Non riesco a muovermi. Un'atrofia immediata ha penetrato ogni muscolo, ogni brandello nervoso, ogni più angusto antro di un corpo inerte. Ho temuto di arrestare persino l'istinto di respirare. Attonito, ho fissato il pavimento quasi in attesa di un intervento divino o di un narratore esterno capace di darmi nuove indicazioni, ma la mia attesa è stata vana.

Ho cominciato a parlare a voce alta, quasi che il suono possa aiutarmi a ordinare i pensieri e le informazioni in un puzzle deforme che proponeva risultati opposti.

Le cose sono due, o ha mentito lui, o ha mentito lei. Ho deciso di affrontare la prima possibilità, quella con la quale sono cresciuto, con cui ho convissuto da che ho memoria.

Gianluca mente. L'ha sempre fatto. Mi è sempre stato descritto come un bugiardo seriale, un artista della menzogna ben congeniata, un racconta balle. Vada, ammettiamolo, ma a che scopo?

In fondo, stiamo parlando non di un libro, ma di un diario che se non avessi trovato io, probabilmente sarebbe finito in fondo a qualche scatolone, o peggio nelle mani di qualche collezionista che ci avrebbe lucrato su.

La possibilità mi fa rizzare i peli delle braccia. Ma quante volte ho letto, riletto, sfogliato queste pagine negli ultimi giorni? Infinite. E quante volte ho anche solo avvertito la sensazione che stesse mentendo, che stesse traviando completamente la propria storia per dipingersi in forme più gradevoli? Neanche una. Mi costa terribilmente ammetterlo, ma mi ha fregato nel giro di poche facciate, nonostante credessi di avere gli anticorpi necessari. Ma chi mentirebbe scrivendo cose così personali? Solo qualcuno consapevole di esser letto prima o poi. E Gianluca, visti i toni, gli appunti, i salti, i singhiozzi, non sembrava affatto considerare anche solo l'ipotesi di mandare in stampa le proprie viscere, considerato che si è tolto la vita per non assistere a una celebrazione del suo lavoro. Poi, diciamolo, nessuno avrebbe proposto un ritratto così insicuro, fragile, anche un po' sfigato, in un'altalena di egoismo, falsità e umori indecenti. Ho letto i deliri e i dubbi di un ragazzino che ha giocato a fare l'uomo, in situazioni in cui si pretendeva che lui fosse già tale, baciato dalla fortuna e creduto un genio. Confessioni che mi hanno fatto sorridere, arrabbiare, commuovere, straziato il cuore, ma anche incazzare come una belva, che trasudano sincerità e lo rendono un grandissimo figlio di puttana.

Però… Però, dando per buono che sia stato un figlio di puttana, allora perché confessare anche i suoi dubbi sulla paternità, la casualità del suo successo, la sconfitta di un'esistenza? Fosse stato cosciente di scrivere per un pubblico di lettori, tra cui il figlio al quale ha scattato tutte quelle foto, al quale a quanto pare avrebbe più volte cercato di avvicinarsi, non sarebbe stato meglio spacciarsi per un padre quantomeno decente almeno nei primi mesi? Non sarebbe stato meglio vendersi come il padre reietto che si ravvede e cerca redenzione attraverso una vita di sacrifici e dedizione per ottenere l'opportunità di esser accolto nuovamente in casa? Avvertivo ancora una stonatura, una nota calante, eppure non sono riuscito a capire finché non mi è arrivata addosso come un treno in faccia a tutta velocità.

Le cancellature! Non ci ho fatto caso. Ho sfogliato le pagine. Non si tratta di rimodellamenti di stile o revisione a posteriori, quanto più l'effetto di pensieri sovrapposti, affastellati a una velocità superiore di quella di una scrittura a mano, nervosa. Non ci sono appunti laterali, che possono far dedurre una rielaborazione successiva. È tutto lineare. Ogni volta che qualche parola è rimossa a sciabolate di inchiostro, è sostituita successivamente, in un flusso continuo che ondula con tempi quasi musicali. E allora? Allora se non ha mentito, è stata lei a prendere la decisione di andare via? È stata lei a mentirmi, per tutti questi anni?

Perché?

Cosa ha pensato di evitarmi? I mesi passati insieme dopo la mia nascita dovevano esser stati così traumatici per lei da rendere impossibile l'idea di trascorrere tempo ulteriore con lui. Ma cosa era successo? E se anche fosse successo qualcosa, lui non sembra accorgersene a quanto dice. Devo andare dall'unica persona che può dare qualche risposta alla mia testa indolenzita.

In pochi giorni sto passando dall'essere il figlio di una madre single e un padre visto solo attraverso il filtro di uno schermo televisivo, all'essere il figlio di una bugiarda e di un ragazzo impacciato assolutamente restio a ogni forma di responsabilità.

Ho cacciato un urlo che mi ha lasciato senza ossigeno e solidificato il sangue. Ho camminato, e senza accorgermene ho cominciato a correre, sempre più veloce.

Ho preso al volo un taxi, dando le indicazioni all'autista, imponendomi di non pensare. Devo guardarla negli occhi e sapere tutta la verità.

Arrivato di fronte all'ingresso della mostra, ho incrociato Roberta, quasi investendola.

«Dov'è?».

«Ciao Andrès, stai cercando tua madre? Credo sia ancora a colloquio col professore».

«Dimmi solo dove sono!».

«Non lo so esattam…».

Non le ho permesso di terminare neanche la frase. L'ho presa per le braccia, senza temere di provocarle dolore, e scandendo soltanto: «Dimmi, dove, sono».

«Andrès, mi fai male».

Non le ho chiesto neanche scusa, non ne ho avvertito l'esigenza. Non ne posso più e non posso certo rimandare i miei propositi per stupidi convenevoli.

Li ho trovati intenti in una discussione accesa, della quale non mi importa nulla. Ho sentito soltanto la voce impetuosa dell'uomo che avevo visto con mia madre e il professore, ripetere ossessivament: «Non possiamo attendere troppo. In pochi giorni si aprirà. Rispetto al programma, abbiamo già perso una settimana».

Mia madre era lì, con le vene che pulsavano e le mani sulle tempie. Il capo chino, i piedi tesi, quasi si stessero preparando per spiccare il volo. Ha spostato indietro la sedia, probabilmente per investire quello spaccone, quando mi ha visto. Fermo, fuori dalla porta.

«Sai che ti dico? Fai come ti pare. Io non sarò certo qui ad assistere al tuo pietoso sciacallaggio, spacciato per "onore da rendere all'eroe". Ma sappi che non è finita qui».

Si è alzata, mi ha preso per il braccio e mi ha trascinato via. Mi ha colto in contropiede e io non sono riuscito ad arrestarne l'uscita teatrale.

Solo quando siamo arrivati all'esterno, lontani da tutti, lontani da tutto, ho trovato la forza di dirle di fermarsi.

«Andrès, non è giornata. Andiam...».

«No, questa volta non puoi passarla liscia» ho iniziato, con la voce molto più bassa e regolata di quanto credessi di poter gestire.

«Di che stai parlando?».

«Sei stata tu?».

«A fare cosa? Di cosa stai parlando?».

«Sei stata tu?».

«Andrès, non capisco. Vuoi dirmi di cosa stai parlando?».

«SEI STATA TU?».

Non avevo più bisogno di risposte. Quando ho esaurito tutto il fiato, il suo sguardo l'ha tradita.

«Chi te l'ha detto? Che cosa sai?».

«Allora è vero».

«Dimmi, con chi hai parlato?».

«Cazzo, sei stata veramente tu?».

«Non è così facile».

«Basta dire cazzate. Non è stato lui a lasciarci. Te ne sei andata tu quando lui non c'era».

«Non è proprio così. Ma chi ti ha riempito la testa di queste sciocchezze?».

«Cazzate! Te ne sei andata, sparita, volatilizzata. Sei scappata e gli hai lasciato spiegazioni inutili. Come hai potuto?».

«Non ho avuto scelta» ho avvertito tutto lo sforzo dei miei muscoli per evitare il pianto.

Nessuna commiserazione. Il mio furore non si sarebbe certo fatto impietosire.

«Come hai potuto fare una cosa simile? Come hai potuto impedirmi di conoscere mio padre?».

«Tu non puoi capire!».

«No, non puoi risolvere tutto sempre con queste frasi del cazzo. Non puoi capire? Non spettava a te! Non sai! Non conosci! Come hai potuto? Come hai osat…».

A quel punto però le sue palpebre si sono strette e ho assistito a una scena incredibile. Del volto sull'orlo del pianto non c'è più nulla. Al contrario, su quei lineamenti morbidi si è dipinta un'espressione che non lasciava presagire nulla di buono. La sua voce, erompendo da due decenni di polvere, ha spazzato via tutto. Eccola, la sua corazza. Per un secondo ho addirittura temuto potesse rifilarmi un ceffone. Ma lei, imperturbabile, ha solo indossato l'armatura.

«Tu chiedi a me come ho osato? Tu? Ma chi ti credi di essere per dirmi una cosa simile? Chi ti ha raccontato queste stronzate lo sa che cosa ho passato io? Ha una vaga idea di cosa siano stati quei mesi a badare da sola a un bambino di pochi mesi, senza genitori o amici o chicchessia in grado di spiegarci o aiutarci quando non sapevamo come farti smettere di piangere? Mentre lui girava da una parte all'altra dell'Italia e quando era a casa non sapeva neanche come prendersi cura di te, io ero lì, sempre. A ogni tuo pianto, era già sulla soglia di casa per qualche improvviso impegno di cui si era ricordato all'ultimo momento. Non riusciva a starti accanto per più di mezz'ora. Vaneggiava di responsabilità, di necessità, ma non erano che alibi. Lui non sapeva neanche cambiare un pannolino, riscaldare il latte o imboccarti. Tu, che adesso sei qui e mi fissi come se fossi una pazza, non sai quale incubo siano stati quei giorni. Attendere notte fonda per vederlo rientrare, confuso, stanco. Mai una parola, mai un momento per chiedermi come fosse andata la mia giornata. Quanto avevamo costruito fino ad allora si è dissolto, lasciando scorie e cicatrici. Non potevo non andarmene. Hai idea di che cosa mi ha detto? Lui? Il grande padre che ti è mancato e di cui solo adesso ti accorgi? Che non si sentiva pronto. Dopo che tu eri già nato, quando avevi qualche mese di vita, allora si è accorto di non essere pronto. Come avrei potuto».

«Non lo sai, non lo potevi sapere! E comunque non avevi alcun diritto!».

«Alcun diritto? Tu sei mio figlio».

«E lui era mio padre! E tu gli hai tolto ogni possibilità di dimostrarti il contrario. O almeno di dimostrarlo a me!».

«Non è vero!».

Avrei dovuto fermarmi, ma non ci riuscivo.

«Le foto, tutti quegli scatti, negli anni. Non gli hai mai permesso di avvicinarsi».

«Come avrei potuto? Sapevamo entrambi che sarebbe scappato. E poi andava e veniva con una frequenza ingestibile, sempre dietro modelle, attricette. Cosa avrei dovuto raccontarti? Come spiegarti che tuo padre non era capace di restare in uno stesso posto per più di qualche giorno?».

«Non era compito tuo».

«Certo che lo era. Ma hai una vaga idea di cosa significhi essere genitore? Di esserlo da sola? Credi che le sue angosce non fossero anche le mie? Hai idea di quanti dubbi, di quanta paura avessi di sbagliare, di ferirti? E lui cosa fa? Sbrodola confusione senza condividerla, ma dandomela già per definitiva e irrisolvibile. Non potevo continuare così. Avrei solo voluto qualcuno con cui affrontare il mondo, fianco a fianco. E invece avevo a che fare con due figli, uno solo più cresciuto ed egoista. Chi c'è stato quando hai avuto la febbre alta per giorni e nessuno sapeva spiegarselo? Chi c'è stato il tuo primo giorno di scuola? Chi ti ha letto milioni di libri prima di andare a dormire, o ad accoglierti tra le sue braccia ogni volta che ti sei fatto male?».

«Non ci provare, non puoi risolverla così, puntando sul mio senso di colpa! Stai giocando sporco…».

«E cosa dovrei fare?» mi ha detto, cominciando a singhiozzare. «Ho davanti mio figlio, il mio unico figlio, che sta spazzando via anni passati a prendermi cura di lui, basandosi su cosa poi?».

«Oh, sì, sei brava. Così si fa. Ma questa volta non puoi uscirtene con la solfa dei due contro il mondo. Io voglio solo sapere la verità. Voglio solo sapere perché non ho avuto un padre come tutti. Anni, anni passati a chiedermi cosa avessi di meno degli altri, a pensare a come poter rimediare a tutto questo. Hai anche solo idea di quante volte mi sono sentito insufficiente? Di quante volte mi sono sentito incapace di essere un buon motivo per mio padre per tornare a casa? E tu ti sei mai colpevolizzata? No, perché sei stata solo un'egoista! Mio padre era confuso, insicuro? Non è certo colpa mia. Me l'hai mai detto? Ti sei mai chiesta cosa avessi fatto tu per generare questo vuoto? No, mi hai riempito di bugie che ti facevano comodo, frammentando la realtà, decomponendo i fatti perché mi schierassi al tuo fianco in una battaglia che non doveva essere la mia, contro un nemico che non era il mio. E ora? E se non avessi mai scoperto nulla? Ti rendi conto di quanto sia tutto così privo di senso?».

«Io non lo so…».

«Adesso è facile. Il problema è svanito. Nessuna controprova, nessun imputato da chiamare al banco per dare la propria versione. Solo vent'anni condensati in un'unica, enorme, gigantesca bugia che nessuno può più mettere in discussione».

«Non puoi farmi questo. Non puoi dire che tutto ciò che abbiamo passato è solo una bugia».

«Dimmelo tu allora cosa dovrei pensare! Dimmi, cosa dovrei fare adesso? Pretendi che finga che non sia successo nulla? Che nulla sia cambiato?».

«Vorrei solo tornare a casa».

«Non ora, non così».

«E adesso dove vai?».

«Non lo so. E se anche lo sapessi non te lo direi. Prendo un'altra camera».

«Per favore Andrès...».

## Milano, 26 luglio 2011

«E tu chi sei?».

«Potrei chiederti la stessa cosa. Che ci fai in casa di mio padre?».

Le sue labbra si sono spiegate in un'onda che non assomigliava a un sorriso tanto quanto a un broncio, ma pareva unire entrambi in un'unica espressione malinconica e dolciastra.

«Giusto, avrei dovuto immaginarlo. Tu sei Andrès».

Un uomo sulla quarantina. La sua giacca è lisa, abbinata in modo grossolano a una camicia scura e a un pantalone lievemente più lungo del dovuto ma dalle pieghe impeccabili. Nel complesso esibisce un'eleganza rustica ma composta. La barba ben fatta, i capelli corti e lievemente brizzolati. Le spalle appena appena incurvate ma ben tornite per la stazza e una pelle che appariva ruvida al solo sguardo facevano presagire un futuro di dolori ossei cronici. Nonostante la mole, appare impacciato, intimidito dalla mia presenza. Sembra seguire con occhi vaghi il percorso alterno di nodi e striature lignee sul parquet, in attesa.

«Mi chiamo Lorenzo. Sono, o per meglio dire ero, un amico di tuo padre».

Quel nome mi ha fatto trasalire. Che sciocco sono stato

a non pensarci prima: troppo preso dall'impossibilità di confrontarmi con mio padre, non mi è passato neanche per la testa di rivolgermi a uno degli altri protagonisti della storia. La solita arroganza di sentirmi più arguto di quanto la realtà non riveli.

«So chi sei. So molte cose di te. Mio padre è venuto al tuo matrimonio e so che eravate grandi amici» gli ho detto, volendo sciogliere quella sorta di imbarazzo tra due perfetti sconosciuti. «Scusami, ma non mi aspettavo di incontrare qualcuno qui, sai com'è... A proposito, come sei entrato?».

«Giusto. Conosco Luisa. Le ho chiesto di darmi le chiavi di questo posto. Era qui che un paio di volte all'anno scappavo a cercare buone ragioni per tornare a casa. Questa però non doveva davvero farmela tuo padre. Mi ha fatto veramente incazzare. Ti pare una cosa da fare senza dirlo al tuo migliore, nonché unico, amico? Adesso, a me, chi mi dice "Torna a casa da tua moglie, coglione?"».

Una tosse catarrosa ha coperto la fine della frase. «Maledette sigarette» ha aggiunto, accendondosene un'altra e andando verso il balcone, prima di voltarsi e offrirmene una.

«Che fai lì impalato?» mi ha chiesto, invitandomi a uscire.

«Sai, io e tuo padre ci conoscevamo da una vita. Potevamo non vederci o sentirci per secoli, ma non c'era nulla che non sapessimo l'uno dell'altro, se non per questa sua bella pensata. Me ne aveva parlato, ma come fai a prendere sul serio uno che ti dice "Se veramente mi dedicano una mostra, col cazzo che ci vado. Preferisco morire, piuttosto che andarci"? Uno ci pensa, tante volte, e mai arriva a immaginare che possa essere serio. Poi, tuo padre, uccidersi? Non lo facevo così stupido. Ma tu, giustamente, non puoi saperlo. Gianluca teneva paura persino di buttarsi dagli scogli in mare, figuriamoci ammazzarsi. Se non l'avessi visto con i miei occhi, adesso andrei in giro a dire "Gianlù, la vuè f'rnesch? Vid c ijss"[3]...».

Mi hanno lasciato impietrito la franchezza con cui mi ha parlato e la genuina rabbia che traboccava dalle sue parole, depositaria di un affetto che non cederà ai limiti della morte. Vorrei fargli mille domande, chiedergli se posso credere a quel diario, se posso fidarmi di lui, ma non so da dove cominciare. Si è accorto della mia immobilità, prima di voltarsi ancora una volta verso la strada.

«Tieni la sua stessa faccia. E si vede che mi vuoi chiedere un sacco di cose. Me ne accorgo perché Gianluca, che era sempre molto curioso, quando non sapeva come domandare, iniziava a grattarsi il braccio sinistro e ad accavallare i piedi, come stai facendo tu».

«Io so chi sei. Ho letto il suo diario» gli ho risposto infastidito.

Una risata raschiata è uscita sottile dai denti stretti.

«Non vorrai mica credere a quel cazzaro di tuo padre?».

3. «Gianluca, vuoi finirla, vedi di uscire...».

«Cosa vuoi dire?».

«Io non so che ci sta scritto, ma so che tuo padre diceva un sacco di cazzate. Figurati quante ne ha scritte».

Tutto mi sarei aspettato, fuorché una risposta del genere. Ma come?

«Ma sì, figurati. Quello viveva in un mondo tutto suo. Non sapevo neanche tenesse un diario. Chissà quante stronzate. Sia chiaro, magari avrà pure scritto cose di cui era convinto. Il problema non è la buonafede. È che lui, della vita, non ha capito proprio un cazzo. E tu mi stai dicendo che ha scritto pure di me?».

«Sì. Il diario si riferisce alla fine degli anni Ottanta e all'inizio degli anni Novanta. Si ferma all'agosto del 1991».

«Be', allora siamo a posto. Allora si spiegano tante cose. Sapevo che da qualche parte le andava a pescare tutte quelle cazzate che raccontava a me e a se stesso ogni volta che ci vedevamo. Adesso facciamo un gioco: faccio l'indovino».

A ogni parola, sprofondo in sabbie mobili invisibili.

«Vediamo un po'... Sì, allora avrà raccontato di come fosse solo un caso il suo successo come fotografo, della casualità per la quale si era ritrovato a scattare le sue foto più famose. Che era un impostore, uno che aveva avuto una botta di culo... Era il suo grande classico. Oppure che tua mamma se n'è andata senza dargli motivazioni o spiegazioni e che lui è caduto come una pera cotta. Cazzate, tutte cazzate. Lui era solo uno che non ha capito un cazzo di quello che gli stava accadendo. Sia chiaro, succede a tutti così, solo che lui trasformava tutto in una specie di romanzo. Tutto quello che gli succedeva sembrava essere stato scritto apposta da qualche sadico che si divertiva a giocare con il suo destino. Tutte minchiate».

Questo è francamente troppo. Scusandomi, mi sono diretto verso il divano, sul quale mi sono accasciato buttando la faccia contro il cuscino. Non si può chiedere più di questo a un ragazzo di vent'anni che in una manciata di giorni vede la clessidra della propria esistenza prima capovolgersi e poi ricambiare verso, bloccarsi, sospesa, a metà, in bilico su un fulcro appuntito e instabile, finché non si accorge che è nelle mani di un moccioso dispettoso che ti osserva con aria di sfida prima di invertire ancora il corso dei granelli.

«Scusami» si è avvicinato, appoggiando il suo pesante palmo sulla spalla, accorgendosi di essersi spinto troppo in là. «Sono veramente una bestia, un mulo da soma, di quelli che riconoscono solo mazzate e calci in culo. Non so gestire queste cose. Le emozioni, le sensazioni... Era tuo padre quello che provava a far quadrare tutto in questo cazzo di mondo in cui impari solo dopo che ti schianti da qualche parte. Ma quando parlo di lui, mi faccio prendere troppo, e in questo momento sono troppo arrabbiato con lui per essere onesto».

«Non so più cosa credere, non so niente» sono riuscito a balbettare, annaspando tra singhiozzi e colpi di tosse.

«Andrès, Gianluca, tuo padre, era solo un uomo che cercava di dare spiegazioni a qualunque cosa gli accadesse e non ha mai capito una cosa: che noi non siamo

Dio, e certe cose, per quanto ci proviamo, semplicemente non possono essere comprese, ma solo affrontate con le armi che siamo riusciti, se siamo stati fortunati, a procurarci durante il cammino. Sì, è vera la storia della fortuna. Si è trovato al momento giusto nel punto giusto. Ma quante volte sarà stato in luoghi in cui non è accaduto nulla, o magari qualcosa è successo, ma lui non è stato in grado di coglierlo? Non era un fotografo eccelso? Forse, o forse no. Forse semplicemente è stato capace di fare ciò che ha fatto ed essere apprezzato per questo motivo. Mille volte ha ripetuto, soprattutto quando era ubriaco, "Chissà che foto stupende avrebbe scattato Tizio o Caio, se fossero stati al mio posto". Ma lì, in quel momento, c'era lui, e lui solo. E questo lo faceva impazzire: il suo eterno senso di colpa, ecco cosa l'ha fregato. Il suo essere sempre in ansia, sempre terrorizzato dalle decisioni e convinto di essere in debito con il destino, di aver sottratto a un'altra persona ciò che lui si era guadagnato, in un modo o nell'altro. Essere incapace di rilassarsi e di gestire il tempo, quasi sentisse nelle sue orecchie il suono delle lancette, convinto di dover dare un senso, un qualsiasi senso, alla nostra vita. La fortuna è una dea bendata e bastarda, che quando ti colpisce ti disorienta e, mentre continui a chiederti se te la meriti, finisci con lo sprecarne i benefici. Tanto vale, a questo punto, essere sfortunati e lamentarsi. E tua madre, purtroppo, l'ha sempre saputo».

«Cosa c'entra mia madre?».

«Io non so cosa tu abbia letto in quel diario che dici di

aver trovato, ma se credi che qualsiasi cosa abbia scritto Gianluca sia la verità, ti consiglio di aspettare, parlare con lei e, nel caso, rivedere le tue convinzioni. Quella che hai letto non può che essere la sua verità, che probabilmente conosco benissimo e che, per sua buona pace, non può togliere nulla a quello che hai vissuto in questi anni. Anni che, sia chiaro, so benissimo hai passato lontano da lui. So tutto. Cosa credevi? Credevi davvero che il miglior amico di tuo padre non conoscesse la donna della sua vita? Non abbiamo mica due dimensioni o rapporti isolati. Il mondo vive anche quando tu dormi».

Devo avere un'espressione realmente sconvolta, se si è fermato per andarmi a prendere dell'acqua e accendersi un'altra sigaretta. Questa volta senza nemmeno l'accortezza di andare sul balcone. Ha incrociato le gambe sul tavolino, stendendo le braccia oltre lo schienale del sofà sul quale siamo sprofondati, prima di posizionare il posacenere sul bracciolo alla destra e continuare a parlare, non dopo aver bofonchiato suoni incomprensibili, stiracchiando le ossa e bestemmiando per i dolori che lo attanagliano.

«So che non è facile per te. Chissà quante cose ti saranno piombate addosso. Però penso di poterti dare una mano a fare luce su qualche particolare che adesso ti sembra così privo di senso. Partiamo dall'inizio: tua madre e tuo padre sono solo due persone complesse e potenzialmente compatibili che si sono scontrate in momenti sbagliati e se ne sono accorti troppo tardi, quando ormai il passato aveva creato incomprensioni e rancori mai risolti che hanno reso impossibile ogni forma di riavvicinamento. Non che non ci abbiano provato, ma forse mai con troppa convinzione. Ognuno non riusciva a perdonare qualcosa all'altro. No, non è colpa di tuo padre se tua madre se n'è andata, ma non è neanche ingiusto pensare che, se lei è arrivata a tanto, non c'è anche lo zampino di quello sciagurato di Gianluca e delle sue mancanze. Ma sai, uno può anche dirgliele certe cose, ma che senso ha? Sai qual è il vero problema? Che quando commetti qualche sciocchezza, non esiste un modo per tornare indietro».

«Io non so più a cosa credere. Fino a qualche giorno fa avevo una mamma che era un'eroina e una specie di alcolizzato famoso che non riuscivo a chiamare papà; poi questo diario; poi lei che mi dice che non capisco; poi tu. Sembra quasi vi divertiate a sballottarmi come una palla matta, di quelle che si danno ai bambini per distrarli».

«Hai ragione. So io cosa ci vuole. Una bella cacio e pepe».

«Ma non è un po' presto?».

Mi ha squadrato dalla testa ai piedi, con uno sguardo accigliato e truce che non ha lasciato spazio di replica.

«È sempre il momento di una cacio e pepe, e qui c'è il ristorante preferito di tuo padre. Mi ci portava sempre quando venivo a trovarlo. Costa poco, si mangia bene, e danno questi bicchieri da taverna così piccoli che finisce che ti scoli una bottiglia di Chianti grezzo senza che nemmeno te ne accorgi».

Si è tirato con forza la porta alle spalle, dopo avermi chiesto se avessi preso tutto, per poi guidarmi con una mano lungo il corridoio. Siamo scesi in strada senza che avesse smesso per un attimo di parlare, mescolando storie del passato di mio padre con pensieri generici intrisi di annacquati pregiudizi e gusti campanilistici. Non l'ho aiutato di certo, con le mie striminzite risposte, ma sembra comprendere di non poter ottenere molto di più.

Dopo qualche incrocio attraversato rischiosamente, vista la comprovata non necessità delle strisce pedonali da lui sostenuta, siamo arrivati al ristorante. Ci siamo accomodati e, senza troppi complimenti, Lorenzo ha ordinato per entrambi. Dall'esterno, più che due estranei, forse sembriamo un padre e un figlio.

Dopo un po' di silenzio e di commenti abbastanza inutili sul locale, si è schiarito la voce e ha chiesto: «Dimmi un po', cosa hai letto in quel diario?».

Non è stato facile, ma nello spazio di un piatto di spaghetti, un bis e quattro bicchieri lui e due io di vino, sono riuscito a riassumere, in modo sì approssimativo ma calibrato nei passaggi centrali, il resoconto di quello che ho letto. Mi ha ascoltato in silenzio, annuendo laddove la sua memoria si sovrappone con la ricostruzione di Gianluca e scuotendo la testa, con un ghigno silenzioso, quando ha avvertito discrepanze con la sua realtà.

«Mi ha fatto più intelligente di quanto non sia veramente. Certe cose manco ricordo di averle dette. Anche se certe volte mi sorprendo per ciò che dico». Ha fatto una pausa, nella quale non ha staccato dalle labbra il vetro del bicchiere, dal quale pare prendere ispirazione. «Ma adesso, cosa pensi?» mi ha domandato, solo dopo essersi assicurato che avessi terminato.

«Vorrei saperlo anche io. Ho sempre detto di non essere interessato a conoscere l'uomo che non era stato interessato a conoscere me. Ma mi rendo sempre più conto di esser stato un illuso a credere di poter completamente cancellare la sua presenza dalla mia vita. Vorrei pensare che in fondo è morto soltanto un estraneo, e invece ho lo stomaco macerato tra sensazioni in contrasto che non mi lasciano tregua. Un momento vorrei tornare indietro e cercarlo, e quello dopo vorrei solo fosse sparito nel nulla senza lasciarmi alcuna traccia. Sono amareggiato per aver creduto sempre e solo alla versione di mia madre e sono furioso per il fatto che lui non abbia fatto nulla in vent'anni per dimostrare il contrario. Sapere come ha passato questi anni e allo stesso tempo fregarmene. Ma più di tutto sono incazzato con quei due immaturi dei miei genitori, che mi hanno messo in questa situazione».

«Più parli, più mi ricordi lui».

«Per favore, non ti ci mettere anche tu».

Non ho avuto il tempo di essere infastidito dalla sua uscita che il suo sorriso ha smorzato il mio fastidio.

«Hai perfettamente ragione. Non dovresti essere in questa situazione. Nessuno dovrebbe mai. Ma sono tante le cose che non dovrebbero, eppure succedono. Noi stessi, non ci saremmo dovuti conoscere qui. Anche io, col senno di poi, avrei potuto fare di più, ma sai, uno non sa mai quando è il momento di andare oltre e fare il passo un po' più lungo, per paura di esser preso per un impiccione, di quelli che si divertono ad affondare le mani nelle disgrazie altrui. Vorrei poterti dare maggiori spiegazioni, raccontarti di questi anni passati con lui e lontano da voi, di Genova, ma non sarebbe giusto nei suoi confronti, visto lo stato in cui era. Se te lo stai chiedendo, la risposta è no, non ci è mai riuscito. Non ha mai superato la separazione da te, da tua madre. E questo l'ha fatto sprofondare irrimediabilmente nella persona che probabilmente è nella tua mente, o magari lo era fino a qualche giorno fa».

«Non è la mia immaginazione, è la sua immagine pubblica».

«Già, la sua "immagine pubblica". Da quando Martina se n'è andata, o comunque da quando si sono messi nella condizione di non sopportare più la presenza dell'altro, Gianluca non ha fatto altro che autosabotarsi. Consapevole o meno, ogni volta che c'era da prendere una decisione, sceglieva l'alternativa in grado di allontanarlo il più possibile da una situazione di serenità che potesse metterlo nella condizioni di tornare sui suoi passi, almeno di provarci. Un po' come un soldato suonato che piuttosto che ritirarsi in trincea per farsi medicare, aspetta in piedi e poi si lancia a guardia bassa contro i colpi avversari, per assicurarsi di essere sconfitto. Sai perché? Per paura di misurarsi con se stesso e scoprire di essere ancora fallibile. Ecco perché ha incominciato a fare la vita da star, scattare pessime foto per marchi internazionali che lo pagavano sempre di più quanto più schifo faceva, per il suo nome, non per il suo talento. E sai che talento aveva? Quello di rapire l'anima a chi posava di fronte al suo obiettivo. Il fatto è che più nauseante diventava, più la discesa diventava ripida. Quanto più sprofondava, tante più occasioni gli piovevano addosso per andare ancora più a fondo. Picchiava un giornalista e il giorno dopo se ne ritrovava dieci sotto casa che non aspettavano altro che ricevere lo stesso trattamento. Lasciava un lavoro incompiuto e puntualmente le offerte balzavano alle stelle. Chiedeva cento e finivano con proporgli mille. Poi tornava nella casa di Martina, aspettava di potermi chiamare, biascicava che tutto andava alla grande e il giorno dopo ricominciava da zero. Era ripulito solo quando salivo a trovarlo io, ma la grana era sempre la stessa. Giurava a se stesso che, non potendo tornare indietro, almeno si sarebbe voluto mettere al pari con gli altri. Sarebbe andato da Martina, le avrebbe detto che "no, non voglio tornare indietro, ma voglio conoscere Andrès", lei gli avrebbe accordato un periodo di prova e alla fine sareste stati una famiglia felice. Il piano era sempre lo stesso e puntualmente lo realizzava a metà. Finché non arrivava il momento in cui, una volta per un impegno, un'altra volta per un lavoro irrinunciabile, un invito non declinabile, mancava a qualche appuntamento con Martina che, irremovibile, annullava ogni passo avanti e si ricominciava da zero. Tutto questo fino a quando non è tornato da quella città e non ha smesso completamente di provarci. Poteva almeno una volta essere di parola? Certamente. Martina poteva essere un po' meno zelante e concedergli qualche scivolone? Certamente. Ma come puoi convincere una mamma a essere meno protettiva verso l'unico figlio?».

«Era questo che volevi dirmi prima?».

«Non so esattamente cosa voglio dirti. In fondo, chi sono io se non uno sconosciuto di cui hai letto sul diario di un altro sconosciuto. Io, come loro, ti sto dicendo soltanto la mia versione. Gianluca... Scusami... volevo dire Andrès, lascia solo che ti dica una cosa: le persone sono imperfette e nessuno glielo dice che non possono essere diversamente. E se anche glielo dicono, pensi che gli credano? No, tutti con 'sta smania di essere perfetti, di non sbagliare, di fare sempre la scelta giusta, di avere tutte le informazioni per prendere una decisione. Una volta tuo padre mi ha detto una cosa simile, ma non me lo ricordo proprio bene. Però teneva ragione. Tutti che entrano in crisi quando falliscono, perché non sono abituati. Tutti che mirano in alto e sparano solo quando sono sicuri di non sbagliare, o magari non sparano mai e non sapranno mai se l'avrebbero colpito, alla fine, il loro obiettivo, o magari no. Tu, mi dispiace dirtelo, ma sei stato il figlio di due persone che, per paura di fallire, hanno commesso errori a ripetizione per poi non saper più da dove ricominciare a risistemare i pezzi. Ed entrambi hanno fatto questo casino per paura di farti male, e vedi che hanno combinato?».

Sarebbe bello viaggiare con una mappa, un navigatore esistenziale che non ci faccia perdere tempo, prendere una strada piuttosto che un'altra. Invece ci sbattono qui, senza una direzione, e ci mettiamo una vita, quando ci riusciamo, a capire come siamo girati. Figurati arrivare sani e salvi».

«Prima hai parlato di Genova? È quando ha smesso di fotografare. Sai cosa è successo?».

«Magari avesse smesso di fotografare soltanto. Lì ha perso ogni speranza. Non l'ha mai raccontato a nessuno. Io ho dovuto mettere insieme le tessere in anni di frasi interrotte o pronunciate a denti stretti. So solo che ciò che ha visto, per quello che ho capito, lo ha completamente spento, gli ha tolto anche la voglia di provarci».

«E cosa ci hai capito?».

«Poco. A quanto sapevo, era andato a Genova nei giorni del G8. Tu sei piccolo, non sai cosa è successo dieci anni fa, e in fondo neanche io ne so molto. Non mi sono mai interessato di politica. So solo che ci sono stati degli incidenti. Tuo padre non era stato coinvolto, ma deve aver visto qualcosa. Non so se l'ha mai raccontato ad anima viva, ma considerando che ero forse tra i due esseri umani con cui aveva relazioni, e l'altra, Luisa, per motivi diversi, credo sappia ben poco, temo che le probabilità di sapere la verità si siano dissolte nel nulla».

Quando ha finito di pranzare, si è alzato con lentezza, incerto sui suoi passi per la quantità di vino che ha trangugiato.

«Mi sa che ho trovato qualcun altro con cui bere. Solo che mi viene un po' più fuori mano venire in Francia, rispetto a Milano».

Nel percorso di ritorno non ho parlato molto. Non che all'andata sia stato più loquace. Due voci, due note dissonanti. Due solisti che suonano su scale differenti finiscono a stonare, e Lorenzo, come assistente che mi gira costantemente il libretto, senza dirmi quale sia il lato giusto e quale il rovescio.

Dopo qualche minuto, eravamo nuovamente di fronte alla porta di casa di Gianluca. Lorenzo ha infilato le chiavi nella toppa e, una volta entrati, ha detto ad alta voce: «Martina, siamo arrivati. Te l'ho portato sano e salvo. Abbiamo bevuto un pochino, o meglio, io l'ho salvato da una sbronza colossale sacrificandomi personalmente. Ora però vado in albergo. Ci sentiamo più tardi».

L'ho fissato negli occhi che immediatamente ha distolto dai miei, senza alcun segno di rimorso o di dispiacere. Nella sua espressione ho scorto tutta la certezza di aver portato a termine un compito che non mi è dato conoscere.

«Andrès, da un lato ci sono le cose che vuoi e dall'altro le cose che devi fare. Non commettere l'errore di tuo padre. Non lasciarti seppellire dal rimorso di non aver fatto la cosa giusta quando avresti dovuto. E adesso, è giusto che parli con tua madre. Da soli. E ricordati che lei è stata lì, sempre lì, per vent'anni. Non se lo merita».

Mia madre si è affacciata lentamente dalla cucina.

Lorenzo le ha poggiato cautamente la mano destra sul fianco sinistro, facendo incocciare le guance in un saluto carico di tenerezza, prima di uscire dall'appartamento, tirandosi, come poche ore prima, la porta alle spalle.

«Hai sempre saputo dove fossi?» le ho chiesto.

«La mia fortuna è quella di conoscere bene mio figlio e di avere un amico come Lorenzo. Cosa pensavi di fare? Terrorizzarmi a morte? Tu, qui, da solo, senza neanche rispondere al telefono».

«Volevo stare da solo».

«Puoi stare da solo quanto vuoi, ma non svanire più nel nulla. Non dopo avermi urlato contro come un invasato».

Sono così confuso da non ricordare quali siano i miei sentimenti verso di lei. Fino a prima di incontrare Lorenzo ero così sicuro della mia rabbia nei suoi confronti, mentre adesso navigo a vista, con poca energia e pochi viveri.

Mi sono diretto verso il frigorifero per prendere un succo di frutta, più per avere qualcosa con cui armeggiare che effettivamente per soddisfare il bisogno di bere, anche se la bocca impastata dal vino mi ha chiesto soccorso.

«Vedo che chiacchierare con Lorenzo ti ha fatto calmare».

«Non ci provare. Sono ancora arrabbiato. Solo che adesso non so più per cosa. Se per tutto o per il fatto che adesso non so più cosa pensare. Fino a pochi giorni fa vivevo all'interno di una bolla, ma almeno quella era l'unica superficie che conoscevo ed ero in grado di reggere. Adesso la bolla è scoppiata e io non so più com'era il mondo di qualche giorno fa. Vorrei non aver mai lasciato la tua mano, non esser mai entrato in quella stanza, trovato quel diario».

Ho colto un breve sussulto, un movimento quasi impercettibile del petto che si gonfia, il respiro che si arresta. L'aria gravida, sospesa, carica i corpi di una gravità nuova.

«Mi dispiace, non volevo andasse così».

Le pagine strappate.

Il libro con la lettera lasciato sul tavolino.

La frase sul retro.

Le scie di polvere recenti.

La sedia.

La porta della stanza delle foto aperta e incustodita.

«Non volevo andasse così. Non so cosa tu abbia letto, ma visto quello che è successo, non potevo continuare a evitare che vi conosceste. Glielo dovevo, o forse glielo doveva il mio senso di colpa».

«Hai architettato tutto tu?».

«Non ho architettato un bel niente».

«Mi hai manipolato!».

«Ti ho dato e mi sono data un'occasione. Quella di provare a rimediare a una parte infinitesimale dei nostri milioni di errori, permettendoti di conoscere una versione di tuo padre che neanche io ho mai conosciuto. Sì, sapevo del diario, ma non mi ci sono avvicinata che due volte. Una volta quando eravamo ragazzi e la seconda quando l'ho messo dove sapevo che l'avresti trovato».

«Con quale diritto?».

«Non ho bisogno di diritti. Sono tua madre. Ma forse è anche per questa certezza che ho sbagliato, ammesso che sia un errore agire, forse ingenuamente, cercando di farti il meno male possibile».

Ha chiuso lo spazio tra di noi con due passi e mi sono arreso. Mi sono aggrappato a lei, come fanno i bambini che, di fronte a un rimprovero, tornano comunque tra le braccia sicure della madre per cercare conforto, perché non sanno dove altro andare.

«Andrès, che tu lo accetti o no, ho sempre cercato di darti il meglio che fossi in grado di assicurarti. Ho commesso errori? E chi non ne commette. Quello dei genitori è il mestiere più ingrato che esista. Qualsiasi precauzione tu prenda, si finisce comunque con il modificare il percorso di crescita di qualcuno. Ma di una cosa mi pento, davvero. L'aver creduto di aver tempo. Tempo per cambiare le cose, tempo per risistemare i pezzi, di darti la possibilità di comprendere, di conoscere. E invece si è trattato solo di un'illusione, interrotta da un gesto che avrei potuto prevedere. Non lo credevo capace di farlo davvero, ma neanche del tutto incapace. Quando abbiamo sentito la notizia al telegiornale ho compreso l'irrimediabilità della mia attesa e mi sono sentita dannatamente colpevole. Ho rimandato e posticipato e rimandato ancora. Aspettando cosa? Che tu fossi pronto? Che lo fossi io o che lo fosse lui? Ormai non lo so più. Quando passi così tanto tempo ad attendere il momento giusto, i giorni passano e ti rendi conto, quando ormai è trascorso troppo tempo, che l'istante perfetto non esiste e il più vicino o adatto è passato o non c'è mai stato. Sono giorni che non voglio fermarmi a pensarci perché ho l'impressione che finirei a sprofondare ancora di più. Sai qual è la cosa più terribile? Se oggi dovessi dirti cosa mi ha bloccata negli ultimi anni dal farvi conoscere, non saprei rispondere. O forse sì, ma sarebbero ragioni ed emozioni così insulse e ridicole che me ne vergognerei. Agiamo per compulsioni e ripicche senza mai fermarci. Mi è crollato il mondo addosso, Andrès. Ti ho suggerito di riposarti con la scusa di risolvere scartoffie e invece sono arrivata qui la sera in cui siamo atterrati. In tre sapevamo dove avesse trascorso questi anni. Io, Luisa e Lorenzo. Non te l'ho mai detto, come non ti ho mai raccontato delle telefonate spente, ruvide, cariche di ripensamenti e di reciproche accuse, che terminavano con le solite, immancabili scuse e la convinzione che ci saremmo ricascati. Probabilmente era questo il nostro destino. Troppo diversi per riuscire a stare insieme ma non abbastanza da lasciarsi andare. Per quanto fossimo certi di non poter condividere una vita insieme, non siamo stati capaci di andare oltre, usando te come legame, come se ne avessimo bisogno. Ed è stata questa forse la nostra maledizione, la stessa che mi ha fatto credere di aver sempre tempo. Una volta arrivata qui ho trovato la lettera nel libro e ho fatto esattamente quello che probabilmente, il giorno dopo, hai fatto tu. Il suo messaggio era per te? O indirettamente per me? Non te lo saprei dire. Ciò che so è che ho pianto. Sai perché? Perché sono stata io a permettere che ti succedesse quello che avevo creduto di essere in dovere di evitarti. Anni passati a rifuggire possibili delusioni e invece a ferirti sono stata proprio io. Quando sono entrata nella stanza con le foto ho realizzato di avere un'ultima chance per darti modo di conoscerlo direttamente, senza il filtro del mio risentimento. Farti leggere le sue parole, tra le pagine che non ho mai avuto la forza di sfogliare. Il resto lo hai fatto tu. Speravo almeno di averne un certo conforto, e invece non sono stata capace di gestire la tua reazione. Se non ci fossero stati Lorenzo e Luisa a dirmi di aspettare, di lasciarti vivere questi giorni lontana da te, probabilmente non avresti avuto neanche questo. Non chiedermi perché, tanto non saprei rispondere. Non volevo andasse così. Niente doveva andare com'è andato. Vieni, Ti faccio vedere un'ultima cosa».

Ci siamo diretti verso la stanza da cui è partito tutto, ma si è fermata di fronte all'altra porta, quella che era rimasta chiusa. È una camera da letto. Sulle pareti, però, campeggiano foto di tre persone felici, di una famiglia completa. La nostra, nei miei primi mesi di vita. Loro che si guardano, tenendomi tra le braccia; mio padre che cerca di lavarmi nel lavandino, finendo completamente inzuppato; mia madre, mentre mi culla, seduta sul divano, cercando il mio sguardo.

L'ho tirata verso di me e l'ho abbracciata. Una dopo l'altra, ho avvertito le sue lacrime scorrere prima sulla mia pelle e poi finire sulle clavicole. Come sempre, alla fine siamo soli, io e lei, e in un modo o nell'altro dovremo convivere per sempre con questa condizione. Milioni di abbracci ci saremo scambiati nella nostra vita, ma questa volta è diverso. Non era sufficiente ma dovevamo farcelo bastare. E in fondo solo questo ero in grado di dirle. «Basta così. Torniamo a casa».

## Parigi, 3 agosto 2011

Alla fine la mostra è stata inaugurata e, come era prevedibile, è stata un successo di pubblico senza precedenti. Il voyeurismo genera passioni insospettabili e da un momento all'altro Milano si è popolata di critici d'arte fotografica. C'è stato chi ha raccontato di averlo conosciuto, sfiorato, toccato. Chi di averci parlato per ore e chi per pochi, illuminanti secondi. Il mio disgusto ha raggiunto cime inesplorate di fronte alla considerazione che in nessun momento si è fatto riferimento al suo suicidio come reazione proprio a quella mostra.

Il ritorno a casa è stato un balsamo necessario. Abbandonare quella città, tornare alla normalità è stato straniante ma una soluzione dal potere lenitivo che solo le distanze sono in grado di assicurare, detergendo a colpi di chilometri ogni alone lasciato indietro. Non avremmo mai potuto rimanere e assistere a quello sfregio.

Nonostante tutto, il ronzio apparso in quei giorni non s'è del tutto sopito. C'è ancora un tassello che manca alla ricostruzione. Per tutto il viaggio ho preferito non toccare nuovamente l'argomento: troppi i nervi ancora scoperti, i rischi di collisione.

Solo qualche giorno dopo il nostro arrivo, approfittando di una serata in cui una brezza leggera ci ha offerto una pausa dall'afa di Parigi, ho proposto a mia madre di accomodarci sul balcone per goderci il tramonto, gustandoci un caffè, come due giovani amanti al primo appuntamento.

Abbiamo cominciato a parlare di quello che avremmo potuto fare nei giorni seguenti, magari raggiungere i nonni ad Arenzano e poi fare quel viaggio in Toscana di cui abbiamo sempre parlato. Ho colto la palla al balzo e ho buttato lì un «mi piacerebbe vedere Genova». Mi ha guardato, sospettosa. Non ci ha messo molto a capire il mio bluff.

«Sei veramente incorreggibile».

«Non riesco a togliermi dalla testa quel pensiero. So che mi manca un frammento. Alla fine sono riuscito a rimettere insieme i pezzi, dare un senso organico a gran parte dei passaggi, ma resta un'ombra che non vuol andar via».

«Di cosa si tratta? Magari posso esserti d'aiuto».

«Ecco, ci sono due passaggi a vuoto, ed entrambi sono collegati a Genova. Leggendo il diario, mi sono accorto che a un certo punto alcune pagine erano state strappate. Ed erano quelle successive al vostro viaggio proprio nella città in cui ha poi deciso di smettere di fotografare. E l'ultimo è proprio quello. Perché smettere. Cosa ha visto? Cosa è successo?».

Ha finito di sorseggiare il caffè e mi ha chiesto una sigaretta. Sa già che fumo, ma non lo abbiamo mai fatto insieme.

«Quello che ha visto non lo so. So solo che tuo padre ha trovato rifugio per la notte in una scuola, la Diaz, insieme a centinaia di manifestanti. Non riuscendo a dormire, era uscito a fare una passeggiata. Qualcuno lo aveva chiamato, ma non mi ha mai detto di chi si trattasse. Mentre era fuori, ha visto arrivare alcune camionette della polizia. Quello che è successo dopo, lo trovi in centinaia di articoli di giornale. Amnesty l'ha definita la più grave sospensione dei diritti civili della storia recente. Un massacro al quale tuo padre ha assistito in prima persona, in una città che aveva sempre amato e che in fondo associava a me, come mi aveva ripetuto molto spesso. Da allora, qualcosa è cambiato. Forse, però, ho anche una risposta migliore per questa e per la prima domanda. Aspettami qui».

Si è alzata, sistemandosi con le mani il vestito, ed è tornata con una scatola di biscotti in mano. Una di quelle esposte su una mensola della cucina, decorata da una locandina di inizio Novecento e tinta di colori pastello chiaro.

«Le ho prese poco prima di andar via di casa, la prima volta che ho avuto per le mani il diario di tuo padre. Quello sciocco non se n'è mai accorto, o se l'ha fatto, non me l'ha mai detto».

Ha aperto la scatola e lì, perfettamente conservate, c'erano le pagine mancanti del diario.

«Tienile pure. Fanne ciò che credi. Io le conosco a memoria».

## Tempi e spazi

*Il suo sguardo vuoto, celato da palpebre serrate, era il segno evidente che il suo corpo gli stava inviando, come volesse segnalare alla testa, così lontana dal centro pulsante del suo cuore, uno stato di disagio immanente. Gli occhi vitrei cercavano riparo per non esser esposti alla gogna di chi mai avrebbe potuto comprenderli. Immerso in una bolla d'aria provava ad ascoltare il borbottio del mare in quel piccolo antro immerso nella frugalità della città. Un piccolo paradiso calato, quasi senza alcuna ragione logica, tra serpenti d'asfalto e costruzioni che assomigliavano a eleganti dame, in là con gli anni, che cercano di ritrovare insieme a un abito sbiadito la bellezza perduta, acquisendo un fascino malinconico.*

*I suoi passi si erano preceduti e inseguiti, rincorsi e raggiunti, scendendo scalini impervi di mattoni rossi usurati dal tempo e dalla gomma delle scarpe che li avevano percorsi infinite e infinite volte. Un passaggio ristretto e in discesa, tra mura diroccate. Aveva faticato all'inizio a mantenersi in un equilibrio precario che ben conosceva. Non era abituato a simili pendenze. Ogni volta che posava un piede, prima con un certo timore, poi acquisendo sicurezza esponenziale a ogni segmento percorso, avvertiva il rotolio di granelli di ghiaia che fuggivano come intimoriti da una presenza sconosciuta. Come si trovasse alle porte di un mondo nuovo, dinanzi a sé si aprì, nel grigiore di una capricciosa giornata invernale, uno spettacolo che gli arrestò il respiro.*

*Continuando nel suo incedere si era ritrovato a calpestare piccoli ciottoli sferici scricchiolanti, sui quali aveva deciso di accomodarsi per riposare il suo corpo martoriato dalle inquietudini, finendo con l'abbandonarsi a un riposo ristoratore, posando la testa sulle mani giunte dietro la nuca.*

*Era contento di non esser solo. Probabilmente non avrebbe retto di fronte a quel dipinto neorealista che gli si dispiegava tutto intorno, momenti di umanità devastante e di quotidianità poetica che agivano di fronte all'unico spettatore non pagante.*

*A pochi metri da lui una ragazza avvolta da una felpa rossa di qualche taglia più grande del necessario muoveva nelle mani affusolate una macchina fotografica. Spostamenti impercettibili assecondati sinuosamente, alla paziente ricerca del giusto taglio di luce, della perfetta inquadratura. I suoi movimenti erano calcolati, meticolosi, ma capaci di racchiudere una leggiadria, un'eleganza dal sapore antico. Raggi di sole impercettibili penetravano attraverso nuvole di gradazioni differenti di grigio, come fossero tanti piccoli fari intenti a condurre l'attenzione degli astanti verso dettagli altrimenti tralasciati distrattamente. La piccola fotografa provava e riprovava, inconsapevole di essere osservata, nella sua ricerca dello scatto perfetto. Puntava prima la barcaccia serrata a un piccolo piolo e un quarto di muretto, poi due scogli e lo sguardo di un anziano, poi ancora il muretto, la prua della stessa barcaccia e un sesto di cielo. Incontentabile ricercava la ricetta giusta, e ancora si rimetteva all'opera, riflettendo sulle sue opere criticamente e poi ripartendo con nuova paziente grazia.*

*Poco distante un uomo distinto con una tracolla di pelle, quasi fosse appena uscito dal proprio ufficio. Le si pose a distanza di sicurezza. Posò la borsa sui ciottoli per tirare fuori un accappatoio che ha indossato e allacciato alla propria vita. Come fosse da solo in uno spogliatoio da uomini cominciò a svestirsi prima di indossare un costume rosso, con la naturalezza di chi, in quel piccolo spicchio di eterno, ci è nato e vissuto. Terminata l'opera si diresse verso l'acqua gelida. Pochi passi intimoriti e poi un tuffo goffo. Qualche bracciata prima di ritornare in riva a stendersi, incurante del tempo inclemente, onestamente orgoglioso di essere tra gli ultimi a tramandare quella che percepiva come una stupenda tradizione.*

*Alcuni liceali avevano osservato attoniti la scena, prima di scatenarsi in un applauso sarcastico quanto inappropriato, così poco sensibili da non comprendere l'infinita poeticità insita in quei gesti così originali, così incredibilmente naturali, di una purezza e un candore che collidono con la malizia dei preconcetti con i quali si nutre la generazione che ha perso il dono della bellezza.*

*Chiuse gli occhi, per proteggersi. Per difendersi dalla pioggia che tentava di arrestare. Non sapeva quanto altro avrebbe retto ancora.*

*Stretti in un abbraccio ormonale due ragazzini si scambiavano parole dolcissime delle quali credevano di comprendere il significato più recondito. Abbozzi di baci e movimenti scoordinati. Giochi di mani che si scoprono. Carezze e attenzioni di un amore giurato eterno ma provvisto di una scadenza di cui, miopi, non vedono il sopraggiungere.*

*Ancora onde basse che, stancamente, si posano lente prima di esser trascinate indietro, sopraffatte da nuovi arrivi dallo stesso destino.*

*Restava affascinato dai movimenti contemporanei di tutte quelle piccole diapositive, come se i protagonisti di storie distanti secoli e chilometri interagissero tra di loro dando vita a nuove composizioni. A un tratto la ragazza con la felpa rossa rivolse la parola all'uomo steso, iniziando un dialogo tra epoche diverse e mondi lontanissimi.*

*E la coppia di ragazzi sorrise di fronte alle battute pacchiane dei liceali poco distanti. Intrecci impossibili nei quali cercava una distrazione per sfuggire a uno scontro al quale non era preparato.*

*Nonostante i tentativi di trovare uno svago per la sua mente offuscata, gli sforzi per procrastinare l'inevitabile, finì con l'avvertire il loro arrivo, essenze liquide inarrestabili.*

*Avvicinò le mani ai suoi occhi, trovandoli asciutti e restando interdetto. Come era possibile? Avvertiva la loro presenza, la loro capacità di scardinare ogni malriuscito tentativo di bloccarle alla sorgente. Tastava ovunque, non avvertendo al di sotto dei propri polpastrelli la loro calda consistenza. E fu allora che si rese conto che le lacrime che stavano venendo fuori, in quel momento, non erano le sue, ma quelle di lei.*

*Si appartenevano oramai così inscindibilmente da non esser riuscito a distinguere a chi dei due fossero rovinate le dighe che fino ad allora avevano arginato l'esondazione tanto temuta. Erano oramai così penetrati sottopelle l'un l'altro che non era in grado di definire dove iniziasse lui e dove terminasse lei.*

*Lei che, al suo fianco, non proferiva parola da troppo tempo. Una rarità, conoscendo la sua solare attitudine a condire ogni singolo istante delle proprie emozioni e dei propri ricordi.*

*Non voleva interromperla, non voleva interferire in quel momento così intimo per lei. Avrebbe voluto portare quel dolce viso lungo il suo petto, rassicurarla, passare la mano lungo i suoi capelli e dirle che tutto si sarebbe risolto, che nulla era impossibile, ma non poteva sopportare l'idea di mentirle.*

*La osservò per qualche istante. Se n'era accorta, lo sapeva. In fondo era un po' come osservare se stessi.*

*Le sfiorò impercettibilmente la mano, ma l'elettricità di quel sem-*

*plice contatto la ridestò. Nonostante gli occhiali da sole scorse la pelle coperta da una brina leggera.*

*«Perché piangi?».*

*«Lo sai».*

*«È davvero stupendo qui».*

*«Già».*

*«Sono contento tu mi ci abbia portato».*

*«Anche io».*

*Non aggiunse di più. Non ne aveva bisogno. Era come parlare con se stesso.*

*Provò ad alzarsi ma si rese conto di non esser ancora pronto, e in fondo non voleva abbandonare quel giglio bianco incastonato in un bouquet di rose sfumate.*

*Alle loro spalle un vociare confuso proveniva da una piccola osteria che prendeva il nome da una canzone popolare. Cercò di comprendere una lingua sconosciuta pur di astrarsi ancora una volta da quel momento, vigliacco fuggitivo di un presente immutabile. Qualsiasi parola, qualsiasi vocabolo gli sembrava inutile a spiegare ciò che in quel momento fremeva al suo interno.*

*«È questione di tempi…».*

*«… e spazi».*

*«Esatto, tempi e spazi».*

*«Solo…».*

*«Solo cosa?».*

*«Non è giusto».*

*«Assolutamente no».*

*«Mi fa rabbia».*

*«Anche a me».*

*Prese dalla tasca un piccolo accendino e acesse la sigaretta che intanto reggeva tremula tra le labbra. A ogni boccata corrispondeva un ricordo dolce, intimo, onirico, ma anche raschiante, acido e ruvido come il fumo che penetra nel palato. I suoi polmoni ospitavano stanze annebbiate e rievocazioni nitide, un percorso che col senno di poi acquisiva un senso sconosciuto sul momento, armonie singolari che si disvelavano come momenti cruciali di un'opera monumentale. Melodie brevi che si intrecciavano in qualcosa di più ampio, dove il vibrare di archi e fiati si mescolano a chitarre distorte e colpi di cassa.*

*Aspira e ricorda il sole di luglio e un abito leggero tra l'azzurro e il bianco. Aspira e ricorda la tristezza infinita lungo le vie del paese. Aspira e ricorda le distanze che si annullano senza che gli altri se ne accorgano. Aspira ancora e non dimentica la prima volta che lei gli aveva stretto la mano. Aspira. Aspira e ricorda il brivido di poter esser scoperti. Espira e non vuol lasciar che col fumo sfuggano quei soffi di vita. Inspira velocemente sperando di ridurre le perdite. Aspira e ripensa a quella sensazione di indescrivibile piacere nel vedere la propria immagine nei suoi occhi. Aspira e si brucia le labbra, ma è un dolore opaco, incomparabile con la sua sanguinosa lotta.*

*«Tu sai che…».*

*«Sssh… Tranquillo, so già cosa vuoi dirmi».*

*«Che stupido che sono…».*

*Le riprese la mano e la strinse più forte che poteva. Avvertì una sensazione confusa, miscuglio di dolore e piacere. E più faceva forza e più il dolore si acuiva, ma allo stesso tempo diventava irresistibile, come irrefrenabile era il desiderio di avvicinarsi alle sue labbra, ai suoi occhi così intensi, per una volta ancora, forse l'ultima, o forse no. Sarebbe stato ancora una volta questione di tempi e spazi.*

*Il silenzio assordante, a volte, può addirittura diventare insoppor-*

*tabile. Può sovrastare e annullare il suono, le voci, i brusii e gli schianti, lo sferzare delle onde e il pianto di un bambino. A volte, il silenzio può immergere due corpi, due essenze, in un'aura impenetrabile, capace di ovattare ogni tentativo di intrusione sonora. Addirittura, a volte, il silenzio è capace di nascondere all'udito umano il lacerante frastuono, l'intollerabile infrangersi di due anime affini che vengono separate. Ed è un rumore insopportabile, straziante, inaudito. Com'è possibile? Semplicemente il fragore non fuoriesce dalle raffigurazioni corporali delle due anime amputate. Le riempie fino ad aderire perfettamente ai loro contorni, suono gassoso capace di espandersi negli spazi chiusi. Arriva sino a quel punto di pressione tale da far pensare di stare per esplodere, ma restando in quella tensione che diventa tortura.*

*Avrebbe voluto arrestare il tempo un attimo prima, fermarlo, renderlo eterno, ma oramai era troppo tardi.*

*«È ora di andare».*

*«Va bene».*

*L'aiutò ad alzarsi, a spolverare la giacca imbiancata dai sassi. La osservò incerto se tenerle la mano, ma solo per un istante. Lei capì al volo e lo anticipò. In fondo, era come prendere la mano a se stessi.*

*Ripercorsero la strada fatta all'andata, risalirono lungo gli scalini malfermi e levigati, scansando scatti inadeguati, corse infantili e nuovi amanti alla ricerca di un momento di romanticismo perduto.*

*Passi su passi fino ad arrivare al temuto punto d'arresto che li avrebbe costretti a una lontananza indeterminata. Ancora una volta, come sempre, l'una di fronte all'altro. Le mani giunte, indifese, ma indifesi lo erano sempre stati perché che senso ha proteggersi quando si desidera esser assediati?*

*Con il pollice le toccò il volto, la pelle candida e morbida, gli zigomi torniti e rosei. Si chiese se fosse effettivamente l'ultima volta che avrebbe potuto tenere tra le mani quel capolavoro di sconfinata dolcezza. Non volle assecondare il pensiero per paura di perdercisi.*

*Un lieve sussulto, tre parole… «Non dimenticherò mai». Lei non rispose, in fondo era come parlare con se stessi.*

*Un bacio leggero, su labbra fredde.*

*Un uomo, poco distante, si chiese cosa ci facesse un ragazzo, da solo, con gli occhi chiusi e con la testa leggermente sporta in avanti.*

*Una donna, il giorno dopo, avrebbe giurato di aver visto una ragazza fare la stessa cosa.*

# Ringraziamenti

Se c'è un pensiero che ricorre nella mente, è che io non dovrei essere qui, per tantissime ragioni. Ma se alla fine ci sono, lo devo a loro:

A Francesca, la mia anima affine, che c'è sempre stata, ai miei genitori, a cui è dedicato questo romanzo, e a mio fratello, col quale non servono parole. E tutti gli altri, in ordine sparso:

Ciro e Antonio, lettori critici, pure troppo, fratelli non di sangue, presenti con le loro parole in queste pagine. Matteo e Bluff, perché ci sono, quando devono. Davide, punto di riferimento e stella polare da inseguire e magari un giorno pareggiare. Francesca G., la più antica tra le lettrici, che non potevo deludere lasciando l'ennesimo progetto a metà. Emanuele, per le infinite chiacchierate su come limare o migliorare. Manuela, sostenitrice capace di sopportare dubbi e manifestazioni ipocondriache. Antonella, che ricorda ancora le mie prime parole scritte su carta. E tutti gli amici che in un modo o nell'altro hanno contribuito alle mie ricerche e alla creazione di dialoghi e situazioni.

A Matteo Casilli e Antonio Sunseri, che mi hanno dato una possibilità che neanche nei miei sogni più arditi avrei mai immaginato, e Chiara, che mi ha spalancato un mondo e che ha fatto un lavoro incredibile.